BLINDER STURM

Ein Karla Schmitz-Thriller / Band

02

Jannis Crow

Liebe Samira,
packende Lesestunden mit
meinem neuen Thriller
wünscht Dir
Jannis Crow
08.02.24

Lektorat: Sibylle Schwehrs

Originalausgabe - 29/01/2024

Impressum:

Jannis Crow
c/o AutorenServices.de
Birkenallee 24
36037 Fulda
E-Mail: autor.jannis.crow@gmail.com

BÜCHER VON JANNIS CROW

GERECHTER ZORN: THRILLER

***

Die Karla Schmitz-Thriller von Jannis Crow:

Band 1: ERWACHTE WUT

Band 2: BLINDER STURM

Weitere Informationen finden Sie auf der Website des Autors:

https://jannis.crow.de

KOSTENLOSES BUCH

Liebe Leserin, lieber Leser, vielen Dank für Ihr Interesse an meinem Buch! Als kleines Extra möchte ich Ihnen gern einen meiner neuesten Romane schenken, den Sie auf meiner Website **kostenlos** erhalten.

GERECHTER ZORN: THRILLER

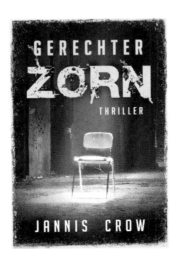

Er quält dich. Du sinnst auf Rache.

Täglich lauern dem 16-jährigen Daniel Mobber auf dem Schulhof auf.

Besonders schlimm schikaniert ihn Christian, Sadist und Anführer der Mobber-Gruppe.

Das Blatt wendet sich, als Daniel einen abgebrühten, toughen Drogendealer kennenlernt.

Kurz darauf verschwindet Chef-Mobber Christian.

Ist dafür ein verurteilter Straftäter in der Nachbarschaft verantwortlich? Oder stecken dahinter Kräfte, die Daniel selbst geweckt hat?

***

Um das Buch zu erhalten, folgen Sie einfach diesem Link:
https://jannis-crow.de/gratis-buch/

Ich freue mich auf Sie!

Täuscht die, die selber euch täuschen!
Ein gottloses Volk ist die Mehrzahl.
Laßt in die Schlingen, die sie selber euch
legten, sie gehn!

- Ovid

Pakistan, Thar-Wüste

Abu Sabre öffnete die Holzschatulle vor sich. "Aadan" nannten ihn seine Anhänger, in Anlehnung an den ersten, von Gott geschaffenen Menschen.

So fühlte Aadan sich: Als ein von Allah berufener Mann, er war ein Anführer, der den Menschen einen neuen Weg zeigte, raus aus der Verdammnis dieser schmutzigen, hinterhältigen Welt, hin zum Paradies.

Jedem, der ihm folgte, stand dieser Weg offen.

Umso weniger verstand Aadan, weshalb es Menschen in der *Neuen Ära* gab, die sich für den Weg des Verrats entschieden.

So wie dieser junge Mann vor ihm, ein Pakistaner namens Mohammed, der sich vor etwa zwei Jahren der *Neuen Ära* angeschlossen hatte, jener Organisation, die Aadan vor Jahrzehnten im Kampf gegen den verkommenen Westen und zur Verbreitung islamischer Werte in der Welt gegründet hatte.

Dieser Mann, der nun mit gesenktem Kopf vor ihm im Staub kniete und um sein Leben bettelte, hatte diese Werte mit Füßen getreten. Mohammed war ein Agent des ISI und hatte sich in die *Neue Ära* eingeschleust, um deren Pläne auszuspionieren.

All das hatte Aadan selbst nicht herausgefunden, mit derlei Dingen befasste er sich als Gründer und Lenker seiner Organisation mit Tausenden Anhängern in aller Welt nur selten.

Zwei seiner Soldaten hatten den Mann dabei erwischt, wie er Nachrichten an seinen Agentenführer über ein verbotenes Handy verschickt hatte.

Mohammed hatte zunächst alles abgestritten, wie Aadan berichtet worden war, doch die Nachrichten auf dem Handy sprachen eine andere Sprache. Dieser Mann war des Verrats schuldig, daran bestand kein Zweifel.

Aadans Blick wanderte nun zum gesenkten Haupt des Mannes, dessen kurze schwarze Haare von eingetrocknetem Blut verklebt waren.

Spuren der Folter waren das, wie auch die dunkelroten Striemen an Armen, Brust und Rücken, die von Peitschenhieben zeugten. Bis auf eine schwarze Unterhose trug der Mann nichts am Körper, Aadans Soldaten hatten ihn nebst Peitsche mit Elektroschocks und Waterboarding über Stunden gefoltert, bis er endlich gestanden hatte.

Aadan schaute nun zu der Schatulle, die einer seiner Soldaten auf einem kleinen Beistelltisch bereitgestellt hatte, und deren Deckel Aadan jetzt öffnete. Er holte die schwarze Pistole aus der Schatulle, eine SIG P220, die auf einem roten Samttuch gebettet war, zusammen mit einem Magazin, an dessen oberem Ende eine Messingkugel im Sonnenlicht aufblitzte.

"Mein Sohn", sagte Aadan mit ruhiger, sanfter Stimme, "weine nicht. Du brauchst keine Angst zu haben."

Der Mann, der von zwei Soldaten an den Armen festgehalten wurde, hob den Kopf und sah mit flehenden, tränenerfüllten Augen zu Aadan.

"Es heißt, du hättest die Folter so lange durchgehalten wie kein Anderer", fuhr Aadan fort.

Währenddessen führte er das Magazin in die Waffe ein und lud durch.

"Das bedeutet, dass du ein willensstarker Mann bist. Das ist gut."

Vor wenigen Augenblicken noch hatte Aadan blanke Verzweiflung in den Augen dieses Mannes gesehen. Jetzt war da so etwas wie Hoffnung.

Mohammeds Lippen bebten und er begann zu schluchzen.

Eine große Anspannung schien sich bei ihm zu lösen, angesichts jener Worte, die ihm der Chef und Anführer der *Neuen Ära* gerade mitgeteilt hatte.

Nur gab es hierbei ein Problem, nicht jedoch für Aadan.

Sondern für den Mann, der seine Worte offenbar falsch verstanden hatte.

"Amüsant", sagte Aadan, während er die Pistolenmündung an die Stirn des Knieenden presste. "Es ist amüsant, dass du aus meinen Worten augenscheinlich Hoffnung für dich heraushörst."

Nun sah der Mann Aadan irritiert an.

Der Terrorfürst lächelte und fragte: "Du glaubst doch nicht etwa, dass wir einen dunklen Diener Ibis' davonkommen lassen?"

Mohammeds Gesichtszüge entgleisten.

"Bitte", stammelte er, "bitte, ich habe Familie und habe nur versucht, sie zu ernähren."

Der Mann senkte den Kopf und streckte seine Arme nach Aadan aus.

Fast wäre es ihm gelungen, sein edles Gewand zu berühren, doch konnte das einer der beiden Soldaten rechtzeitig durch den Einsatz seines Schlagstocks verhindern.

Der Mann schrie schmerzerfüllt auf, als die Schlagstockspitze auf seine Fingerknöchel niederprasselte. Im nächsten Augenblick zog er seine zitternden Hände zu sich heran und krümmte sich im Staub.

"Du Wurm", zischte Aadan, "du wagst es, mich zu berühren? Hast du unseren heiligen Orden nicht schon genug beschmutzt?"

Der Mann wimmerte anstelle einer Antwort.

Aadan trat näher heran und richtete die Pistole auf den Kopf vor sich.

Dann feuerte er die Waffe ab, bis das Magazin leer war.

1

KARLSBRÜCKE, PRAG

"Danke", sagte Karla Schmitz, als sie den Coffee-to-go-Becher entgegennahm.

Den Becher in ihren Händen haltend, betrachtete sie die dampfende schwarze Flüssigkeit darin, schloss die Augen und nahm einen tiefen Atemzug.

Der Kaffee duftete herrlich frisch, weckte ihre Lebensgeister.

"Bezahlen, hey, hey, bezahlen!", meckerte der Verkäufer, der sie aus diesem Moment der Idylle riss, von denen es in den letzten Wochen nur wenige gegeben hatte.

Die Berliner Ex-Kriminalkommissarin war in Tschechien untergetaucht, seit 14 Tagen, 12 Stunden und 43 Minuten, wie sie mit dem Blick auf ihre Smartwatch festgestellt hatte, bevor sie den Kaffee entgegengenommen hatte.

Sie öffnete die Augen und sah den glatzköpfigen Mann mit dem schwarzen Schnauzbart an, der seinen haarigen Arm fordernd über die Theke seines Stands ausstreckte.

Karla versuchte jetzt, mit einer Hand das schmale Portemonnaie aus der Hintertasche ihrer Jeanshose hervorzuziehen. In der anderen Hand hielt sie den Kaffeebecher, bemüht darum, nichts von dem Heißgetränk zu verschütten.

Mist, das Portemonnaie steckte in der engen Tasche fest, Panik stieg in Karla auf, weil sie sich das Hirn darüber zermarterte, woran der fremde Verkäufer, den sie noch nie zuvor gesehen hatte, wissen konnte, dass sie Deutsche war. Warum sonst hatte er sie auf Deutsch angemahnt?

Das Raunen der Touristenschlange, die hinter Karla sekündlich länger zu werden schien, befeuerte ihre Unruhe zusätzlich.

"Pay me, pay!", wetterte der Mann nun, woraufhin Karla erleichtert aufatmete.

Offenbar ging der Kerl die häufigsten Touri-Sprachen einfach der Reihe nach durch, bald würde er wohl auch auf Französisch fluchen, wenn es Karla nicht endlich gelang, ihr Portemonnaie aus der Hosentasche zu ziehen.

Wenigstens ihr Verstand schien zu funktionieren, der sie zusätzlich mit dem Gedanken beruhigte, dass es nur logisch war, sie für eine Touristin zu halten. Die verspiegelte braune Sonnenbrille, die sie in den Kragen ihrer hellblauen Bluse geklemmt hatte, war ein Hinweis darauf, wie auch der kleine grüne Tagesrucksack, aus dessen Seitentasche eine Wanderkarte hervorlugte.

Zum ersten Mal, seitdem Karla untergetaucht war, hatte sie sich einen kleineren Ausflug vorgenommen, vorbei an der Alten Stadtmauer hin zum Schloss Nový Hrad. Doch wenn sie so weitermachte, würde sie es nicht einmal bis zur Prager Burg schaffen, die sie sich ebenfalls als Wanderhighlight vorgenommen hatte.

"Wann geht'n dit endlich weiter?", hörte Karla einen Mann hinter sich in der Schlange schimpfen.

Typisch Berliner, dachte sie, seinem Dialekt nach zu urteilen. So wenig sie den unfreundlichen Ton der Hauptstädter mochte, vermisste sie ihr altes Leben jedes Mal, wenn sie ein paar Worte, gefärbt in diesem Ton, hörte.

Jenes alte Leben, in dem die Welt noch in Ordnung gewesen war, zumindest dem Anschein nach. In diesem Leben waren die Grenzen klar und die Tage geordnet gewesen. Als Kriminalkommissarin hatte sie auf der richtigen Seite des Gesetzes gestanden, in ihrer Freizeit hatte sie sich hin und wieder mit ihren Freundinnen getroffen. Bis sich herausgestellt hatte, dass ihr altes Leben eine Lüge war.

"Ick hab die Faxen dicke, die Alte soll endlich abdampfen!"

Die Menschen hinter Karla wurden unruhiger, allen voran der unflätige Berliner, der sich nun nicht mehr im Zaum zu haben schien.

Zugleich wuchs Karlas Verzweiflung, das Portemonnaie war wie festgeklemmt.

"May I help you?"

Karlas Blick wanderte zur Seite, in Richtung der Stimme, die einem hochgewachsenen Mann um die 30 mit dunklem Teint, braunen Augen und einem makellosen, warmen Lächeln gehörte. Er hatte kurze dunkle Haare mit Ansätzen von Locken und trug ein legeres Hemd, das mit braun-schwarzen Ornamenten verziert war. Karla sah an ihm herunter und bemerkte, dass er eine beige Stoffhose und hellbraune Segelschuhe trug. Alles in allem sah er lässig, gepflegt und modisch aus.

"No, thanks I am ...", sagte sie etwas verwirrt.

"Deutsche, hm?", fragte der Mann, der offenbar ihren fremdsprachlichen Einschlag bemerkt hatte.

"Schuldig", sagte Karla und spürte, wie ihre Wangen heiß wurden.

Bestimmt war sie rot, sie redete sich ein, dass ihm das nicht weiter auffallen würde, bei der Hitze dieses Hochsommertages, an dem die Sonne erbarmungslos herunterknallte.

Der Mann schaute zur Schlange, dann wieder zu Karla und sagte: "Ich glaube, wenn es nach dem Mob hier geht, bist du das. Die würden dich am liebsten lynchen, dafür, dass du hier den Betrieb aufhältst."

Karla brachte kein Wort heraus, sie sah ihn stattdessen verlegen an. Dieser Mann strahlte eine Ruhe und Souveränität aus, die sie beeindruckte.

"Martin", sagte der Mann und streckte seine Hand aus.

Als er sah, dass Karla wie erstarrt dastand, lachte er und zog die Hand zurück.

"Du steckst ziemlich in der Klemme."

"Mein Portemonnaie besser gesagt."

"Komm, ich helfe dir."

Karla sah ihn irritiert an, was Martin zu bemerken schien, wie sein ebenfalls irritierter Blick verriet.

Beide lachten, und Martin sagte: "Ich meinte damit natürlich nicht, dein Portemonnaie aus deiner Hosentasche am Hintern zu ziehen."

"Das will ich aber auch schwer hoffen, schließlich ..."

"Ick gloob, ick verjess mich gleich!", fluchte der Berliner, woraufhin Martin ihm einen stechenden Blick zuwarf, der den Mann augenblicklich verstummen ließ.

In Martins Blick lag nun etwas Kaltes, fand Karla. Etwas, das eine solche Autorität ausstrahlte, dass nicht nur der pöbelnde Berliner verstummt war, sondern auch das Raunen in der Schlange schlagartig aufgehört hatte.

Martin sah nun wieder zu Karla und lächelte.

Er hob eine Hand mit ausgestrecktem Zeigefinger, mit der anderen Hand wühlte er in der Vordertasche seiner Stoffhose, aus der er ein paar Münzen hervorholte.

"Hier, stimmt so", sagte er zu dem verdutzt dreinblickenden Kaffeeverkäufer und drückte ihm die Münzen in die Hand.

"Lass uns abhauen", sagte Martin.

Dann verschwanden die beiden von diesem unruhigen Ort.

2

BERLIN-TEMPELHOF, KAISERIN-AUGUSTA-STRAßE

"Sie sind also der junge Kollege, der zuerst am Leichenfundort war?"

Hauptkommissar Bernhard Meyer holte sein goldenes Zippo aus der Tasche seiner schwarzen Jeans, während er die Antwort des uniformierten Streifenpolizisten abwartete, der neben ihm an einem mit Graffiti besprenkelten Stromkasten lehnte.

Während der Mann mit den Worten rang, betätigte Meyer das Feuerzeug und führte die Flamme gemächlich zur Spitze des Zigarillos, der zwischen seinen Lippen klemmte.

Ein kurzes Glimmen, gefolgt von blaugrauem Qualm bestätigte Meyer, dass der Zigarillo angezündet war, woraufhin er den Deckel des Feuerzeugs mit einer gekonnten Handbewegung zuschnappen und es wieder in seinen angestammten Platz in der Hosentasche verschwinden ließ.

"Ja", brachte der Kollege schließlich heraus, "eine Joggerin hat den Toten gefunden und daraufhin die Polizei gerufen."

Es war noch früh am Tag, die Sonne war erst vor einer Stunde aufgegangen, doch war die Stadt vor dem Morgengrauen längst auf den Beinen gewesen. So auch die besagte Joggerin, die der Streifenpolizist eben erwähnt hatte. Eben jener schien allmählich die Nerven zu verlieren, was Meyer anhand untrüglicher Körpersymptome wahrnahm.

Schweißperlen auf der Stirn.

Blässe im Gesicht.

Schneller, flacher Atem.

Der kotzt bestimmt gleich, kam es Meyer in den Sinn, während er dabei unweigerlich an seine Kollegin, Kommissarin Karla Schmitz, denken musste.

Ex-Kollegin, schob er gedanklich nach. Karla war inzwischen untergetaucht, die Behörden suchten fieberhaft nach ihr, weil sie bei einem terroristischen Anschlag mitgewirkt haben sollte und ...

Konzentrier dich, Meyer, brachte der Ermittler sich selbst zur Räson. *Es geht jetzt um diesen Mordfall und nur darum.*

"Sehen Sie das erste Mal eine Leiche?", fragte er, danach blies er lässig den nach Vanille schmeckenden Tabakqualm aus.

Der Mann nickte, und begann zu würgen.

"Hey, ganz ruhig", sagte Meyer, "das geht jedem von uns so, zumindest in der Anfangszeit."

"Darauf ... wurden wir in der Ausbildung nicht vorbereitet", presste der Kollege hervor, den Meyer den jugendlichen Gesichtszügen nach zu urteilen auf höchstens 25 Jahre schätzte.

Der Hauptkommissar lachte auf und sagte: "Darauf kann man auch niemanden vorbereiten." Nach einem weiteren tiefen Zug an seinem Zigarillo fragte er: "Wie kommt es überhaupt, dass Sie Streife fahren? Gehen die jungen Leute heutzutage nicht alle zur Bereitschaftspolizei?"

"Fast jeder geht zur Bereitschaftspolizei", sagte der junge Mann, "aber ich bin ziemlich früh im Streifendienst gelandet."

"Durch Beziehungen?"

"Personalmangel", schob der Kollege mit schuldbewusstem Unterton nach.

Meyer nickte.

In einer Kleinstadt oder auf dem Land mochte der Streifendienst eine relativ entspannte Angelegenheit sein. Hier, in der kriminellsten Stadt Deutschlands, war er ein einziger Alptraum. In Berlin konnte es in jeder Sekunde zu gewaltsamen Übergriffen kommen, Raub, Körperverletzung, Mord, das volle Programm eben.

Zu einer blutüberströmten Leiche gerufen zu werden, fand Meyer da noch vergleichsweise erträglich, auch wenn er die Erschütterung des jungen Mannes nachvollziehen konnte.

"Wie heißen Sie?"

"David. David Berg."

"Na schön, David Berg, haben Sie den Leichenfundort rechtzeitig abgeriegelt?"

Berg nickte und sagte: "Ich und meine Kollegin, Anastasia Grüner heißt sie."

Meyer sah sich um und beobachtete die Männer und Frauen der Spurensicherung in ihren weißen Anzügen dabei, wie sie kleine gelbe Markierungsfähnchen setzten und mit Pinseln Spuren sammelten, der Tatortfotograf schoss Fotos vom Leichnam.

"Wo ist Frau Grüner jetzt?"

"Setzt ihren Streifendienst fort."

Meyer warf Berg einen Blick zu, von dem er wusste, dass er verächtlich war. Doch in diesem Augenblick konnte er nicht anders. Es erfüllte ihn mit Fassungslosigkeit, dass Berg seine Kollegin allein weiter Streife fahren ließ, während er hier vor sich hin litt.

So jedenfalls sah Meyer die Sache, und Berg schien das zu begreifen, weshalb er sagte: "Ich bin nicht stolz darauf, wäre jetzt auch lieber mit ihr auf der Straße."

Meyer seufzte und sagte: "Gehen Sie nach Hause, ruhen Sie sich aus. Und morgen sind Sie wieder mit Ihrer Kollegin unterwegs. Klingt das nach einem Plan?"

Berg versuchte, zu nicken, doch begann stattdessen wieder, zu würgen.

"Gehen Sie, gehen Sie!", sagte Meyer und sah Berg nach, der seinem Rat glücklicherweise folgte.

Wenn etwas unangenehmer ist als ein Leichenfundort, dann ist es ein vollgekotzter Leichenfundort, ging es Meyer durch den Kopf.

Er trat näher an die Leiche, schaute zu Markus Neumann, seines Zeichens Leiter der Schutzpolizei, und fragte: "Wissen wir, um wen es sich bei dem Opfer handelt?"

"Das haben wir schnell rausbekommen", sagte Neumann, woraufhin Meyer ihn überrascht ansah.

Der Erfahrung des Hauptkommissars nach war es alles andere als üblich, dass die Identität einer Leiche schnell festgestellt werden konnte. Bisweilen dauerte es Wochen, manchmal sogar Monate, erst recht, wenn der Leichnam so übel zugerichtet war wie in diesem Fall. Diesmal schien es anders zu sein.

"Was haben Sie?", fragte Meyer, der Betroffenheit in Neumanns Gesicht erkannte.

Neumann sah ernst zu Meyer und antwortete: "Sie kennen ihn."

Meyer schaute zum Toten, dessen eine Gesichtshälfte am Asphalt zu kleben schien, während die andere blutig und von stumpfer Gewalteinwirkung gezeichnet war.

"Tue ich das?"

"In der Tat", sagte Neumann, "es handelt sich um Dimitri Adamowitsch."

Als Meyer den Namen hörte, zog sich sein Magen zusammen. Jetzt war er es, der kurz davor war, sich zu übergeben.

3

PRAG, HOTELZIMMER

"D as war ... uff!", keuchte Karla, mehr brachte sie nicht heraus.

Sie rang nach Luft, während Martin ruhig und mit einem zufriedenen Lächeln neben ihr auf dem Hotelbett lag.

Die Flügelfenster des Zimmers standen offen, warme Sommerluft, der Lärm der Passanten und die Sonne drangen hinein.

Wenn es seit Wochen einen perfekten, glückseligen Augenblick gab, hatte ihn Karla soeben gefunden.

Sie drehte sich zu Martin und sagte mit verschmitztem Grinsen: "Du bist ja gar nicht aus der Puste."

Martin lächelte und antwortete: "Dabei war ich es, der die ganze Arbeit gemacht hat."

"Ist das so?", fragte Karla mit gespielter Empörung und knuffte Martin dabei am Oberarm. "Ich glaube, ich war auch nicht ganz untätig."

"Na schön, da ist was dran", gab Martin lächelnd zu. "Und was machen wir jetzt?"

Der Kerl ist ein ganz schönes Energiebündel, dachte Karla. Aber das war ihr nur recht. Jemand, der sie auf Trab hielt, lenkte sie von Problemen ab, die sie sonst auf Schritt und Tritt begleiteten.

"Jetzt können wir zu meinem eigentlichen Plan zurückkehren."

"Der Wanderung durch Prag."

Karla nickte.

"Jepp. Du bist mir da irgendwie ... dazwischengekommen."

Ein breites Grinsen zeichnete sich auf Martins Gesicht ab.

"Bild dir aber bloß nix drauf ein. Ich bin nicht immer so leicht zu haben, du hast mich in einem schwachen Moment erwischt."

Nach wie vor breit grinsend fragte Martin: "Warum sagen das die Frauen eigentlich immer?"

Von wie vielen Frauen sprechen wir hier?, fragte Karla sich in Gedanken. So durchtrainiert und gut wie Martin aussah, tippte sie auf Hunderte, falls er die Masche des freundlichen Helfers regelmäßig an touristischen Standpunkten durchführte.

"Frag nicht", sagte Martin, der zu ahnen schien, was Karla auf der Zunge lag. "Ein Gentleman schweigt und genießt."

"Soso, du bist also ein Gentleman. Ich würde dich eher als Geheimniskrämer bezeichnen."

Tatsächlich war es nicht viel, was Karla über den Mann neben sich wusste, der sie noch Momente zuvor in Ekstase versetzt hatte.

Nur, dass er wie sie auch aus Berlin kam und sich seit einigen Wochen in Prag aufhielt.

"Wieso?", fragte er, "ich habe dir doch alles Wesentliche von mir erzählt."

"Das ist Ansichtssache. Bisher weiß ich nur, dass du hier auf Work... Worka..."

Karla zermarterte sich ihren mit Endorphinen und Dopamin gefluteten Kopf, im verzweifelten Versuch, sich jenes englisch klingende Wort in Erinnerung zu rufen, das sie das erste Mal in ihrem Leben aus Martins Mund gehört hatte.

"Workation", half er ihr.

"Es gibt auch für alles ein Wort, oder?", fragte sie. "Sogar dafür, Arbeit und Urlaub miteinander zu verbinden."

„Ich bin frei", sagte Martin und klang dabei zufrieden. „Als Freelancer kann ich überall arbeiten, und das mache ich auch."

Freelancer. Noch so ein Wort, das für Karla mit dem dahinterstehenden Lifestyle fremd, aber gleichzeitig faszinierend war.

"Ich wäre auch gern freiberuflicher Webdesigner", seufzte sie.

"Na dann los. Fang morgen damit an, ich zeige dir, wie es geht."

"Das ist nicht so einfach", sagte Karla und biss sich auf die Lippe.

Für einen kurzen Augenblick war sie naiv gewesen, so schrecklich naiv.

Sie hatte sich einen Moment lang wie eine normale Frau gefühlt, nicht wie eine Gejagte, die täglich um ihr Leben bangte.

Doch das war die Realität, nicht ihre verträumten Ideen davon, einen Neustart zu wagen, auch wenn Martin mit seiner Sorglosigkeit den Weg dorthin zu verkörpern schien.

"Was soll das heißen, dass es nicht so einfach ist?", fragte Martin. "Natürlich ist das einfach, du musst es nur durchziehen."

"Du hast leicht reden", sagte Karla verbittert.

"Apropos Geheimniskrämerei."

Oh oh, dachte Karla.

Wieder war sie ihrer Naivität aufgesessen. Natürlich war es nur eine Frage der Zeit gewesen, bis Martin sich auch nach ihrem Leben erkundigte. Schließlich konnte sie ihn nicht ewig hinhalten, auch wenn sie sich das gewünscht hatte.

"Ich weiß so gut wie nichts über dich. Nicht einmal, was du beruflich machst."

"Vielleicht ist das auch besser so", sagte Karla nachdenklich, den Blick starr an die Decke gerichtet.

"Das ist Ansichtssache", warf Martin Karlas eigenen Kommentar schnippisch zurück.

"In einem anderen Leben", sagte sie seufzend, "war ich mal Kriminalkommissarin bei der Berliner Polizei."

"Was ist passiert?"

Martin saß im Bett und schaute Karla neugierig an. Das Sonnenlicht, das durch die geöffneten Flügelfenster einfiel, zeichnete sich auf seiner muskulösen Brust ab.

Gott, war dieser Kerl heiß. Karla musste sich dabei beherrschen, nicht die Fassung zu verlieren. Und die Bewusstheit darüber, dass sie diesem fremden Mann nicht zu viel über sich verraten durfte. Vielleicht würde sie ihm eines Tages vertrauen. Aber nicht heute, auch nicht morgen oder nächste Woche.

Martin würde sich ihr Vertrauen erst verdienen müssen.

"Darüber möchte ich nicht reden", sagte Karla.

Die gesuchte Polizistin sah keinen Grund, diesen Moment mit Martin durch Erzählungen über ihre Flucht zu zerstören.

"Na schön."

Martin klang verärgert, während er das sagte, und sah sie dabei mit fast schon strafendem Blick an, so kam es Karla zumindest vor.

Zu Karlas Erleichterung grinste er jetzt verschlagen und sagte: "Irgendwann bekomme ich deine Geheimnisse heraus, verlass dich drauf."

"Alles zu seiner Zeit."

"Jetzt ist erstmal Zeit, um zu duschen", sagte Martin, sprang elegant vom Bett auf und lief zum kleinen fensterlosen Bad, das sich an das Hotelzimmer anschloss. "Kommst du mit?"

So verlockend sich Martins Vorschlag anhörte, Karla musste ablehnen. Sie brauchte eine Pause, kein weiteres Schäferstündchen.

"Ich mach mal kurz die Augen zu", sagte sie, schon halb weggetreten.

Martins verschlagenes Grinsen wurde breiter, als er sagte: "Ich gönne sie dir. Aber wenn ich wieder da bin, machen wir weiter."

"Ach, es gibt sicherlich Schlimmeres", sagte sie mit einem zufriedenen Seufzen.

Martin verschwand im Bad und gerade war Karla dabei, ihre Augen zu schließen, da fiel ihr Blick auf einen Gegenstand in Martins geöffneten Rucksack, der im Sonnenlicht aufblitzte.

Als Karla begriff, was sie sah, erschrak sie zutiefst.

4

BERLIN-FRIEDRICHSHAIN, INSTITUT FÜR RECHTSMEDIZIN

Hauptkommissar Meyer lief durch den weiß gekachelten, steril wirkenden Flur und näherte sich der Tür des Sektionssaals.

Kommentarlos hatte Rechtsmediziner und Institutsleiter Arthur Gerster ihm die Eingangstür elektronisch geöffnet, was Meyer gerade noch rechtzeitig durch ein Surren an der Klingelarmatur bemerkt hatte, bevor es verstummt war.

So weit, so üblich für Gerster, der vermutlich in seine Arbeit versunken war.

Meyer war gespannt darauf, zu erfahren, ob Gerster bereits etwas über Dimitri Adamowitschs Ableben herausgefunden hatte.

Je näher Meyer dem Sektionssaal kam, desto lauter erklangen seltsame Stimmen, die aus Lautsprecherboxen dröhnten.

Meyer öffnete die Flügeltür und betrat den Saal. In der Mitte des Raumes stand Rechtsmediziner Gerster, mit dem gebeugten Rücken zu Meyer, während er Adamowitschs Leichnam obduzierte, wie Meyer es vermutet hatte.

Meyer wollte sich mit dem Mann im Kittel unterhalten, jedoch fiel es dem Ermittler schwer, gegen die Stimme der professionellen Sprecherin anzubrüllen, die in extremer Lautstärke aus den Boxen dröhnte, welche an den Wänden des Sektionssaals befestigt waren.

Die kalte Messerklinge bohrte sich tief in das schutzlose Fleisch seines Opfers.

Erschrocken starrte sie ihn an, fassungslos darüber, dass er dazu fähig war, ihr so etwas anzutun.

Er schien zu genießen, was er tat, denn er lächelte, während er die Klinge in ihrem Bauch herumdrehte.

"Gott, Gerster, haben Sie nicht schon genug Mord und Totschlag auf Ihrem Sektionstisch?"

Gerster schien Meyer nicht zu beachten, er war weiter über jenen Sektionstisch gebeugt, von dem Meyer soeben gesprochen hatte.

Beherzten Schrittes lief Meyer zu einem Tablett, das sich auf einem Beistelltisch in Gersters Nähe befand. Dann schaltete er die Box ab, woraufhin die düster klingende Frauenstimme verstummte.

"Hey, was zum ..."

Gerster drehte sich empört um, sein Kinn bebte, die markanten Gesichtszüge wirkten wie eingefroren, während er Meyer mit dem Blick seiner wachen braunen Augen fixierte.

"Was soll der Quatsch?", fragte Gerster empört.

Meyers Blick wanderte über das Gesicht des jungen Rechtsmediziners. Gerster war gerade mal Anfang 40 und hatte es durch Ehrgeiz, Kompetenz und Ellenbogenmentalität zum Institutsleiter gebracht. In der Fachwelt und in Polizeikreisen galt er als der Beste der Besten, jedoch von bisweilen zweifelhaftem, ungestümem Charakter, den er nun auch Meyer gegenüber an den Tag legte.

"Haben Sie schon Ergebnisse aus Ihren Untersuchungen?", fragte Meyer, ohne auf Gersters wutentbrannte Frage einzugehen.

"Sie denken auch, ich kann hexen, oder?"

"Wenn dem so wäre, dann hätten Sie mich wahrscheinlich schon längst in eine Kröte oder in einen Regenwurm verwandelt."

Angesichts dieses Witzes schien Gerster sich etwas zu beruhigen, wie sein darauffolgender Kommentar verriet: "Ich würde Sie in einen Elefanten verwandeln, und zwar in dem Moment, in dem Sie sich bei Ihrem Lieblingsbäcker Ihren Morgenkaffee holen. Stelle ich mir lustig vor, wenn aus Ihrem Arm plötzlich ein Rüssel wird, während Sie sich den Zucker für Ihr Heißgetränk schnappen wollen."

"Wirklich urkomisch", sagte Meyer, froh darüber, dass Gerster wieder bessere Laune zu haben schien.

Wenn der Rechtsmediziner unwirsch war, erschwerte das die Zusammenarbeit mit ihm erheblich, das wusste Meyer aus Erfahrung. Entsprechend musste er den sportlichen Mann mit den braunen Haaren und braunen Augen mit Samthandschuhen anfassen, wenn er Informationen aus ihm herauskitzeln wollte.

"Wie ein Elefant im Porzellanladen haben Sie sich ja schon benommen, hier in meinem Sektionssaal", sagte Gerster zähneknirschend, wobei er das Skalpell in der Hand hielt, was ihn seltsam bedrohlich auf Meyer wirken ließ.

"Sie können Ihr Hörbuch der Brutalitäten ja gleich wieder einschalten, wenn ich weg bin", seufzte Meyer. "Was ziemlich bald der Fall sein dürfte, da Sie mir nichts Neues zu berichten haben."

"Das habe ich nicht gesagt", brummte Gerster. "Ich habe gesagt, dass ich nicht hexen kann."

"Dimitri Adamowitsch", sagte Meyer und trat näher an den Sektionstisch heran, wobei er Übelkeit in sich aufsteigen spürte.

Meyer war zwar ein knallharter Polizist, konnte und wollte sich aber nicht an den Anblick brutal zugerichteter Leichen gewöhnen. Auch nach Jahrzehnten kriminalistischer Arbeit hatte der Anblick der Opfer noch etwas Schockierendes für ihn, was ihn auf merkwürdige Weise beruhigte. Schließlich war das ein Hinweis darauf, dass er nicht völlig abgestumpft war, dass er sich seine Menschlichkeit bewahrt hatte, was keinesfalls die Norm war, wie er von einigen Kollegen wusste. Die konnten eine Leiche untersuchen, welcher der Schädel eingeschlagen worden war, und direkt im Anschluss einen Dönerteller futtern.

Für Meyer war das unvorstellbar, er musste sich erholen, mindestens für eine halbe Stunde, je nach Schwere der Verstümmelungen konnte es auch schon mal einen ganzen Nachmittag oder ein paar Tage dauern, bis er den Anblick verarbeitet hatte.

"Ja, Dimitri Adamowitsch", wiederholte Gerster. "Sie standen ihm nahe?"

"Das würde ich nicht sagen, aber Dima war ein hoch professioneller Experte auf dem Gebiet der Entschlüsselung."

"Entschlüsselung?"

"Sie wissen schon, geheime Codes, versteckte Botschaften in den hochtrabenden Aufzeichnungen von Serienkillern, so was eben. Er hat über Jahre zuverlässig und gut mit uns zusammengearbeitet."

Bis zu jenem Tag, an dem du dein wahres Gesicht gezeigt hast, dachte Meyer. Es hatte sich herausgestellt, dass Dimitri Adamowitsch Mitglied der international agierenden Terrororganisation *Neue Ära* war, deren Ziel es war, ein weltweites Kalifat zu errichten. Um dieses Ziel zu erreichen, war der Organisation jedes Mittel recht, Anschläge und Attentate inklusive.

"Aha", sagte Gerster, "dann ist Ihnen also ein Experte verlorengegangen."

Und ein Terrorist, ging es Meyer durch den Kopf, behielt den Gedanken aber für sich.

"So ist es", sagte der Ermittler. "Er war unersetzlich und doch ..."

"... muss er ersetzt werden", vervollständigte Gerster den Satz. "Haben Sie schon jemanden gefunden?"

"Na ja, Dekodierungs-Spezialisten wachsen nicht gerade auf Bäumen. Aber das soll nicht Ihre Sorge sein."

Gerster nickte und sah zu Adamowitschs Leichnam.

"Ich habe ihn gereinigt, um ihn untersuchen zu können."

"Leider sieht er dadurch nicht weniger schlimm aus", stellte Meyer fest.

Adamowitschs Körper war von Stichwunden und Knochenbrüchen übersät.

"Offenbar hat der Täter Brutalität zu seinem Markenzeichen erklärt", sagte Gerster kopfschüttelnd.

"Haben Sie sonst noch was rausgefunden?", fragte Meyer ungeduldig.

"Der Täter war kein Idiot, im Gegenteil."

"Wie kommen Sie darauf?"

"An der Leiche habe ich keinen Fingerabdruck oder fremde DNA-Spuren gefunden. Ein paar Haare auf der Haut, die ich als Probe ins Labor geschickt habe, wie auch Hautschuppen, die mir merkwürdig vorkamen. Aber nach aktuellem

Stand muss ich davon ausgehen, dass die ebenfalls zum Opfer gehören."

"Da ist also jemand mit Kalkül und Präzision vorgegangen."

"Der Killer wusste genau, was er tat. Und er weiß offenbar auch, was *wir* tun."

"Das sind Spekulationen", bremste Meyer den Rechtsmediziner aus. "Sie machen Ihre Arbeit, und meine besteht darin, schnellstmöglich die Person zu finden, die das getan hat. Vielleicht waren es auch mehrere Täter, wie dem auch sei, ich werde es herausfinden."

"Viel Glück dabei", sagte Gerster mit sarkastischem Unterton. "Sie werden jedenfalls einer neuen Spur folgen müssen, wenn Sie dabei eine Chance haben wollen."

"Werde ich", sagte Meyer, nickte Gerster zu und verließ den Sektionssaal.

5

PRAG, HOTELZIMMER

Karla blinzelte, in der Hoffnung, dass ihre Müdigkeit ihr womöglich einen Streich gespielt hatte.

Doch noch immer funkelte der Gegenstand in Martins Rucksack im Sonnenlicht, das durch die Flügelfenster einfiel.

Vorsichtig robbte Karla über das Bett, die geöffnete Badezimmertür immer im Blick behaltend.

Martin konnte jederzeit wiederkommen, und er durfte sie auf keinen Fall dabei erwischen, wie sie an seinem Rucksack nestelte.

Erleichtert atmete sie auf, als sie Geräusche im Bad hörte.

"Gehen wir vor der Wanderung frühstücken?", rief Martin, der den plätschernden Geräuschen nach zu urteilen unter der Dusche zu stehen schien.

"Hier im Hotel gibt es Frühstück", sagte sie so ruhig sie konnte, um keinen Verdacht zu erregen.

Währenddessen robbte sie weiter auf dem Bett entlang, was ihr wie eine Ewigkeit vorkam, bis sie mit den Fingerspitzen ihrer ausgestreckten Hand endlich Martins Rucksack berühren konnte. Vorsichtig zog sie den Stoff auseinander, sodass der Spalt des geöffneten Rucksacks größer wurde.

Sie stieß einen spitzen Schrei aus, für den sie sich innerlich verfluchte.

"Ist alles okay?"

"Ja, ja, ich dachte nur, ich hätte ne Kakerlake gesehen."

"Würde mich in der Bude hier nicht überraschen", sagte Martin und schien, so klang es zumindest, dabei zu lachen. "Lass uns hier schnell auschecken und ein besseres Hotel suchen."

Das war sowieso mein Plan gewesen, dachte Karla, *bevor du dich an einem Coffee-to-Go-Stand scheinbar zufällig in mein Leben gequetscht hast.*

Doch an Zufälle glaubte Karla schon lange nicht mehr. Erst recht nicht, nachdem sie sich nun vergewissert hatte, dass es sich bei dem metallisch blitzenden Gegenstand tatsächlich um eine Pistole handelte.

Warum trug ein scheinbar harmloser, netter Typ eine Schusswaffe mit sich herum?

In Karlas Kopf bohrte sich ein grauenerregender Gedanke, der ihr Herz zum Rasen und ihren Körper zum Schwitzen brachte.

Nicht nur die Polizei sucht nach dir, sondern auch die Neue Ära.

Jenen Häschern war sie vor einigen Wochen mit dem nackten Leben davongekommen, doch nun schien die hoch vernetzte Terrororganisation sie aufgespürt zu haben. Die Mitglieder der *Neuen Ära* blieben meist im Verborgenen, doch konnte dies nicht darüber hinwegtäuschen, dass sie weltweit auf der Jagd nach ihren Opfern waren.

Wieso hatte sie sich nur auf einen Fremden eingelassen?

War es die Sehnsucht nach Nähe gewesen?

Oder der Wunsch nach Ablenkung?

Das Verlangen, sich einem anderen Menschen hinzugeben?

Was es auch war, sie musste schleunigst raus hier, sie würde sich ihren Rucksack schnappen und ...

Plötzlich verstummte die Dusche.

6

VEREINIGTE STAATEN, NEVADA, GEHEIME BASIS

Nervös knetete John Dinostrio seine Hände, die er hinter seinem Rücken verschränkt hatte.

Er war nicht oft in der Basis, wie dieses Untergrund-Ungetüm aus Beton und Stahl genannt wurde, und jedes Mal flößte ihm dieser Ort Respekt ein.

Kein Wunder, dachte er, schließlich gingen hier Dinge vor sich, die von der Weltöffentlichkeit strengstens geheim gehalten wurden.

Dinostrio hatte in den vergangenen Nächten kaum geschlafen, stattdessen hatte er sich wieder und wieder zurechtgelegt, was er Robertson gegenüber sagen würde.

Als einer der führenden Köpfe der Organisation forderte Mark Robertson regelmäßig Berichte von Untergebenen ein. So auch von Dinostrio, diesmal persönlich, was ungewöhnlich und der Grund für Dinostrios Aufregung war.

Üblicherweise fanden die Gespräche über einen gesicherten Com-Link via Satellitentelefonie statt, die *Corporation* hatte ihre eigene digitale Infrastruktur, um für Abhörsicherheit zu sorgen.

Diesmal hatte Dinostrio einen Weg von über 700 Meilen auf sich genommen, um schnellstmöglich von seiner Heimatstadt Denver hierherzukommen, wie Robertson es verlangt hatte.

Nun stand er hier wie bestellt und nicht abgeholt, in diesem fensterlosen, abhörsicheren Raum, an dessen Decke eine imposante Weltkugel gespannt war, unter der sich eine geöffnete Hand befand. Dies war das Logo der Corporation, das sich auch in der internen Kommunikation wiederfand.

Endlich öffnete sich die Tür und Robertson trat ein, gefolgt von zwei breitschultrigen, versteinert dreinblickenden Männern in schwarzen Anzügen. Sie postierten sich neben der Tür, während Robertson, wie üblich in einem teuren grauen Designeranzug gekleidet, den Raum betrat und sich Dinostrio gegenübersetzte.

Robertson fuhr sich durch das grau melierte Haar, das gut zum grauen Anzug und der goldenen Krawatte passte, die er trug.

Dann durchdrang er Dinostrio mit dem Blick seiner stechenden Augen, die grau waren, was Dinostrio bei keinem Menschen zuvor beobachtet hatte.

"Hallo John", sagte Robertson, die Hände legte er dabei ineinander gefaltet und ruhig auf dem Metalltisch vor sich ab, an dem ihm Dinostrio gegenübersaß. "Hattest du eine gute Fahrt?"

"Klar", sagte Dinostrio, dessen Weg hierher sicherlich vieles gewesen war, aber nicht *gut*.

Abgesehen vom schlechten Bauchgefühl, das sein ständiger Beifahrer gewesen war, hatte Dinostrio sich mit einer Reifenpanne und dem sich anschließenden Abzocker-Pannendienst herumschlagen müssen. Doch das alles würde er vergessen können, wenn er nur lebend wieder hier herauskam. Als Angehöriger der höchsten Geheimhaltungsstufe wusste keine Menschenseele, wo Dinostrio im Augenblick war, niemand bis auf Robertson. Selbst seine Frau Mary hatte er anlügen müssen, obwohl er ihr am Traualtar das Gegenteil geschworen hatte. Doch würde die Wahrheit sie in Gefahr bringen, das hatte Dinostrio von Anderen gehört, die ihre Klappe nicht hatten halten können und kurze Zeit später für immer verschwunden waren. Ein solches Schicksal wollte er sich und seiner Frau um jeden Preis ersparen.

"Wie geht es mit dem Projekt voran?"

Robertson hielt es nicht für nötig, Dinostrio einen Kaffee anzubieten. Das hier war sein Revier, und er bestimmte die Spielregeln.

"Gut, gut", sagte Dinostrio. "Einheit 11 ist in Position, wir können losschlagen, sobald der richtige Zeitpunkt gekommen ist."

"Das sind gute Neuigkeiten", sagte Robertson, seine ernste Miene blieb dabei unverändert. "Sie wissen ja, wie die Deutschen sind. Die mögen es gar nicht, wenn wir auf ihrem Hoheitsgebiet aktiv sind."

"Weiß ich."

"Ich persönlich gebe ja einen Dreck darauf, was diese Sauerkrautfresser wollen. Aber wir können es uns nicht leisten, entdeckt zu werden. Wir würden unsere Männer nie wiedersehen und schlimmstenfalls würden die Deutschen Kenntnis von unseren Geheimoperationen erhalten. Das darf auf keinen Fall passieren."

"Ich verstehe", sagte Dinostrio und biss sich dabei auf die Lippe.

Als verantwortlicher Einsatzleiter für Einheit 11 war ihm klar, was auf dem Spiel stand. Wenn das Team versagte, würde das unmittelbar auf ihn zurückfallen und Konsequenzen nach sich ziehen, über die er nicht einmal ansatzweise nachdenken wollte.

"Dann läuft also alles nach Plan", sagte Robertson und stand von jenem Holzstuhl auf, auf dem er bis eben gesessen hatte.

Ist das ein Ernst?, fragte Dinostrio sich verärgert. *Wegen dieser zweiminütigen Unterhaltung hast du mich über 700 Meilen fahren lassen?*

Zugleich war Dinostrio froh darüber, dass dieses Gespräch so glimpflich abgelaufen war.

Horrorgeschichten über Agentenführer und Einsatzleiter, die versagten, kannte er genug.

"Vergessen Sie nicht, dass Sie hier in der obersten Liga spielen", sagte Robertson, während er sich sein Sakko zuknöpfte.

"Und Sie meinen, Sie müssten mich daran erinnern?", fragte Dinostrio verärgert.

"Würde ich es sonst sagen?"

Robertson lief zu Dinostrio und streckte ihm die Hand aus. Es verging eine Sekunde des Zögerns, bevor Dinostrio den Händedruck erwiderte.

"Sie sind ein guter Mann, Dinostrio, die Corporation kann auf Sie zählen. Und nun finden Sie Karla Schmitz."

Dinostrio nickte, was Robertson erwiderte. Dann wandte sein Chef den Blick ab, klopfte Dinostrio halbherzig auf die Schulter und verließ den geheimen Besprechungsraum.

7

···· ❋ ····

PRAG, HOTELZIMMER

"Karla?"

Martin, der sich in der Duschkabine abtrocknete, spitzte die Ohren in Erwartung einer Antwort.

Stille.

Kurz zuvor hatte er ein merkwürdiges Geräusch gehört, als wäre eine Tür zugeschlagen worden.

Die Tür des Hotelzimmers, war es ihm in den Sinn gekommen, woraufhin er Karlas Namen in die merkwürdige Stille gerufen hatte.

Jene Stille, die entstand, wenn jemand Hals über Kopf verschwand.

Mit einem Handtuch um die Hüfte gewickelt trat Martin aus dem Badezimmer.

"Verdammt!", entfuhr es ihm, als er in das zerwühlte leere Bett sah, und auch sonst nirgends Karla entdecken konnte.

Martins Puls raste, als sein Blick auf seinen geöffneten Rucksack fiel, der an seiner Bettseite stand. Er hechtete zum Rucksack und sah hinein.

Eben erst war er frisch aus dem Bad gekommen, doch jetzt hätte er gleich wieder duschen können, angesichts des Schweißausbruchs, der ihn in diesem Augenblick überkam.

Karla war geflohen.

Und sie hatte seine Pistole mitgenommen, wie er entsetzt feststellte.

Martin stürzte zu seiner Hose, die er kurz vor dem Liebesspiel mit Karla an seiner Bettseite abgestreift hatte. Seitdem fristete sie dort ihr Dasein als Stoffhäufchen Elend.

"Das ist übel", sagte er, während er mit zitternden Händen das Smartphone aus seiner Hosentasche zog. "Komm schon, du Mistding", fluchte er ungeduldig, während er das Smartphone zu entsperren versuchte, aber sein Daumen war zu feucht, als dass der Sensor seinen Fingerabdruck erkennen konnte.

Er trocknete seinen Daumen am Handtuch ab, das um seine Hüfte geschlungen war, und versuchte es erneut.

Endlich, es klappte. Nervös leckte er sich über die Lippen, während er die Ziffern jener Telefonnummer eingab, die er keinesfalls irgendwo speichern durfte, wenn ihm sein Leben lieb war. Der einzige erlaubte Speicher war in seinem Kopf, tief verborgen vor Geheimdiensten jeglicher Nationalität, und weitaus gefährlicheren Organisationen.

Nachdem er die 14-stellige Nummer eingegeben hatte, tippte er auf das grüne Telefonsymbol.

Es klingelte einmal, bevor jener Mann abnahm, den Martin sprechen wollte.

"Was gibt's?"

"Sie ist weg", sagte er und spürte Panik in sich aufsteigen.

Schweigen empfing ihn am anderen Ende der Leitung.

"Hallo?"

"Was meinst du mit *weg*?"

Martin schloss die Augen und legte den Kopf in den Nacken. Bevor er die nächsten Worte sprach, betete er zu Allah, dass er vom Zorn jenes Mannes verschont blieb, dem er die aktuellen, fürchterlichen Entwicklungen mitteilte.

"Karla Schmitz, sie ist entkommen."

Wieder herrschte bedrückendes Schweigen am anderen Ende.

Martin konnte sich nicht daran erinnern, wann sich zuletzt Sekunden wie Stunden für ihn angefühlt hatten. In diesem Moment war das der Fall.

Panisch eilte er zum Fenster und schob den Vorhang zur Seite, um einen freien Blick auf die Straße zu bekommen. Unten sah alles normal aus, Menschen gingen ihrer Wege, Autos hupten und fuhren den Boulevard entlang.

Doch der Schein konnte trügen. Wer versagte, bekam schnell ein Killerkommando auf den Hals gehetzt.

"Bist du aufgeflogen?", fragte der Mann.

"Nein."

"Wie kannst du dir da sicher sein?"

Gar nicht, dachte Martin, aber das konnte er unmöglich sagen. Bei diesem Telefonat ging es um Leben oder Tod, da machte er sich nichts vor.

"Ich war duschen, sie hat währenddessen offenbar meine Pistole entdeckt und hat sich damit aus dem Staub gemacht."

"Das ist nicht gut."

"Das kannst du laut sagen."

"Hast du die Waffe etwa offen herumliegen lassen?"

"Natürlich nicht. Ich hatte sie in meinem Rucksack, den ich aber nicht gut genug verschlossen hatte. Ich weiß, das war ein dämlicher Fehler von mir."

"Dämlich ist gar kein Ausdruck dafür."

Wieder verstrich ein Moment ohne Worte, bis der Kerl endlich sagte: "Okay, pass auf, alles läuft weiter wie gehabt. Wir rücken nicht vom Plan ab, ist das klar?"

Martin schloss wieder die Augen, atmete erleichtert auf. Das war es, was er hören wollte. Denn diese Worte bedeuteten, dass er am Leben blieb.

Vorerst.

"Klar", sagte er und nickte.

"Du fährst nach Berlin und triffst dich mit dem Team. Hast du dir schon einen Zug gebucht?"

"Hab ich."

"Gut, auch wie besprochen in der zweiten Klasse?"

"Ja."

"Das ist wichtig. Je unauffälliger wir uns bewegen, desto besser. Dekadente Fahrten in der ersten Klasse sind ein Luxus, den wir uns nicht leisten können."

"Logisch", sagte Martin genervt.

"Eine Erinnerung daran kann nicht schaden. Schließlich hast du auch vergessen, sorgfältig auf deine Pistole zu achten, weshalb du überhaupt erst in diesem Schlamassel steckst."

Du kannst mich mal, dachte Martin verärgert, aber wo der Kerl recht hatte, hatte er recht. Martin war auf dem besten Weg gewesen, Karlas Vertrauen zu gewinnen, bis er es durch eigene Nachlässigkeit verspielt hatte.

"Danke für den wertvollen Hinweis", sagte Martin und konnte seinen Sarkasmus dabei nicht unterdrücken, so sehr er sich auch darum bemühte.

"Jetzt werd nicht frech. Du kannst von Glück reden, dass du nochmal davonkommst. Andere haben schon für weitaus kleinere Fehler mit dem Leben bezahlt."

"Ich weiß", sagte Martin.

"Also, du reist wie besprochen nach Berlin und checkst direkt im Hotel de Rome ein, klar soweit?"

"Klar."

"Keine Ausflüge oder Sightseeing-Touren zwischendurch."

"Ich hab *klar* gesagt."

Allmählich hatte Martin die Faxen dicke. Wie sollte er noch deutlicher ausdrücken, dass er den Ernst der Lage verstanden hatte?

"Du fokussierst dich jetzt voll und ganz auf deine Mission in Berlin."

"Verstanden", sagte Martin und legte auf. Dann nahm er seinen Rucksack und verließ das Hotelzimmer.

8

---◆---

POLIZEIREVIER BERLIN-MITTE, BÜRO VON HAUPTKOMMISSAR BERNHARDT MEYER

Hauptkommissar Bernhardt Meyer lehnte in seinem Chefsessel, die Füße der übereinander geschlagenen Beine ruhten auf seinem Schreibtisch. Er hatte die Augen geschlossen, um sich eine kurze Pause zu gönnen.

Der Besuch im Institut für Rechtsmedizin hatte ihn Kraft gekostet, strenggenommen war es Rechtsmediziner Gerster gewesen, der Meyer angestrengt hatte.

Wenigstens war der Besuch in Gersters Institut zufriedenstellend verlaufen. Meyer würde kurz die Augen schließen und ein Nickerchen halten, sein vertrauliches Telefonat würde er erst in einer Dreiviertelstunde haben.

Bis dahin war noch reichlich Zeit, um im Land der Träume zu entspannen, fand Meyer. Mit jedem langsamer und tiefer werdenden Atemzug spürte er, satt und zufrieden vom Mittagessen, wie er in einen Zustand der Entspannung glitt.

Doch sollte die Ruhepause nicht von langer Dauer sein.

Ohne Vorankündigung wurde die Tür zu seinem Büro aufgerissen, begleitet von einem starken Luftzug, der einen blumigen Parfümduft zu Meyer wehte.

Hastig zog der Ermittler seine Beine heran und versuchte, sich schnellstmöglich in eine halbwegs gerade Sitzposition zu begeben.

"Ich glaube nicht, was ich sehe", sagte Christina Klatte, Leiterin des Reviers und Meyers Chefin.

Meyer schaute sie an, im Versuch, seine verschlafenen, schweren Augenlider geöffnet zu halten.

"Hallo Chefin", sagte Meyer, was ebenfalls eine Anstrengung war, da sein Mund ähnlich wie seine Augen bereits eingeschlafen zu sein schien.

"Haben Sie so viel Zeit, dass Sie während der Arbeit ein Nickerchen machen können?"

Klatte lehnte jetzt am Türrahmen der geöffneten Bürotür, die Arme ineinander verschränkt. Die schwarzhaarige Schönheit mit braunen Augen trug ihr klassisches Outfit, ein ihrer schlanken, sportlichen Figur schmeichelndes Business-Kleid, das Unterteil war dunkelblau, wohingegen das weiße Oberteil mit Rundhalskragen einen angenehmen Kontrast bot. An manchen Tagen trug Meyers Chefin Bleistiftröcke, aber heute schien keiner dieser Tage zu sein.

"Ein kurzer Mittagsschlaf weckt die Lebensgeister", sagte Meyer zur Entschuldigung. "Sodass ich mich danach wieder mit frischer Kraft auf die Ermittlungen konzentrieren kann."

"Was Sie nicht sagen. Und was haben Sie bislang im Zuge Ihrer Ermittlungen herausgefunden?"

"Ich habe Rechtsmediziner Gerster in seinem Institut besucht, aber der konnte mir nichts Neues sagen. Noch nicht."

Klatte seufzte.

"Ich habe nicht danach gefragt, was Sie *nicht* herausgefunden haben, sondern, welche neuen Erkenntnisse es gibt. Haben Sie überhaupt welche?"

"Nun mal langsam, Christina."

Meyer hob schützend die Arme, als er den bösen Blick seiner Chefin sah. Nur wenige Kollegen durften auf Augenhöhe mit der ehrgeizigen, durchsetzungsstarken Frau reden und sie mit dem Vornamen ansprechen. Meyer hatte sich dieses Privileg über Jahre erarbeitet, doch musste er täglich neu unter Beweis stellen, dass er dessen würdig war.

"Die Ermittlungen brauchen ihre Zeit, das wissen Sie. Ich bin dran an dem Fall."

Christina löste sich aus ihrer strengen Körperhaltung, betrat das Büro und setzte sich Meyer auf einem Stuhl gegenüber. Der entschlossene Blick ihrer Augen schien ihn regelrecht zu durchbohren.

Die Enddreißigerin war eine attraktive Erscheinung, daran bestand kein Zweifel. Zugleich war sie als knallharte Karrierefrau bekannt geworden, die sich an die Spitze eines von Männern dominierten Polizeireviers gekämpft hatte.

"Soll ich Ihnen nochmal genau erklären, was für mich auf dem Spiel steht?"

"Christina, ich ..."

"Ein Dekodierungs-Experte wurde in Berlin brutal getötet. Ein Mann, der uns, der Berliner Polizei, jahrelang bei der Aufklärung von Verbrechen geholfen hat. Ganz zu schweigen von seiner wertvollen Unterstützung für die Anti-Terror-Abwehr."

Natürlich wusste Meyer sofort, wovon seine Chefin da sprach. Dimitri Adamowitsch hatte BKA, LKA und BND dabei geholfen, die Kommunikation terroristischer Organisationen zu entschlüsseln. Diese wertvolle Unterstützung war ihnen von einem Tag auf den anderen genommen worden, an jenem Tag, an dem Dima getötet worden war.

"Und während die Presse einen reißerischen Artikel nach dem anderen zu diesem pikanten Vorfall veröffentlicht, hat mein Chef-Ermittler nichts Besseres zu tun, als inmitten dieses Sturms ein Nickerchen zu halten."

Meyer schwieg, er wusste aus Erfahrung, dass es aussichtslos war, Klatte ins Wort zu fallen, wenn sie sich erst einmal in Rage geredet hatte.

In Augenblicken wie diesen war es besser, den Hurricane über sich hinwegfegen zu lassen und den Kopf einzuziehen.

"Das ist aber noch längst nicht alles", sagte Klatte, während ihre roten Lippen bebten. "Da wäre nämlich noch der Innensenator, der mir aufs Dach steigt. Haben Sie den Hauch einer Ahnung, welcher Druck gerade auf mir lastet? Meine Telefonleitung läuft heiß, ich habe vorhin den Stecker gezogen, um wenigstens für zehn Minuten meine Ruhe zu haben."

"Ich hoffe, Sie haben die Zeit für ein Nickerchen genutzt."

Oh, oh, dachte Meyer, *den Witz hätte ich mir wohl besser verkneifen sollen.*

In den Augen seiner Chefin funkelte blanker Zorn, der ihm eindringlich zu verstehen gab, dass er ab sofort lieber seine Klappe halten sollte.

"Sie stehen unter Beobachtung. Ich hoffe, das ist Ihnen bewusst."

"Natürlich ist mir das bewusst", sagte er verärgert.

Nachdem Ex-Kommissarin und Terroristin Karla Schmitz entwischt war, war ein Untersuchungsausschuss ins Leben gerufen worden. Ohne dass Meyer etwas dagegen hatte tun können, hatte der Ausschuss ihn als Verantwortlichen für Karlas Flucht auserkoren. Ein Kopf hatte für Karlas Flucht rollen müssen, und so war es eben Meyers Kopf gewesen, wodurch Klatte als Leiterin des Untersuchungsausschusses ihren aus der Schlinge gezogen hatte. Clever war sie ja, und verdammt abgebrüht, wie Meyer fand.

"Das will ich hoffen. Bis morgen Nachmittag um Punkt 15 Uhr liegt ein Bericht auf meinem Schreibtisch, und zwar mit etwas Handfestem darin, etwas, das eine deutlich erkennbare Spur zum Täter beinhaltet. Und wenn Sie sich dafür die Nacht mit Ermittlungsarbeit um die Ohren schlagen müssen, dann werden Sie das tun. Ist das klar?"

"Klar wie Kloßbrühe", brummte Meyer.

"Gut", sagte Klatte und stand auf. "Geschlafen haben Sie ja schließlich schon, als ich zur Tür reingekommen bin. Insofern dürften Sie genug Energie für diese Aufgabe haben. Hey, was soll das denn werden?"

Frustriert hatte Meyer sein silbernes Zigarettenetui aus der Schreibtischschublade gezogen, in dem er seine Vanillezigarillos aufbewahrte.

"Es besteht Rauchverbot im gesamten Gebäude, und das nicht erst seit gestern", herrschte sie ihn an.

"Schon gut", brummte Meyer und legte das Etui zurück in die Schublade, die er daraufhin schloss.

Klatte warf Meyer einen erbosten Blick zu, bevor sie sich umdrehte und sein Büro verließ.

9

───── ◦ ─────

TSCHECHIEN, IN DER NÄHE VON TELNICE

*M*anchmal hat man kein Glück, und dann kommt auch noch Pech dazu.

Dieser Spruch von ihrer Mutter kam Karla in den Sinn, während sie auf dem Sitzplatz des Reisebusses saß und hoffte, dass sie die weitere Fahrt überstehen würde, ohne sich zu übergeben.

Nur noch der Platz oberhalb des Radkastens war frei gewesen, der schlimmste Platz, wie Karla fand, auf dem ihr schon als Kind auf Klassenfahrten schlecht geworden war.

Sofort hatte sie ihr Mutter Bettina vor Augen, wie sie den Satz schulterzuckend und mit einem müden Lächeln sagte, wenn wieder einmal etwas im Leben nicht so gelaufen war, wie man sich das vorgestellt hatte.

Doch konnte Karla dieser Erinnerung trauen?

Schließlich hatte sie Ungeheuerliches über ihre Eltern erfahren, dass sie glühende Anhänger der Terrororganisation *Neue Ära* gewesen waren, jener Organisation, der Karla angeblich auch angehören sollte, sogar deren wertvollstes Werkzeug sollte sie sein. Diese und weitere Ungeheuerlichkeiten hatte sie von Jakob Muhns gehört, ihrem leiblichen Bruder, der zugleich ein brutaler, skrupelloser Killer gewesen war und mit Dimitri Adamowitsch unter einer Decke gesteckt hatte.

Dimitri war ein brillanter Coding-Spezialist, mit dem Karla in Berlin zusammengearbeitet hatte. Damals, als ihr Leben als Hauptkommissarin der Kriminalpolizei noch halbwegs normal gewesen war. Als ihre Probleme im Wesentlichen darin bestanden hatten, dass sie zum Feierabend hin und wieder ein Glas Wein zu viel trank und sie kein gutes Händchen für Männer zu haben schien.

Jetzt, auf der Flucht vor Terroristen und vor den Sicherheitsbehörden, erschienen ihr diese Sorgen geradezu lächerlich und belanglos. Sie sehnte sich zurück nach diesem Leben als Hauptkommissarin der Kripo Berlin, und doch wusste sie, dass dieses Leben unwiederbringlich vorbei war.

Sie musste sich mit dem Gedanken anfreunden, dass ihr neues Leben aus einer ständigen Flucht bestehen würde, an deren Ende entweder Gefängnis oder Tod wartete, je nachdem, ob die Polizei oder die Häscher der *Neuen Ära* sie zuerst zu fassen bekamen.

Plötzlich zuckte Karla zusammen.

Gedankenversunken hatte sie aus dem Fenster geschaut, als jemand sie von der Seite angesprochen hatte.

Karla schaute neben sich und sah eine freundlich lächelnde Frau in ihrem Alter, blond, hochgewachsen, der Typ sportliche Backpackerin.

"Darf ich mich neben dich setzen?", wiederholte sie ihre Frage, mit der sie Karla wenige Augenblicke zuvor aus ihrer Trance gerissen hatte.

Karla musterte die lächelnde Frau skeptisch. Der Bus war bereits seit Stunden unterwegs, warum also wollte sie ausgerechnet jetzt ihren Platz wechseln?

Die blonde Schönheit drehte ihren Kopf, woraufhin Karla sich nach vorn beugte und zu einem Mann schaute, den die Backpackerin mit ihrem Blick fixierte. Er saß schräg gegenüber am Gang, jetzt konnte Karla hören, dass sein Schlaf wie ein betriebsamer Tag im Sägewerk klang.

"Ich bekomme einfach kein Auge zu bei dem Geschnarche", sagte sie und lächelte verlegen. "Dabei habe ich noch so einen weiten Weg vor mir."

Bald würde es spannend werden, da der Bus gleich die deutsche Grenze passieren und Karla damit ihrem Ziel näherkommen würde.

Doch wer nicht erschöpft an seinem Reiseziel ankommen wollte, tat gut daran, die Zeit schlafend zu verbringen.

"Fährst du auch nach Berlin?", fragte Karla.

"Erstmal schon, antwortete die junge Frau müde lächelnd. "Und von dort aus geht es mit dem Flugzeug weiter nach Barcelona. Ich bin in Bratislava eingestiegen und hoffe nur, dass der Bus weiterhin gut durchkommt, damit ich den Flieger noch schaffe."

Karla war in Prag dazugestiegen, wusste aber, dass der Bus zuvor bereits eine Strecke durch halb Osteuropa zurückgelegt hatte.

"Warum hast du nicht gleich einen Flieger von Budapest nach Barcelona genommen?", fragte Karla misstrauisch.

Die Geschichte kam ihr im wahrsten Sinne des Wortes spanisch vor.

Die Blonde stemmte die Hände in ihre Hüften und sagte: "Weil das deutlich teurer gewesen wäre. Du quetschst mich ja ganz schön aus. Hey, sag doch einfach, dass du mir den Platz neben dir nicht geben möchtest. Ist in einem vollen Bus zwar ziemlich egoistisch, aber ich kann damit leben, wenn man ehrlich zu mir ist, anstatt herumzudrucksen."

"So war das nicht gemeint, ich ..."

Karla wollte noch etwas sagen, doch die junge Frau straffte den Gurt ihres Rucksacks, den sie auf dem Rücken trug, und sagte: "Eine angenehme Nacht noch, und bitte entschuldige die Störung."

Dann lief sie los.

Karla war die Situation unangenehm, sodass sie beschloss, ihre neue Bekanntschaft aufzuhalten.

"Jetzt warte doch mal!", rief sie in den Gang gebeugt, woraufhin ein Mann auf der anderen Seite aus seinem Schlaf aufschreckte. Irritiert sah er Karla an, dann fielen ihm wieder die Augen zu und er schlief weiter.

Die Backpackerin hielt an, drehte sich um und kam zu Karla zurück.

Karla räumte den Platz neben sich frei, auf dem bis zu diesem Zeitpunkt ihr Rucksack, ihr grauer Pullover und ein leerer Coffee-to-Go-Becher gelegen hatten.

"Danke."

"Passt schon", sagte Karla.

Die junge Frau streifte ihren Rucksack ab, stopfte ihn in das Gepäckfach über sich und ließ sich auf den Sitz neben Karla sinken.

Sie streckte ihre Hand aus, die Karla zögerlich schüttelte.

"Ich bin Emily."

"Karla."

"Freut mich. Was machst du in Berlin?"

Wer quetscht hier eigentlich wen aus?, fragte Karla sich, während sie Emily dabei zusah, wie sie sich anschnallte. Dabei stieg der ehemaligen Kommissarin der Duft von Emilys Orangenparfum in die Nase.

"Urlaub", sagte sie.

"Das würde ich in Berlin auch echt gern mal wieder machen, wenn ich nicht direkt nach Barcelona weiterreisen würde. Berlin wird nie langweilig."

Da ist was dran, ging es Karla durch den Kopf. Allerdings dachte sie dabei vermutlich an etwas anderes als Emily, nämlich an brutale Gewaltverbrechen und Anschläge. Einen dieser Anschläge hatte Karla von ihrer eigenen Wohnung aus mit ansehen müssen, am Tempodrom.

"Hast du von diesem Anschlag in Berlin gehört?", fragte Emily, als hätte sie Karlas Gedanken gelesen.

In einem Anflug von Paranoia fragte Karla sich, ob Emily tatsächlich in der Lage dazu war, verbot sich diese irrsinnige Überlegung aber. Als Gejagte, die permanent unter Stress und Anspannung stand, musste sie besonders gut auf ihre geistige Gesundheit achten. Sie brauchte einen klaren Kopf, wenn sie ihren Plan in die Tat umsetzen wollte.

"Ja, hab ich", sagte Karla und biss sich dabei auf die Lippe, bemüht darum, unbeteiligt zu wirken.

"Schlimm, oder? Wozu Menschen imstande sind."

"Das ist wahr."

"Hey, ich mache jetzt mal die Augen zu, okay?"

"Okay", sagte Karla.

Wenige Minuten später war Emily eingeschlafen. In einer Kurve neigte sich ihr Körper in Karlas Richtung, woraufhin sich ihr blonder Schopf sanft auf Karlas Schulter legte.

Karla ließ es zu und genoss es, die Wärme dieser Frau zu spüren.

Schon bald würde ihr die Kälte menschlicher Grausamkeit mit voller Wucht entgegenschlagen.

10

BEELITZ-HEILSTÄTTEN, EHEMALIGES SANATORIUM

"Hallo? Ist hier jemand?"

Hauptkommissar Bernhard Meyer lauschte dem Echo seiner Fragen, das von den Wänden der Ruine widerhallte.

Dieses ehemalige Sanatorium am Stadtrand war nicht seine Idee für den Treffpunkt gewesen, doch Meyer war klar, dass jener Mann, den er gleich treffen würde, größten Wert auf Sicherheit legte.

Aber würde er Abu Adaan tatsächlich hier begegnen?

Oder war Meyer in einen Hinterhalt geraten?

Der Ermittler zog seine Pistole aus dem Holster und lud die Waffe durch. Während er durch die leeren Gänge lief, bedächtig, Schritt für Schritt zwischen den maroden Betonsäulen hindurch, bereute er, dass er keine Taschenlampe mitgenommen hatte.

Vor den eingeschlagenen Fensterscheiben wucherten Büsche und Sträucher, die nur wenig Tageslicht hineinließen. Beinahe wäre Meyer deswegen in ein klaffendes Betonloch vor sich gefallen. Die Stahlstreben, die den Beton vor Jahrzehnten noch zusammengehalten hatten, waren verrostet und auseinandergebogen, als hätte sich eine Kanonenkugel ihren Weg durch das morsche Material gebahnt.

Meyer lief weiter durch den großen Raum, der einst ein großer Bettensaal gewesen war. Im Zweiten Weltkrieg hatte die Anlage als Lazarett gedient, später war sie eine Nervenheilanstalt gewesen, die in den 90er Jahren geschlossen und durch eine moderne psychiatrische Einrichtung in der Stadt ersetzt worden war.

Doch war das Gelände keineswegs frei von Gestörten. Meyer waren die unheimlichsten Dinge über diesen Ort zu Ohren gekommen, Kollegen hatten von satanischen Ritualen berichtet, von nächtlichen Folterzeremonien und Beschwörungen dämonischer Kultisten.

Insofern überraschte es Meyer kaum, dass er diesen Ort unheimlich fand, dass sein Puls raste und seine Augen die Umgebung hastig nach Bedrohungen absuchten, die ihm jederzeit aus den Schatten dieses halbdunklen Raumes entgegenspringen konnten.

Das jedenfalls redete Meyers Fantasie ihm ein, während er weiterlief und der Boden unter ihm knirschte. Glasscherben und poröse Steinbrocken gaben unter seinen Füßen nach, die damit verbundenen Geräusche ließen ihn zusammenzucken.

Meyer schaute auf seine Armbanduhr, die glücklicherweise Leuchtzeiger hatte, sodass er hier drinnen immerhin die Uhrzeit erkennen konnte. Dabei hielt er die Waffe fest umklammert, um sich jederzeit verteidigen zu können.

Die Zeit stimmte, er war pünktlich am vereinbarten Ort.

Doch war von *ihm* keine Spur zu sehen.

Meyer überlegte, ob er besser wieder gehen sollte, schließlich wollte er keine Sekunde länger an einem düsteren Ort bleiben, an dem ...

Plötzlich hörte er ein Knirschen, das nicht von seinen eigenen Schritten herrührte.

"Hallo?", fragte er in die Dunkelheit und hielt den Lauf seiner Pistole in jene Richtung, aus der das Geräusch gekommen war.

"Kommen Sie raus, sofort!"

Auf Meyers Aufforderung folgte weder eine Antwort noch ein weiteres Knirschen.

Nur Stille, die den Hall seiner nervösen Stimme verschluckt hatte.

Meyer entschied, Richtung Ausgang zu gehen. Das Ganze war ihm nicht geheuer, irgendetwas lief hier mächtig schief, seine Gedanken überschlugen sich, und sein Mund wurde trocken, beides sichere Anzeichen für aufkommende Panik, für sein internes Warnsystem, das nun ansprang.

Doch Meyer kam nicht dazu, seinen Plan in die Tat umzusetzen.

Plötzlich hörte er um sich herum einen unverwechselbaren, unmissverständlichen Klang, der aufkam, wenn Gewehre durchgeladen wurden.

"Waffe weg", hörte er jetzt eine tiefe Männerstimme aus der Dunkelheit.

11

BERLIN-MITTE,
HAUPTBAHNHOF

"Hey, ist alles in Ordnung?"

Karlas Puls raste, panisch sah sie sich um und stellte dabei fest, dass fremde Menschen sie anstarrten.

Sie wollte fliehen, doch schien sie wie gefesselt an diesem Platz zu sein, auf dem sie saß.

Was war das schon wieder für ein schrecklicher Alptraum?

Hoffentlich, dachte sie. *Hoffentlich haben diese Träume irgendwann ein Ende.*

Damit das geschah, würde sie professionelle Hilfe brauchen, das wusste sie genau, und die würde sie sich zu gegebener Zeit holen.

Doch erst einmal galt es, Abu Aadan aufzuhalten, sie hatte nur diese eine Chance in Berlin und ...

Berlin, dämmerte es Karla. Natürlich, das hier war kein Traum, und sie war auch nicht an irgendeinem obskuren Ort gefangen, sondern saß angeschnallt in jenem Reisebus, mit dem sie sich bis nach Berlin durchgeschlagen hatte.

"Ist alles in Ordnung?", fragte sie die Stimme von der Seite ein weiteres Mal.

Karla drehte ihren vor Schmerzen dröhnenden Kopf und blickte in ein vertrautes Gesicht.

"Emily", sagte sie mit dünner Stimme.

"Ja, ich bin's. Wir sind am Berliner Hauptbahnhof und ich wollte dich wecken, damit wir aussteigen können. Als ich dich sanft an der Schulter berührt habe, hast du geschrien wie am Spieß."

"Ich ... ich reagiere etwas empfindlich auf Berührungen, besonders im Schlaf."

Emily lächelte warm.

"Hat man dir gar nicht angemerkt", sagte sie schmunzelnd, woraufhin Karla sich etwas besser fühlte. Emily neigte ihren Kopf zu den anderen schaulustigen Passagieren und sagte streng: "Sie können jetzt gern den Bus verlassen, es gibt hier nichts zu sehen, danke."

Nacheinander setzten sich die Gaffer in Bewegung, einige hielten sich hartnäckig, die Emily ein weiteres Mal und diesmal vehementer aufforderte, zu verschwinden.

Als sie und Karla endlich allein im Bus waren, fragte Emily: "Fühlst du dich fit genug, um zu aufzustehen und zu gehen?"

"Wohin?", fragte Karla, die noch immer Mühe hatte, Traum und Wirklichkeit auseinanderzuhalten.

"Du bist schon echt speziell", sagte Emily kopfschüttelnd. "Du musst doch wissen, wohin du in dieser großen Stadt willst."

Natürlich wusste sie das, und andererseits auch wieder nicht. Karla hatte ein klares Ziel vor Augen, aber sie wusste nicht, wo sich dieses Ziel im Augenblick aufhielt. Und sie konnte Emily schlecht sagen, dass es sich bei diesem Ziel um den meistgesuchten Terrorfürsten der westlichen Hemisphäre handelte.

"Ich ... brauche etwas Ruhe", sagte Karla.

"Kann ich verstehen, nach der langen Fahrt. Was hältst du davon, wenn wir an den Wannsee fahren und uns dort in die Sonne legen?"

"Aber du musst doch deinen Flug kriegen."

Emily schnaubte.

"Unser Bus ist zwar pünktlich am Berliner Hauptbahnhof angekommen." Während sie sprach, holte sie ihr Handy aus der Tasche ihrer kurzen Hose. Dann hielt sie Karla das leuchtende Display entgegen, auf dem in großen roten Lettern *Flug ausgefallen* stand. "Dummerweise hat die Airline aber meinen Flug gestrichen."

"Warum das?", fragte Karla und spürte dabei wieder Misstrauen aufsteigen.

Band Emily, wenn sie überhaupt so hieß, ihr einen Bären auf? War sie womöglich nicht die nette, harmlose Backpackerin, als die sie sich ausgab?

"Die schreiben was von einem technischen Defekt am Triebwerk."

Karla schaute auf ihre Armbanduhr.

Es würde noch Stunden dauern, bis es wieder dunkel werden würde. Da konnte sie die Zeit auch nutzen, um sich zu entspannen, oder es zumindest zu versuchen, fand sie. Das war jedenfalls besser, als allein und deprimiert darauf zu warten, bis die Sonne unterging.

"Dann nichts wie los", sagte Emily fröhlich.

In diesem Augenblick beneidete Karla die junge Frau für ihre Unbekümmertheit, die Karla nie wieder spüren würde. Aber vielleicht würde sie einen Bruchteil davon am Strand des Wannsees wiederfinden, hoffte sie, und verließ mit Emily den Reisebus.

12

BEELITZ-HEILSTÄTTEN, EHEMALIGES SANATORIUM

Meyer biss sich auf die Lippe, Schweiß rann ihm die Stirn hinunter.

Er war also tatsächlich in eine Falle gelaufen, er, der ernsthaft geglaubt hatte, dass sich die Nummer Eins des internationalen Terrorismus höchstpersönlich mit ihm treffen würde.

Wie naiv er doch gewesen war.

Alter schützt vor Torheit nicht, kam es Meyer in den Sinn. Ganz offensichtlich hatte er sich von seiner eigenen Eitelkeit blenden lassen, hatte geglaubt, sich die Gunst verdient zu haben, mit Abu Adaan zu sprechen.

In seinem Eifer hatte Meyer ausgeblendet, dass es neben ihm noch Andere gab, die nach oben strebten, die ihm seinen Platz streitig machen wollten.

"Waffe weg!", wiederholte die tiefe Stimme, die Meyer bereits ermahnt hatte. "Ich sage es nicht nochmal."

Also schön, dachte Meyer.

Er war weit gekommen, eben bis hierhin und nicht weiter, so sollte es wohl sein.

Der Hauptkommissar ging in die Hocke.

"Langsam, keine schnellen Bewegungen."

Meyer legte die Pistole auf den Boden.

"Gut. Und jetzt steh wieder auf."

Meyer tat, was ihm gesagt wurde, woraufhin mehrere Männer, die ihn umzingelt hatten, aus der Dunkelheit auf ihn zuliefen. Sie waren in schlichten, aber einheitlichen Outfits gekleidet, trugen beige Hemden und dunkelgrüne Hosen.

Dem Ermittler sprang jedoch etwas Anderes ins Auge. Jeder der Männer hielt eine Kalaschnikow in der Hand, die Läufe der Gewehre waren auf Meyer gerichtet.

Meyer schloss die Augen und nahm einen tiefen Atemzug. Im Stillen würde er noch ein Gebet sprechen, im Angesicht seines unmittelbar bevorstehenden Todes und der sich daran anschließenden Begegnung mit seinem Schöpfer. Er erwartete einen Kugelhagel, der ihn gleich durchsieben würde.

Doch etwas anderes geschah.

Er hörte Schritte aus der Dunkelheit, langsame, bedächtige Schritte schwerer Stiefel, die sich ihm näherten.

Sekunden vergingen, die sich für Meyer wie Minuten anfühlten.

Dann trat ein Mann aus der Dunkelheit hervor, der sich von den Anderen unterschied. Dieser Mann hielt keine

Kalaschnikow in den Händen, auch war er nicht uniformiert angezogen, sondern trug einen wunderschönen, ockerfarbenen Kaftan, dessen Stoff edel anmutete. Meyer tippte auf feines Kaschmir, so, wie der Stoff im einfallenden Sonnenlicht samtweich glänzte.

Unter einem Turban derselben Farbe sah Meyer das Gesicht eines Mannes mit dunkelbraunem Teint. Seine braunen Augen sahen Meyer eindringlich an.

In Meyers Kopf legte sich ein Schalter um, er keuchte, als er begriff, wen er hier vor sich hatte.

"Abu Aadan?", hauchte er zwischen seinen bebenden Lippen hervor.

Der Mann lächelte müde und sagte: "Hallo, Bernhard. Du wirst verstehen, dass ich einige Sicherheitsvorkehrungen treffen musste."

Meyers Atmung war schnell und flach, vor ihm stand leibhaftig der Anführer der *Neuen Ära*, er konnte sein Glück kaum fassen.

"Ich hatte mir Euch ... älter vorgestellt", sagte Meyer und hoffte, dass ihn dieser gleichsam ehrliche wie unbedachte Kommentar nicht den Kopf kosten würde. Wenigstens hatte er es geschafft, Aadan in der dritten Person anzusprechen, wie es ihm, dem Kalifen, gebührte.

Abu Adaan lächelte und sagte: "Es gehört zu den Geheimnissen meines Überlebens, dass nur sehr wenige Menschen wissen, wie ich aussehe. Lediglich meine engsten Vertrauten."

"Heißt das etwa ..." Meyer wagte kaum, jene Frage zu stellen, die ihm auf der Zunge brannte. Und doch musste er wissen, ob er Abu Adaan eben richtig verstanden hatte. "Es bedeutet also, dass ich zu Euren engsten Vertrauten gehöre?"

"Es gibt noch eine Sorte von Menschen, die mein Antlitz erblicken", sagte Abu Adaan und lächelte kalt. "Meine ärgsten Feinde. Mein Gesicht soll das letzte sein, was sie sehen, bevor ich sie in die Hölle schicke.

Der Hauptkommissar schluckte und sah der Reihe nach in die Augen der entschlossen dreinblickenden Männer, die ihre Gewehre unverändert auf ihn gerichtet hielten.

Gut möglich, dass Meyer die Situation missverstanden hatte, wenngleich er sich beim besten Willen nicht erklären konnte, womit er Aadans Zorn auf sich gezogen haben könnte.

Meyer hatte von grausamen Foltermethoden gehört, die Aadan und seine Gefolgsleute an ihren Feinden verübten. Von ausgerissenen Gliedmaßen, Vierteilung und Erhängen war die Rede gewesen, wie auch von Elektroschocks und tagelanger Isolation in irgendeinem stockdunklen, modrigen Rattenloch.

Meyers Kopf wurde überschwemmt von Ängsten und düsteren Gedanken, doch dann geschah etwas Unerwartetes.

Aadan begann zu lachen, seine Männer stimmten mit ein und senkten ihre Waffen.

"Mein Freund, hast du etwa Angst vor mir gehabt?"

"Ehrfurcht, Abu Aadan", sagte Meyer, doch hatte der Terrorfürst den Nagel schon gut auf den Kopf getroffen.

"Komm."

Aadan breitete seine Arme aus, woraufhin Meyer zögerlich einen Schritt auf ihn zuging und die Umarmung zuließ.

Nachdem die beiden Männer sich wieder voneinander
gelöst hatten, sagte Aadan lächelnd: "Du hast mir und der
Organisation große Freude bereitet. Mit deinen Taten hast
du bewiesen, dass du ein wahrer und loyaler Diener Allahs
bist."

"Vielen Dank", sagte Meyer, und diesmal stimmte die
Aussage, dass er Ehrfurcht empfand.

Ein größeres Kompliment, eine höhere Wertschätzung
hätte er sich in diesem Augenblick nicht wünschen können, und so geschah es, dass ihm, dem harten Knochen und
Hauptkommissar, die Tränen kamen.

"Was ist los, mein Sohn?"

Meyers Rührung stieg ins Unermessliche.

Mein Sohn.

Nie hätte er zu träumen gewagt, einmal so von Aadan
genannt zu werden.

"Ach nichts, ich bin nur ... es sind Eure Worte, die mein
Herz berühren."

Aadan lächelte, hob einen Zeigefinger und sagte: "Das ist
gut, schließlich ist das meine wichtigste Aufgabe als geistiger
Anführer unserer weltweiten Bewegung. Denn die Worte,
die ich sage, sollen nicht in euren Ohren steckenbleiben,
sondern zu euren Herzen wandern."

"Das tun sie", erwiderte Meyer in ähnlich feierlichem Unterton, mit dem Aadan soeben zu ihm gesprochen hatte.

"Nun, mein Sohn, bist du bereit für deine bevorstehende Aufgabe?"

Meyer atmete tief durch und nickte.

Er wusste noch nicht, welche Aufgabe Aadan für ihn vorgesehen hatte, aber er war sicher, dass sie ehrenvoll sein würde.

"Dann hör gut zu."

Mit diesen Worten stimmte Aadan Meyer auf eine Mission ein, welche die Welt für immer aus den Angeln heben sollte.

13

BERLIN-RUDOW, HAUS VON HAUPTKOMMISSAR BERNHARDT MEYER

Karla lief ein kalter Schauer über den Rücken, während sie sich dem Haus näherte.

Am liebsten wäre sie mit dem Auto hierher gekommen, doch war es ihr zu riskant gewesen, einen Leihwagen mit gefälschtem Ausweis anzumieten.

Sie war schon froh gewesen, dass sie es mit dem Fernbus ohne Polizeikontrollen bis nach Berlin geschafft hatte, da wollte sie ihr Glück nicht unnötig herausfordern.

Also hatte sie sich in die überfüllten Bahnen und Busse gequetscht und es trotz zahlreicher Verspätungen und verpasster Umstiege hierhin geschafft.

Das letzte Stück war sie zu Fuß unterwegs gewesen. Sie hatte gehofft, dass die frische, kühle Luft ihr gegen die Nervosität helfen würde, doch raste ihr Puls unverändert, und sie schwitzte.

Wie würde Bernhard Meyer reagieren, wenn er sie wiedersähe? Wenn sie unangekündigt vor der Tür seines Hauses stand?

Karla war nur noch wenige Meter von seinem Grundstück entfernt, auf dem der Hauptkommissar allein wohnte, zumindest war das ihr letzter Kenntnisstand, als sie vorübergehend bei Meyer gewohnt hatte.

Damals, als ihr früherer Vorgesetzter ihre einzige und zugleich rettende Zuflucht gewesen war.

Würde er ihr auch in dieser schwierigen Lage Kraft geben können? Sie hoffte es und fühlte Zuversicht in sich aufsteigen, während sie sich dem hüfthohen Gartentor näherte, das seinen Platz zwischen zwei akkurat geschnittenen Hecken gefunden hatte.

Sie atmete tief durch und sah sich um.

So, wie es aussah, war niemand ihr gefolgt. Die kleine Nebenstraße, in die sie eingebogen war, war menschenleer, lediglich ein paar parkende Autos verrieten, dass in den umliegenden Häusern Leute wohnten. Karla mochte diese Abgeschiedenheit. Vielleicht würde sie eines Tages auch so leben können, in einem kleinen Häuschen fernab des Lärms, zusammen mit Mann, Kind und Hund.

Während ihre zitternde Hand zum Klingelknopf wanderte, fuhr ein stechender Schmerz durch ihre Gedanken, der Schmerz der Realität, der von einer kleinen Stimme begleitet war, die ihr einflüsterte, dass sie ein normales Leben nie würde führen können.

Aber vielleicht eines, in dem sie irgendwie zur Ruhe kam, wenn das alles hier vorbei war. Die Hoffnung darauf würde sie jedenfalls nicht aufgeben.

Karla drückte den Klingelknopf, woraufhin ein leises, kaum hörbares Summen erklang.

Quälende Sekunden vergingen, die Karla wie Minuten vorkamen.

Gut möglich, dachte sie, *dass Meyer nicht zu Hause ist.*

Sie hatte den Hauptkommissar als Workaholic erlebt, der Tag und Nacht auf Verbrecherjagd war. Daran würde sich wohl kaum etwas geändert haben, sofern seine Gesundheit diesen Lebensstil weiter zuließ.

Meyer hatte viel geraucht und getrunken, vielleicht war er dadurch krank geworden und ...

Ehe Karla ihren Gedanken fortspinnen konnte, erklang ein deutlich lauteres Summen als zuvor und das Gartentor sprang auf.

Karla lief den gewundenen Pflastersteinweg entlang, durch den Garten, der in voller Pracht erblühte. Rote, gelbe, violette und weiße Dahlien säumten den Weg, Schmetterlinge in schillernden Farben tanzten über die Blüten, schienen sich gegenseitig spielerisch zu jagen.

Ein süßlicher Nektarduft stieg in Karlas Nase, den sie genießerisch einsog, und der ihr neue Kraft verlieh.

Die Kraft eines sommerlichen Augenblicks, der Entspannung, lag in der Luft.

So lange zumindest, bis sie die massive Holzeingangstür erreicht hatte.

Nervös warf Karla einen Blick zur Seite, schaute auf die mannshohen Fenster, hinter denen sich Meyers Wohnzimmer befand. Dort waren damals jene Männer eingebrochen, die ihr nach dem Leben getrachtet hatten. Einen davon hatte sie zur Strecke gebracht, doch würde die *Neue Ära* nicht eher ruhen, bis sie, Karla Schmitz, tot war, da machte sie sich keine Illusionen.

Inzwischen war die kaputte Scheibe durch eine neue ersetzt worden, nichts erinnerte mehr daran, dass die Einbrecher sich mit einem Steinwurf Zutritt zu Meyers Haus verschafft hatten.

Plötzlich öffnete sich die Eingangstür und Karlas Kopf ruckte nach vorn.

"Hallo Bernd", keuchte sie, als sie Meyer erblickte.

Grau war er geworden, fand sie, an den Bartstoppeln und auch dem lichter gewordenen Haar. Er hatte abgenommen, sah fast ein bisschen mager aus, wie Karla fand. Meyer trug eine schwarze Hose und ein dunkelblaues Hemd, das perfekt zu seinen blauen Augen passte, die Karla irritiert ansahen.

"Ich glaube nicht, was ich sehe", sagte er.

"Glauben Sie mir, mir geht es auch nicht anders", entgegnete sie wie zur Entschuldigung.

"Das bezweifle ich. Na los, kommen Sie rein, Schmitz."

Meyer drehte sich um und ließ die Tür offenstehen, Karla folgte seiner Einladung.

Im Flur legte sie ihren Reiserucksack und ihre Jacke ab, zum ersten Mal seit Monaten fühlte sie sich vertraut an einem Ort.

Das Gefühl verstärkte sich, als Karla in das offene Wohnzimmer trat.

Hier hatte sich nichts verändert, die schicken hellen Holzmöbel waren die gleichen wie damals, bevor sie als gesuchte Terroristin aus dem Land hatte fliehen müssen.

"Kaffee?", fragte Meyer aus der Wohnküche, die über eine Durchreiche mit dem freundlich und einladend wirkenden Wohnzimmer verbunden war.

"Ja bitte!", rief sie, während sie zu jener Fensterfront lief, die sie von draußen beobachtet hatte. Von hier aus erblickte sie den prachtvollen Garten aus einer anderen Perspektive, sah einen Walnuss- und einen reich mit Früchten behangenen Apfelbaum.

Die goldene, herbstlich anmutende Sonne wärmte Karlas Gesicht, sie schloss die Augen und genoss diese Wärme, die ihr einen *Alles wird gut*-Gruß zu vermitteln schien.

"Sie trinken ihn schwarz", hörte sie Meyer sagen.

"In letzter Zeit meistens mit Milch."

Das war besser für den Magen, der durch den ständigen Stress sowieso schon gereizt war.

"Ich hab nur Kaffeeweißer da."

"Der geht auch", sagte Karla und drehte sich um.

Vor ihr stand Meyer, in beiden Händen hielt er Tassen, aus denen ein herrlicher Kaffeegeruch dampfend entstieg.

"Der Kaffeeweißer steht auf dem Tisch", sagte Meyer und gab ihr mit einer Kopfbewegung zu verstehen, dass sie ihm folgen sollte.

Karla und Meyer setzten sich auf die Couch und stellten ihre Tassen auf dem edel anmutenden Glastisch vor sich ab.

Meyer atmete tief durch und rieb sich die Hände, während Karla sich die größte Mühe gab, einen der Teelöffel, die in einem Glas auf dem Tisch standen, ohne Zittern in die Hand zu nehmen und sich eine kleine Portion Kaffeeweißer damit einzuschenken.

Es gelang ihr langsam und mit reichlich Selbstbeherrschung, das weiße Pulver von der kleinen Schale in ihre Tasse zu bugsieren.

"Wie kommt es zu Ihrem unerwarteten Besuch?", fragte Meyer.

"Ach", sagte Karla betont beiläufig, "ich bin gerade in Berlin für einen Kurzurlaub und dachte mir, ich schau mal bei meinem Ex-Vorgesetzten und Lebensretter vorbei."

Beide schnaubten, wohlwissend, dass Karla nicht einfach nur einen Sightseeing-Besuch in jener Stadt unternahm, während sie auf nationalen und internationalen Fahndungslisten stand.

"Sie haben Fragen."

"In der Tat", sagte Karla, die froh war, dass Meyer zum Wesentlichen kam.

Jegliches Herumgeplänkel hätte nur Zeit und Nerven gekostet.

"Bevor wir dazu kommen ... was halten Sie davon, wenn wir zum *Du* übergehen? Jetzt, wo wir kein Arbeitsverhältnis mehr haben."

Karla überlegte. Sie hatte das distanzierte Verhältnis zu Meyer immer geschätzt, erst recht, weil sie in Dienstzeiten den Eindruck nicht losgeworden war, dass er hin und wieder mit ihr geflirtet hatte. Doch sollte sie seinen Vorschlag jetzt ausschlagen? Es konnte sein, dass er sich dadurch vor den Kopf gestoßen fühlen und Karla die Antworten auf drängende Fragen verweigern würde. Dieses Risiko wollte sie keinesfalls eingehen.

"Okay", sagte sie.

"Dann leg mal los."

"In dieser Nacht in Polen ... da hast du mich gerettet. Vor Dimitri Adamowitsch und Jakob Muhns."

"Das ist keine Frage, Karla", sagte Meyer bedächtig und trank einen weiteren Schluck Kaffee.

"Muhns und Adamowitsch gehörten zur *Neuen Ära*. Warum?"

Meyer stellte seine Kaffeetasse auf dem Tisch vor sich ab und sagte: "Fangen wir der Reihe nach an. Jakob Muhns war dein Bruder, den deine Mutter geboren hat, als du bereits mit ihr und deinem Vater in Afghanistan warst."

"In einem Camp der *Neuen Ära*", hauchte Karla.

Für sie klang all das immer noch surreal. Dass ihre Eltern aus der DDR geflohen waren, um sich einer Terrorgruppe im hintersten Winkel der Welt anzuschließen. Welche Eltern taten ihrem Kind so etwas an?

"So ist es."

"Ich kann mich nicht an ihn erinnern. Überhaupt ist meine Kindheit wie ausgelöscht."

"Das war auch keine normale Kindheit, Karla. Die hat man dir genommen, um ..."

"Um was zu tun?"

Meyer stockte.

"Du siehst erschöpft aus", sagte er mit besorgter Stimme.

"Ich hatte eine lange Fahrt hierher."

Der kurze Ausflug am Wannsee hatte zwar Spaß gemacht, aber bei Weitem nicht ausgereicht, um Karlas Batterien wieder aufzuladen. Nach Sonnenuntergang war Emily zum Flughafen weitergefahren und wollte dort ihr Glück mit einem spontanen Flieger versuchen. Die junge Frau hatte sich mit einem Wangenkuss verabschiedet, der Karla auf merkwürdige Weise elektrisiert hatte. Sie hatten Nummern getauscht, und Karla würde sich bei Emily melden, sobald sie etwas zur Ruhe kam. Vor sich selbst musste Karla zugeben, dass sie sich zu der hübschen blonden Australierin hingezogen fühlte, auf eine Weise, die ihr Schmetterlinge im Bauch verursachte und die sie bislang nicht gekannt hatte.

"Ruh dich aus", sagte Meyer. "Du kannst im Gästezimmer ..." Der Hauptkommissar stockte. "Vielleicht ist das keine gute Idee. Nach allem, was dort geschehen ist."

Meyer meinte den Vorfall mit Muhns, da war Karla sicher. Im Gästezimmer dieses Hauses hatte Muhns Meyer und Karla aufgelauert und auf Meyer geschossen. Nur durch viel Glück hatte der Ermittler diesen hinterhältigen Angriff überlebt.

"Du kannst auf der Couch schlafen, die ist ausziehbar", sagte Meyer.

"Danke, das ist nett", sagte Karla, während sie spürte, wie ihr Körper schwer wurde.

Sie wollte ins Bett, aber noch nicht jetzt, sie musste Meyer die Geschichte ihrer Flucht erzählen, eine Geschichte, die sie bislang noch niemandem erzählt hatte, weil sie niemandem vertraute.

"Bevor ich schlafen gehe ...", sagte sie, "muss ich dir unbedingt berichten, wie es für mich weiterging."

"Also schön", sagte Meyer, der zu bemerken schien, wie sehr Karla dieses Anliegen auf der Seele brannte. "Ich hole uns mal Whisky", sagte er, stand auf und ging in die Küche.

14

BERLIN-MITTE, HOTEL ADLON

Luke Stonebridge presste das Ohr gegen die Tür seines Hotelzimmers.

Dabei hielt er den Atem an, gespannt darauf, ob er wieder ein Geräusch hören würde.

Es war kurz nach drei Uhr früh gewesen, als er ein lautes Klicken gehört hatte, das vom Flur des Hotels gekommen war.

Das Klicken konnte viele Ursachen haben, etwa, wenn eine Reinigungskraft das Rohr eines Staubsaugers ausfuhr.

Das hielt er jedoch für unwahrscheinlich, nachdem er sich mit einem Blick durch den Türspion versichert hatte, dass sich niemand auf dem Gang befand.

Womöglich kam das Klicken vom Durchladen einer Waffe, das war seine Befürchtung, wegen der er nun gespannt und ohne Luft zu holen an der Tür lehnte, selbst eine Pistole in der Hand haltend, deren Hahn er gespannt hatte.

Er spürte, wie ihm Schweiß die Stirn hinunterrann.

Wenn es zu einem Kampf kommen sollte, wäre er bereit.

Er zuckte zusammen.

Da war es wieder.

Dieses Klicken.

Luke wagte einen weiteren Blick durch den Türspion und sah nun einen Mann im schwarzen Anzug, der im Flur stand und ihm dabei den Rücken zuwandte.

Behutsam, Zentimeter für Zentimeter, und ohne seinen Blick vom Türspion abzuwenden, hob Luke die Waffe und presste die Mündung auf Höhe seiner Schulter vorsichtig an das Holz der Zimmertür.

Wenn er jetzt schoss, würde die Kugel den Kerl in den Rücken treffen.

Dann würde Luke weitere Schüsse abfeuern, um sicherzugehen, dass er sein Ziel ausgeschaltet hatte.

Doch das würde Folgen haben, vor allem jede Menge Lärm und Aufmerksamkeit. Er müsste sofort fliehen, über die Dächer der Stadt, um gerade noch rechtzeitig zu entkommen.

Bevor er diesen Weg wählte, würde Luke sich und dem Mann im Flur noch eine letzte Chance geben, die Sache friedlich zu lösen.

Der Mann fluchte nun und rüttelte an der gegenüberliegenden Zimmertür.

Dann fiel ein metallischer Gegenstand zu Boden, der im Flurlicht kurz aufblitzte.

Durch den Türspion erkannte Luke, dass es sich um einen Schlüsselbund handelte, an dem sich ein kleiner Zigarrenschneider befand.

Das also hatte das Klickgeräusch ausgelöst, dachte er, während er dem Mann dabei zusah, wie er sich bückte und den Schlüsselbund aufhob.

Es folgte weiteres Rütteln an der Tür, dann hatte der Kerl es offenbar geschafft, sie zu öffnen.

Der Mann verschwand im Zimmer und die Tür schloss sich.

Erleichtert atmete Luke auf und entspannte den Hahn seiner Pistole, die er nun sinken ließ.

Er lehnte seinen Kopf an die Zimmertür, schloss die Augen und atmete tief durch. Dabei spürte er, wie sein Puls sich allmählich wieder beruhigte.

Luke konnte und durfte nie lange an einem Ort bleiben, das war viel zu gefährlich, und es war bereits die dritte Nacht in Folge, die er in diesem Zimmer verbrachte.

Sein Blick wanderte zum Bett, auf dem seine schwarze Tasche lag.

Er steckte seine Pistole zurück in das Holster an seinem Gürtel, lief zur Tasche und betrachtete das Gewehr darin, das er in seine Einzelteile zerlegt hatte, um es gründlich zu reinigen und zu ölen.

"Es wird Zeit", sagte er und begann damit, die Waffe zusammenzubauen.

15

BERLIN-RUDOW, HAUS VON HAUPTKOMMISSAR BERNHARDT MEYER

"D as ist eine unglaubliche Geschichte", sagte Meyer.

Karla hatte ihm erzählt, was auf ihrer Flucht geschehen war, nachdem sich ihre Wege in der Dunkelheit getrennt hatten, auf einem offenen Feld, irgendwo in Polen.

Von dort aus hatte sie sich zu Fuß durchgeschlagen, bis sie ein herrenloses altes Fahrrad gefunden hatte, das jemand achtlos in den Straßengraben geworfen hatte.

Mit diesem klapprigen, rostigen Drahtesel war sie ein paar Kilometer weit gekommen, bis zu einer Landstraße, dann war es per Anhalter weitergegangen.

Karla hatte weder geschlafen noch gegessen, bis sie endlich in Prag angekommen war, etwas Geld abgehoben und sich per Barzahlung in ein Hotel gerettet hatte.

"Ich mag mir gar nicht ausmalen, was dir auf deiner Flucht alles hätte passieren können."

Meyer schüttelte den Kopf, woraufhin Karla sagte: "Wenn man in den Lauf einer Pistole geblickt hat, sieht man potenzielle *Gefahren* ein wenig differenzierter."

"Verstehe", sagte Meyer. "Bloß gut, dass du es wieder zurück nach Berlin geschafft hast."

"Lange kann ich hier leider nicht bleiben", sagte sie, die warme Kaffeetasse in ihrer Hand hielt sie umklammert. "Ich kann mich für ein paar Stunden hinlegen, aber ich muss heute Nacht noch weiter."

Draußen war es bereits dunkel, doch war genau diese Dunkelheit Karlas Lebensversicherung. Unter ihrem Schutz würde sie ihr Ziel aufspüren und vernichten.

"Was hast du vor?", fragte Meyer. "Sieh dich doch mal an, du bist völlig entkräftet und hast gezittert, als du mir von deiner Odyssee erzählt hast."

Karla lächelte. Sie kannte keinen Menschen mit Ausnahme von Meyer, der ein Wort wie *Odyssee* benutzte.

"Was ist?", fragte er, weil er ihr Lächeln offenbar bemerkt hatte.

"Deine Wortwahl", sagte sie, "die habe ich vermisst."

Nun lächelte auch Meyer, doch wenige Sekunden später überschattete Besorgnis sein Gesicht.

"Verrätst du mir, was du hier in Berlin vorhast?"

Karla sah ihn ernst an und sagte: "Abu Adaan ... ich weiß, dass er hier in der Stadt ist."

"Was? Woher?", fragte Meyer und klang dabei ebenso nervös wie überrascht.

"Ich habe meine Quellen."

Karla nahm einen weiteren Schluck vom Kaffee, der inzwischen ausgekühlt war.

"Karla, wenn das stimmt, dann sag uns, wo Aadan sich aufhält und wir schicken sofort ein Spezialkommando los, um ihn ..."

"Kein Spezialkommando", sagte Karla streng. "Ich werde ihn persönlich zur Strecke bringen und damit meine Familie rächen, und alles, was Aadan mir genommen hat. Meinen Job, mein Leben, meine Würde."

"Karla", sagte Meyer, atmete tief durch und stellte seine Tasse auf den Couchtisch. "Ich verstehe deinen Wunsch nach Rache. Aber wir sprechen hier von Abu Aadan, dem weltweit gesuchten Terroristenanführer, einem der gefährlichsten Männer dieses Planeten, *dem* gefährlichsten Mann auf dem Planeten."

"Ich weiß", sagte Karla und funkelte Meyer wütend an. "Und du wirst mir dabei helfen, ihn zur Strecke zu bringen."

"Ich? Wie?", fragte Meyer mit brüchiger Stimme.

"Was ist los? Wo ist der knallharte Hauptkommissar Meyer, der keine Herausforderung scheut?"

Meyer atmete schwer, sah aus dem Fenster zu seinem Garten, den die Dunkelheit verschluckt hatte, dann wieder zu Karla und sagte: "Die Dinge haben sich geändert, Karla. Nachdem du verschwunden warst, bin ich vorsichtiger geworden."

Meyer lehnte sich vor und sagte ernst: "Weißt du eigentlich, was ich für einen Ärger wegen dir hatte?"

"Das tut mir leid", sagte Karla aufrichtig.

"Staatsanwalt Brunner hätte mich am liebsten gleich in den Knast gesteckt."

Karla schluckte. Brunner war ein ebenso ehrgeiziger wie skrupelloser Mann, der sich äußerst gründlich auf Strafverfahren vorbereitete.

Wer auf seinem Radar landete, wurde seines Lebens nicht mehr froh.

"Es ist zu keiner Verurteilung gekommen", sagte Karla, die den Prozess gegen Meyer aus der Ferne über die Medien mitverfolgt hatte.

"Nein", sagte Meyer, "aber sie haben mich vom Dienst suspendiert, mehrere Monate. *Interne Prüfung der Vorgänge* haben sie das genannt."

Meyer schnaubte verächtlich.

"Natürlich haben sie keinerlei Verbindungen zwischen mir und den Terroristen der *Neuen Ära* gefunden. Aber du kannst dir sicherlich vorstellen, dass so etwas an einem haftet wie Kaugummi am Schuh. Bis heute sehen mich manche Kollegen mit diesem misstrauischen Blick an."

Karla fühlte sich schuldig. Was konnte ihr Ex-Kollege dafür, dass sie diese schreckliche Vergangenheit hatte, deren Puzzleteile sie selbst erst noch finden und zusammenfügen musste? Bisher hatte sie nur einzelne Teile erhalten, die sich noch nicht zu einem zusammenhängenden Ganzen verbinden ließen.

"Entschuldige bitte", sagte Meyer zu Karlas Überraschung. "Ich mache dir Vorwürfe, dabei machst du selbst Unvorstellbares durch. Hast du schon mehr über dich herausgefunden?"

"Du meinst abgesehen davon, dass nichts von dem echt war, was ich bis zu meinem 30. Lebensjahr für mein Leben gehalten habe?"

"Ich bin echt", sagte Meyer mit einer Spur Empörung.

"Das meine ich nicht. Sondern die mir eingepflanzte Biografie, die mich jahrelang hat glauben lassen, dass ich als ein ganz gewöhnliches Mädchen in Berlin aufgewachsen bin, und meine Hobbys darin bestanden haben, mit Freundinnen Kaffee zu trinken und ab und zu ins Kino zu gehen."

Meyer atmete tief durch, stützte die Hände auf seinen Oberschenkeln ab.

"Das muss hart für dich gewesen sein. Zu erfahren, dass du in Wahrheit in einem Ausbildungslager der *Neuen Ära* aufgewachsen bist und als Spitzel bei der Berliner Polizei eingesetzt werden solltest."

"Diese Mistkerle haben mich gehirngewaschen, ja, aber die Wahrheit ist ans Licht gekommen. Und jetzt zahlen sie den Preis dafür, allen voran Abu Adaan."

Trotz ihrer aufwallenden Wut bemerkte Karla, wie ihr allmählich die Augen zufielen.

"Dein Rachefeldzug muss warten", sagte Meyer mit bitterem Unterton. "Du kippst mir ja schon im Sitzen um."

Karla gähnte ausgiebig. Hier bei Meyer schien die Anspannung der vergangenen Tage allmählich von ihr abzufallen.

"Vielleicht sollte ich tatsächlich mal die Augen schließen. Nur kurz, um etwas Kraft zu tanken."

"Was ist?", fragte Meyer, der ihren zögerlichen Blick bemerkte.

"Es war eine lange Fahrt in einem stickigen, viel zu warmen Bus und ich ..."

"Natürlich", sagte er und schlug sich mit der flachen Hand an die Stirn. "Wie unsensibel von mir, bitte entschuldige. Du willst dich bestimmt erst duschen, oder? Und hungrig musst du sein!"

"Eine Dusche wäre schon toll, mehr brauche ich nicht", sagte Karla.

"Im Gästebad hat sich nichts verändert", sagte Meyer mit einem freundlichen Lächeln. "Einfach den Gang runter, die erste Tür links. Handtücher findest du im Schrank auf der linken Seite, gleich wenn du reinkommst."

"Danke", sagte Karla und erwiderte das Lächeln.

Ihre Augenlider wurden schwer, schienen eine Tonne zu wiegen, doch bis in die Dusche würde sie es noch schaffen.

Karla schnappte sich ihren Rucksack, in dem sie frische Wechselsachen hatte, und lief zum Bad, während Meyer ihr hinterherrief, dass er in der Zwischenzeit die Schlafcouch für sie beziehen würde.

Endlich ein Stück Frieden, dachte sie erleichtert.

Doch ahnte sie nicht, wie sehr sie sich dabei täuschen sollte.

16

— ※ —

BERLIN-RUDOW, HAUS VON HAUPTKOMMISSAR BERNHARDT MEYER

Karla drehte den Hahn auf, woraufhin das warme Wasser der Regendusche ihren Kopf benetzte.

Sie seufzte zufrieden und stand mit geschlossenen Augen unter dem Wasser, das ihren Körper entlangperlte und ihre Haut mit einer wohligen Wärme umschmeichelte.

Karla öffnete die Verschlusskappe ihres Duschgels und rieb sich langsam und zärtlich mit dem nach Limette und Zimt duftenden Gel ein.

Wann war sie das letzte Mal sanft zu sich selbst gewesen?

Hatte sich einen Wellnesstag gegönnt?

Von solchem Luxus konnte sie nur träumen, und das tat sie auch, Abend für Abend, Nacht für Nacht, wenn es die Alpträume erlaubten, welche den Großteil ihres unruhigen

Schlafs beherrschten, aus dem sie regelmäßig schreiend und durchgeschwitzt hochfuhr.

Vielleicht würde es heute anders werden, in einem anderen Bett, beschützt von einem Mann, dem sie vertraute. Zumindest so weit, dass sie sich traute, sich hier ein paar Stunden aufs Ohr zu legen.

Morgen würde sie mit neuen Kräften starten, frisch und ausgeruht.

Sie würde diese Kräfte auch brauchen, um Abu Adaan aufzuspüren und zur Strecke zu bringen.

Während Karla ihren Gedanken an die bevorstehende Nacht nachhing, hörte sie Geräusche aus dem Flur, der an das Bad angrenzte.

Es klang, als wäre Meyer die Treppe hinaufgegangen.

Seltsam, dachte Karla. Hatte er nicht gesagt, dass er ihr Bett vorbereiten wollte?

Vielleicht holt er Bettzeug aus einem Raum in der oberen Etage, sagte sie sich zur Selbstberuhigung.

Der Gedanke hätte sie auch beruhigt, wenn sie vorhin nicht den Sofakasten im Wohnzimmer bemerkt hätte, aus dem ein Stück Stoff hervorgelugt hatte, an dem Meyer gezogen hatte, während sie zum Bad gelaufen war. Warum also sollte Meyer die Treppe hochgehen, wenn das Bettzeug für die Schlafcouch in der unteren Etage war?

Karla drehte den Wasserhahn zu, verließ die ebenerdige Dusche und trocknete sich ab.

Dann holte sie ein paar frische Sachen aus ihrem Rucksack und streifte sie sich über.

Einen Augenblick lang überlegte sie, was sie als Nächstes tun sollte.

Geh ins Wohnzimmer, sagte sie in Gedanken zu sich selbst.

Dort würde sie auf Meyer warten und sich eine letzte Tasse Tee vor der Nachtruhe einschenken. Vielleicht würden sie beide sich doch noch eine Weile unterhalten, bis sie schließlich in den Schlaf auf der Couch sinken würde.

Zum ersten Mal seit Langem würde sie vielleicht wieder richtig durchschlafen können, hier, in dieser geschützten Umgebung oder *Safe Space*, wie man es neudeutsch nannte. Karla schöpfte Zuversicht bei diesem Gedanken, und sie wäre diesem Plan gefolgt, wenn da nicht dieser Stachel gewesen wäre, der unentwegt in ihren Gedanken bohrte.

Dazu kam das schlechte Bauchgefühl, das sich meldete, wie eine Alarmanlage, die zu leise eingestellt und doch unüberhörbar war.

Karla schulterte ihren Rucksack, drehte vorsichtig den Türknauf und öffnete die Tür Stück für Stück, Zentimeter für Zentimeter.

Wieder hörte sie Geräusche, die eindeutig aus der oberen Etage kamen.

Karla schlich weiter durch den Flur, als sie Meyers Stimme hörte. Er schien sich mit jemandem zu unterhalten, jedoch verstand Karla nicht, worum es ging.

Da sie nur Meyers Stimme hörte, vermutete sie, dass er telefonierte.

Sollte sie nach oben schleichen um das Gespräch zu belauschen?

Die alte Treppe würde knarzen, auch wenn Karla auf Zehenspitzen laufen würde, das zumindest befürchtete sie.

Nein, sie musste einen anderen Weg finden.

Das Intercom! kam es ihr in den Sinn.

Falls Meyer über das Festnetz telefonierte, würde Karla heimlich über das zweite Telefon mithören können, dessen Hörschale an einer Betonsäule zwischen Küche und Wohnzimmer montiert worden war.

Karla schlich zur Säule, hob den Hörer ab und hielt den Atem an.

Falls ihre Vermutung stimmte und Meyer telefonierte, durfte sie jetzt keinen einzigen Laut von sich geben, da sie sich sonst verraten hätte.

"Was war das?", fragte eine Stimme, die merkwürdig metallisch klang, beinahe so wie die eines Roboters.

Stimmverzerrer, dachte Karla. Solch ein Verzerrer ließ sich heutzutage ohne größeren technischen Aufwand einrichten. Doch warum telefonierte Meyer mit jemandem, der einen solchen Verzerrer einsetzte? Womöglich war am anderen Ende der Leitung ein Informant oder V-Mann? Zumindest war es jemand, der äußerst bedacht darauf schien, seine Anonymität zu wahren.

"Die Telefonleitungen hier im Haus wurden von einem Idioten verlegt", hörte Karla nun Meyer sagen. "Da kommt es manchmal zu Störgeräuschen. Wir können froh sein, wenn das Gespräch nicht plötzlich abbricht. Am Dienstag kommen Techniker, die das Problem beheben, hoffentlich."

"Bist du sicher, dass es das ist? Ich habe nämlich das Gefühl, dass wir belauscht werden."

"Keine Sorge", beschwichtigte Meyer, "unser Gespräch ist absolut sicher und vertraulich, das garantiere ich Euch."

Euch?

Sprach Meyer etwa mit mehreren Personen in der Leitung? Karla hatte nichts in dieser Hinsicht bemerkt.

"Das will ich auch hoffen, schließlich ist das hier kein Kindergarten. Wir spielen in der Oberliga, und wenn ich dich richtig verstanden habe, möchtest du ganz weit oben mitspielen, an meiner Seite."

"Ja, mein Herr, da habt Ihr recht."

Mein Herr?

So schräg das auch war, Karla realisierte, dass Meyer den Mann, mit dem er sich unterhielt, in der dritten Person ansprach, wie es Untergebene vor Jahrhunderten bei Königen getan hatten.

Doch hatte die Ex-Kommissarin keine Gelegenheit, vertiefend darüber nachzudenken.

"Karla Schmitz ist noch bei dir?"

Als Karla ihren Namen hörte, glaubte sie, dass ihr jeden Augenblick das Herz in die Hose rutschen würde.

"Ja, mein Herr. Sie duscht gerade und wird einen Teil der Nacht bei mir verbringen. Sie ist wie die Motte zum Licht gekommen, wie Ihr es gesagt habt."

"Gut. Du rührst sie nicht an, verstanden? Deine fleischlichen, niederen Gelüste haben absoluten Nachrang zu unserer Mission."

"Ja, mein Herr."

"Allah war gnädig und hat Karla zu dir geführt. Es war gut, dass wir geduldig waren und nur eine Frage der Zeit, bis sie dich aufsuchen würde."

Karlas Lippen bebten, im Versuch, zu verstehen, was hier vor sich ging.

Ihr wurde schwindelig und schlecht zugleich, ihre Welt schien sich auf den Kopf zu stellen, wieder einmal, nachdem sie inständig gehofft hatte, dass damit endlich Schluss sein würde. Zumindest für diese eine Nacht, in der sie gehofft hatte, Schutz und Ruhe zu finden.

"Du wirst dafür sorgen, dass sie bei dir einschläft. Sobald das geschehen ist, rufst du mich erneut an und ich schicke ein Team los."

"So weise, wie Ihr seid, würde ich Eure Entscheidung natürlich nie infrage stellen. Aber denkt Ihr, dass dies notwendig sein wird?"

"Diese Frau hat es fertig gebracht, zwei meiner besten Männer zu töten und uns in Prag zu entwischen. Du scheinst sie noch immer massiv zu unterschätzen."

Karla konnte nicht glauben, was sie da hörte. Der Mann am anderen Ende der Leitung schien über jeden ihrer Schritte Bescheid zu wissen.

"Ja, mein Herr, ich wollte nur fragen, ob ..."

"Du wagst es, dich meinen Anweisungen zu widersetzen?"

"Nein, natürlich nicht."

Karla hatte Meyer noch nie so kleinlaut erlebt. Sie hatte ihn in ihrer Dienstzeit als dominanten Hauptkommissar kennengelernt, der bereit dazu war, sich mit Gott und der Welt anzulegen, wenn es denn sein musste.

Dieser Meyer dagegen schien eine andere Version zu sein, eine, die einem Paralleluniversum entsprungen war und sich dem Mann am Telefon gegenüber äußerst devot verhielt.

"Also dann", sagte die verzerrte Stimme, "sorge dafür, dass dieses Miststück einschläft und mein Spezialteam überwältigt sie dann. Und wehe, sie entwischt dir ein weiteres Mal."

"Wird sie nicht."

Dies waren die letzten Worte, die Karla von Meyer hörte, bevor sie den Telefonhörer zurück in die Gabel einhakte und zur Terrassentür stürmte.

17

Berlin-Rudow, Haus von Hauptkommissar Bernhardt Meyer

Am liebsten wäre Karla geflüchtet, weit weg.

Vielleicht zurück nach Prag, oder bis ans Ende der Welt, wo auch immer das sein mochte.

Nur weg von diesem Elend, vom Verrat, der wie heißer Teer an ihr klebte, der sie in Schmerz und Chaos gefangen hielt.

Aber sie wusste, dass das keine Lösung war, sondern ein Wunschtraum, mehr nicht. Der drängende Wunsch ihres inneren Kindes nach Schutz und Sicherheit.

Mehr noch als Meyers Verrat schmerzte Karla, dass sie diesen Wunsch nicht erfüllen, das Bedürfnis ihrer geschundenen Seele nach Frieden nicht stillen konnte.

Er also auch, dachte sie.

Der einzige, der letzte Mensch, den sie für integer gehalten, dem sie sich anvertraut hatte. Bei dem sie auf der Couch hatte übernachten wollen, was das Todesurteil für sie gewesen wäre.

Jetzt hockte sie im Gebüsch seines Grundstücks, frierend, erschöpft und wütend.

Wann hatte sie zuletzt geschlafen?

Wann einen Moment lang durchgeatmet?

Im Fernbus, daran erinnerte sie sich jetzt wieder, als sie von Emily geweckt worden war.

Wenn sie jemals zur Ruhe kam, würde sie eine Woche durchschlafen, oder gleich einen ganzen Monat, und sie würde sich ihre Lieblingspizzen bestellen, jeden Tag.

Wenn sie jemals wieder zur Ruhe kam.

Bis dahin würde es noch ein verdammt weiter Weg werden, der mit Leichen gepflastert sein würde.

Und wenn auch Meyers Leiche dafür notwendig war, dann musste es eben so sein.

Karla fühlte sich wie ein Raubtier, und erfahrungsgemäß wehrten Raubtiere sich, wenn man so mit ihnen umsprang. Meyer hatte sie in die Ecke gedrängt, und aus dieser würde sie hervorpreschen wie ein Panther.

Karla zog ihre Pistole aus dem Hosenbund und lud sie durch.

Gespannt beobachtete sie, was sich gleich im Haus abspielen würde, sobald er ihre Flucht bemerken würde.

"Verdammt, so eine Scheiße!", hörte sie Meyer durch die Scheibe der geschlossenen Terrassentür fluchen.

Nervös lief er im Wohnzimmer, das von der Deckenlampe erhellt war, auf und ab, wobei Karla ihn aufmerksam beobachtete.

Komm nur ein Stück näher, dachte sie mit flammender Wut im Bauch. *Dann bekommst du, was du verdienst.*

Doch Meyer kam nicht hinaus, stattdessen starrte er in die Dunkelheit, die seinen Garten und damit auch Karla in ihrem Versteck verschluckt hatte.

Der denkt wahrscheinlich, ich bin längst über alle Berge, ging es ihr durch den Kopf.

Dann sah sie, wie Meyer zum Telefon an der Wand lief, durch das Karla das merkwürdige Gespräch belauscht hatte.

Hektisch tippte er eine Nummer ein und sprach aufgeregt Arabisch, was Karla verblüffte.

Sie selbst konnte kein Wort dieser für sie fremden Sprache, sodass sie nicht verstand, worum es ging. Meyers Erregung in der Stimme nach zu urteilen musste ihr Verschwinden jedoch Panik bei ihm ausgelöst haben.

Hier wird es gleich vor Terroristen nur so wimmeln, dachte sie. Wenn Meyer tatsächlich mit der *Neuen Ära* gemeinsame Sache machte, war Karla hier wie auf dem Präsentierteller für ihre Häscher, die danach dürsteten, sie zu foltern und zu töten.

Oh nein, dachte sie, als sie Tropfen auf ihrem Kopf spürte.

Es würde nur wenige Augenblicke dauern, bis aus dem Niesel ein sturzartiger Regen werden würde, wie die schwarzen Wolken am Himmel, begleitet von Blitz und Donner, verrieten.

Ein Gewitter war im Anmarsch, die Luft war schon die ganze Zeit schwül gewesen, doch hatte Karla gehofft, dass die finsteren Wolken vorbeiziehen würden.

Der Regen wurde stärker, binnen Sekunden sogen sich ihre Sachen mit dem kalten Wasser voll, doch es half nichts, sie musste Meyer *jetzt* erledigen, eine weitere Chance würde sie nicht bekommen.

Die Pistole fest in beiden Händen haltend, schlich Karla aus dem Gebüsch und lief über den Rasen. Als sie eine gute Schussposition gefunden hatte, hob sie die Waffe und kniff ein Auge zu. Meyer befand sich jetzt direkt vor ihrem Visier, sie brauchte nur noch abzudrücken und ...

Plötzlich spürte Karla einen heftigen Schlag gegen ihr Schulterblatt, woraufhin sie das Gleichgewicht verlor und nach vorn stürzte.

Vor Schreck fiel ihr dabei die Pistole aus der Hand. Es gelang ihr, den Sturz mit den Händen abzufedern, gerade noch rechtzeitig, bevor sie mit der Nase voran ungebremst auf den Boden geflogen wäre. Ihr Gesicht lag dennoch im feuchten Gras, das an ihren Wangen kitzelte, und sie hätte das vielleicht genießen können, wenn diese Nacht friedlich gewesen wäre, wenn sie sich freiwillig auf diese Wiese gelegt hätte, um in Kontakt mit der Natur zu treten.

Stattdessen hatte sie jemand brutal und hinterrücks gestoßen.

Karla drehte sich um, ihre Augen suchten im strömenden Regen nach dem Angreifer, aber vergebens.

Eben noch, im Gebüsch hockend, war die Schwärze der Nacht ihr Freund gewesen, jetzt war sie zu ihrem Feind geworden.

Karlas Hände suchten panisch den Boden ab, in der Hoffnung, die Pistole wiederzufinden, die ihr entglitten war.

Dann geschah etwas Schreckliches.

Ein Mann, der schwarze Kleidung und eine schwarze Sturmhaube trug, schnellte aus der Dunkelheit hervor. Gerade so konnte sie seine Umrisse im Licht sehen, das aus dem Haus strahlte. Ehe Karla reagieren konnte, hatte der Kerl seine Pranken um ihren Hals gewickelt und drückte ihr nun die Kehle zu.

Karla wollte schreien, aber der feste Griff dieses Mannes schnürte ihr die Luft ab.

Meine Arme, schoss es ihr durch den Kopf, sie wollte um sich schlagen, den Typen am Kopf treffen, vielleicht würde er dann von ihr ablassen.

Doch dafür war es bereits zu spät, er hatte sich auf ihre Arme gekniet, sein volles Gewicht lag darauf, ein heftiger Schmerz flammte auf, der Karla Sterne sehen ließ.

Sie wusste, dass dies hier ein Kampf auf Leben und Tod war.

Und wenn sie den nicht gewann, würde es ihr letzter Kampf sein.

So klar Karla das auch war, half ihr diese Gewissheit nicht dabei, neue Kraft zu schöpfen. Die Tage und Wochen waren einfach zu anstrengend gewesen, ein Leben auf der Überholspur, und der Körper zeigte nun Erschöpfungszeichen.

Mit einem Kampfschrei versuchte sie, der Kraft des Angreifers etwas entgegenzusetzen.

Vergeblich.

Vielleicht, dachte sie, *ist dies das Ende meiner Reise.*

Hatte sie allen Ernstes geglaubt, es mit der *Neuen Ära* aufnehmen zu können? Dass sie gegen Abu Adaan Sabre und seine weltweit agierende Terrortruppe eine Chance gehabt hätte?

In diesem Augenblick begriff Karla, dass die Zeit gekommen war, *ihre Zeit*, mit dem Leben abzuschließen. Sie hatte es sich anders vorgestellt, hatte trotz aller Widrigkeiten gedacht, dass sie mehr Zeit haben würde.

Doch begann sie in diesen Sekunden das Unausweichliche zu akzeptieren, und es geschah etwas, mit dem sie nicht gerechnet hatte. Ein tiefer Frieden, der von ihrem Herzen ausging, breitete sich in ihr aus, schien den Schmerz zu dämpfen, ein mildes Gefühl der Ruhe überstrahlte das Chaos, in dem sie sich befand.

Gerade wollte Karla die Augen schließen, da wurde sie von einem Knall aufgeschreckt.

Der Griff an ihrem Hals löste sich, sie schaute zu ihrem Angreifer, der sie mit weit aufgerissenen Augen anstarrte und dann auf ihrem Körper zusammenbrach.

Da war er wieder, der kalte Schmerz, das friedliche Gefühl hatte sich wie eine Schnecke zurückgezogen, die ihre Fühler zu weit ausgestreckt hatte.

"Verdammt", fluchte Karla, der Schmerz strahlte heftig und unerbittlich vom Rippenbogen aus.

"Leise", hörte sie plötzlich eine Stimme neben sich.

Ein Mann in schwarzer Kampfmontur näherte sich ihr.

Er kniete sich neben sie, jetzt sah sie das Gewehr, das er in den Händen hielt, und mit dem er ihren Angreifer getötet hatte.

Karla rang nach Luft, würgte dabei.

Jeder Atemzug schmerzte, ihre Kehle fühlte sich entzündet an und sie röchelte, während sie sich ins Leben zurückkämpfte.

"Schhhht!", zischte der Mann nachdrücklich und zeigte auf die geöffnete Terrassentür, aus der jetzt Männer mit Gewehren hinauseilten. "Können Sie laufen?"

Karla war froh, überhaupt Luft zu bekommen, zu laufen war eine ganz andere Herausforderung. Doch wusste sie, dass dies die einzige Möglichkeit war, um am Leben zu bleiben.

Damit es ihr gelingen würde, Abu Adaan zu finden und zu töten.

Dafür musste sie Meyers Spur folgen, aber nicht hier und jetzt.

In diesem Augenblick konnte sie froh sein, wenn es ihr gelang, mithilfe des Fremden zu entkommen.

Sie versuchte, leise zu sein, doch konnte sie ein kurzes, zaghaftes Stöhnen nicht unterdrücken, als sie sich aufrichtete.

"Kommen Sie", sagte der Mann, hakte sich geschickt unter Karla und stemmte sie mit seinem eigenen Körpergewicht hoch.

Plötzlich ertönte hektisches Geschrei.

"Da sind sie!", rief einer der Männer. "Im Garten, auf drei Uhr!"

"Los!", befahl ein anderer Mann auf der Terrasse, woraufhin sie das Feuer eröffneten.

Karla begann zu humpeln, doch mit jedem Schritt wurde ihr Gang schneller und fester.

Kugeln zischten an ihr und dem Fremden vorbei, schlugen auf dem Rasen und den Bäumen um sie herum ein.

"Weiter! Schneller!", trieb der geheimnisvolle Helfer sie an, der ihr bereits einige Meter voraus war.

Offenbar bemerkte er nun, dass Karla nicht mit ihm mithalten konnte. Er hielt an, kniete sich hin und schoss mit seinem Gewehr in Richtung der Terrasse. Den Schreien nach zu urteilen hatte er ein paar der Kerle erwischt.

Ein guter Schütze, dachte sie.

Karla fasste neuen Mut. Mit jedem Meter, den sie sich von diesem gottverdammten Ort wegbewegte, wurde sie stärker und zuversichtlicher.

Weitere Kugeln flogen, Karla rannte, immer weiter und weiter, bis sie plötzlich einen glühenden Schmerz an ihrer linken Wade bemerkte, der sie vor Schreck aufschreien ließ. Das Bein gab kurz nach, sodass sie stolperte. Irgendwie gelang es ihr, sich wieder aufzurappeln. Das Bein spielte einigermaßen mit, sodass sie weiter rannte, wenn auch unter brennenden Schmerzen.

"Los, wir dürfen keine Zeit verlieren."

Ach, tatsächlich?, dachte Karla sarkastisch.

Als ob ihr das nicht selbst aufgefallen wäre. Doch sparte sie sich einen Kommentar. Womöglich wäre es eine schlechte Idee gewesen, ihren Retter in der Not zu provozieren.

"Da lang!", rief er in geduckter Haltung, während weitere Kugeln an ihnen vorbeizischten.

Inzwischen hatte Karla aufgeholt, oder der Fremde war ihr zuliebe langsamer geworden, so genau konnte sie das nicht sagen.

Er stoppte, und jetzt sah Karla auch, warum.

"Scheiße!", fluchte sie, als sie das wuchtige Holztor sah, das zwischen den mannshohen Hecken eingelassen war.

"Wie sollen wir da bloß rüber ..."

Bevor Karla ihren Satz beendet hatte, hatte der Fremde Schwung genommen und mit seinem schwarzen Stiefel gegen das Tor getreten, das daraufhin aufgesprungen war.

Der Unbekannte lief weiter, Karla folgte ihm in heller Panik, während das Gebrüll hinter ihr lauter wurde.

Sie rannten über einen Steg, die Wolken lichteten sich allmählich, weshalb der Mond den Steg wie auch den vor ihnen liegenden See in ein mystisches silbriges Licht tauchte. Die Planken knarzten unter Karlas Füßen, woraufhin sich

Schreckensszenarien in ihrem Kopf ausbreiteten, von plötzlichen Stürzen in das eiskalte Wasser unter ihr.

Sie gelangten zu einem Motorboot am Ende des Stegs, das mit einem Tau an einem der Holzpfeiler befestigt war.

Meyers Privatsteg, dachte Karla, während sie weiter rannte. Merkwürdig fand sie, dass vom Motorboot abgesehen keine weiteren Boote anlagen. Vielleicht sparte Meyer noch auf eine Yacht hin, oder er wünschte sich eine von Abu Adaan, wenn er diesem als sein Diener nur tief genug in den Allerwertesten kroch.

Der fremde Retter sprang ins Boot, Karla kauerte davor, während er kräftig an der Starterklappe des Außenbordmotors zog.

Der Motor stotterte kurz, bevor er erstarb.

Wieder zog der Mann an der Starterklappe, doch der Motor gab nur ein halbherziges Röcheln von sich.

"Das gibt's doch nicht!", rief Karla, deren Verzweiflung proportional zum Geschrei und dem Kugelhagel um sie herum anstieg.

"Da ist was dran", sagte der Mann im Boot trocken, was für Karla eine unfreiwillige Komik hatte.

Der Fremde atmete tief durch und zog ein weiteres Mal an der Starterklappe, woraufhin der Motor endlich ansprang.

Er setzte sich jetzt auf die kleine Bank vor dem Steuerrad und legte seine Hand auf den Gashebel.

"Los, kommen Sie, kommen Sie!", sagte er und winkte Karla in das Boot.

Sie sprang hinein, wobei sie beinahe über die Bank in der Mitte gestolpert wäre.

Ihr Retter zog das Tau ins Boot und drückte den Gashebel durch, woraufhin sie unter wütendem Gebrüll und Schusssalven in der Nacht verschwanden.

18

BERLIN-RUDOW

"Wer sind Sie? Und wo fahren wir hin?"

Karla hatte noch weit mehr Fragen, doch waren das die drängendsten in diesem Augenblick.

"Ruhen Sie sich aus", sagte der Mann, den Blick auf das silbern schimmernde Wasser vor sich gerichtet, durch das er das Boot navigierte.

"Ich will Antworten."

Karla robbte nach vorn und hatte beim wankenden Boot Mühe, das Gleichgewicht zu halten. Die Verletzung an ihrem Bein machte ihre Situation nicht gerade einfacher.

Der Mann hatte seine Sturmhaube abgenommen, Karla blickte nun in sein kantiges, vom Mondlicht erhelltes Gesicht, das ein dunkler Dreitagebart zierte. Seine schwarzen, kräftigen Haare wehten im Fahrtwind.

"Haben Sie gehört? Antworten Sie mir!"

Sie war wütend und müde, durstig und hungrig, und das alles zur gleichen Zeit.

"Gedulden Sie sich. Sie erhalten Ihre Antworten früh genug."

"Ach ja? Ah!"

So leicht wollte Karla sich nicht geschlagen geben, doch schien das Fleisch über ihren Willen zu siegen. Der Schmerz in ihrem Bein brannte heiß und fordernd.

"Ruhen Sie sich aus", sagte er. "Sie müssen zu Kräften kommen."

Karla atmete tief durch, sie taumelte zurück und ließ sich auf die Bank in der Mitte des Bootes fallen.

Sie biss sich auf die Lippe, um ein schmerzerfülltes Stöhnen zu unterdrücken, während sie ihr Hosenbein hochzog.

Im Mondlicht sah sie das Blut, das in schwarzen Rinnsalen bis zu ihrem Knöchel heruntergelaufen war. Bald auch würde sich der Saum ihrer Socke damit vollsaugen.

"Sie haben Glück gehabt."

"Wie kommen Sie denn darauf?", fragte Karla, die ihre Wunde untersuchte, oder vielmehr das, was sie davon bei diesen schummerigen Lichtverhältnissen erkannte.

"Die Kugel hat Sie oberhalb der Wade getroffen. Ein paar Zentimeter weiter und Ihre Beinvene wäre jetzt zerfetzt. In dem Fall würden Sie nicht mehr hier sitzen und sich mit mir unterhalten können."

Karla blickte zum Mond und spürte, wie ihr Atem ruhiger wurde, wie sie dabei war, herunterzufahren, nach all den turbulenten und schrecklichen Ereignissen. Die Müdigkeit legte sich jetzt wie ein bleischwerer Mantel auf sie, die Lider ihrer Augen sanken hinab.

"Unter der Sitzbank ist eine kleine Kiste, darin befindet sich eine Stoffdecke. Die dürfte groß genug sein, um Sie zu wärmen", sagte er.

"Danke", sagte Karla, während sie die weiche Decke aus der Kiste holte und sich darin einwickelte.

Die Decke roch nach Benzin, was sie nicht störte, im Gegenteil. Es war ein Geruch, den sie mochte, seit sie ein kleines Kind gewesen war.

"Falls die Decke stechend riecht, muss ich mich entschuldigen."

Da war es wieder, sein unheimliches Gespür dafür, was vor sich ging.

"Sie lag einige Wochen in derselben Kiste wie der Treibstoff."

"Ist schon in Ordnung", sagte Karla, die bereits wahrnahm, wie sich der Geruch im Fahrtwind verflüchtigte.

Eine Weile fuhren sie schweigend den schmalen Kanal entlang, auf dem sie vom See aus eingebogen waren. Kein Boot kam ihnen entgegen, sie waren allein hier draußen, was Karla auf gewisse Weise aufregend fand. Dieser Mann hatte etwas gleichsam Bedrohliches wie Beschützendes an sich, eine faszinierende Mischung. Sie musste unbedingt mehr über ihn erfahren.

"Verraten Sie mir Ihren Namen?"

"Wir sind in Feindesland, ich erkläre Ihnen später alles."

Feindesland, dachte Karla.

So hatte sie Brandenburg noch nie bezeichnet, sie hatte sich hier immer wohl gefühlt, in diesem ländlichen Raum. Zwischen Feldern, Äckern und kleinen Dörfern, welche die Landschaft säumten, hatte sie Abstand von der hektischen Stadt Berlin bekommen.

Viele Male schon war Karla mit dem Fahrrad durch Brandenburg gefahren, sie hatte sogar überlegt, eines Tages hier einen Dreiseitenhof zu mieten, um mit ihren Freundinnen dorthin zu ziehen.

Doch hatten sich all diese Träume zerschlagen, sie waren heute nichts mehr als Schäume, wie es das Sprichwort so schön auf den Punkt gebracht hatte.

Jetzt fuhren sie und der geheimnisvolle Fremde auf Wasserkanälen entlang, auf der Flucht vor der gefährlichsten Terrorgruppe der Neuzeit.

"Schon gut, ich bleibe wach und schaue mir den Mond an", sagte Karla und legte sich auf die Bank.

"Ganz wie Sie meinen."

Tatsächlich hatte Karla sich fest vorgenommen, den prachtvollen Himmelskörper zu betrachten, mit seinen wundersamen Kratern, die seine Schönheit umso mehr zur Geltung brachten, und seine Mystik bekräftigten.

Doch während Karla ihren Plan in die Tat umzusetzen versuchte, fielen ihr die Augen zu. Sie riss sie wieder auf, um diesen wunderschönen Anblick voll auszukosten, nur, um wenige

Sekunden später den Kampf gegen ihre schweren Lider zu verlieren und auf der Stelle einzuschlafen.

19

▬ ▪ ▬

BRANDENBURG, FARM

Karla blinzelte, kniff ihre Augen zusammen.

Grelles Sonnenlicht fiel durch das kleine Fenster an der Holzwand. Ihr Blick wanderte zum Schatten des Fensterkreuzes, der sich auf ihrer Bettdecke bildete.

Der Schreck fuhr ihr in die Glieder, während sie sich umsah.

Hatte der Fremde sie etwa ...

Bevor Karla den Gedanken zu Ende spinnen konnte, klopfte es an der Tür, die sich an der Wand gegenüber vom Fenster befand.

Karla war in einem kleinen, gemütlichen Raum, neben ihr standen zwei Nachttische, über die blumenbestickter Stoff gespannt war. Das komplette Zimmer war holzvertäfelt, auch das Schrägdach über ihr, wodurch das Zimmer einen urigen Charme versprühte.

"Augenblick!", rief Karla und sah sich um. Hektisch zog sie die Schubladen der Nachttischschränke auf, wurde jedoch von gähnender Leere begrüßt.

Vielleicht hatte sie ihre Pistole ja unter dem Kopfkissen...

Noch während Karla ihr Kissen wegzog, stiegen die Erinnerungen an die letzte Nacht wie Nebel aus einer abendlichen Herbstwiese empor.

Meyers Haus.

Der Angreifer, der sie beinahe getötet hätte.

Ihre Pistole, die sie im Kampf verloren hatte.

Der Fremde, der sie mit seinem Boot gerettet hatte.

"Herein", sagte sie nervös.

Die Ereignisse der letzten Tage hatten sich überschlagen, und waren zu viel für die ehemalige Polizistin gewesen.

Die Tür ging auf und jener schwarz gekleidete Mann schaute sie an, der auf dem Boot das Steuer in der Hand gehalten hatte. Er hatte braune Augen, dunkle Haare und einen schwarzen Dreitagebart.

"Hallo. Darf ich reinkommen?"

Karla zögerte, doch was hätte es gebracht, ihm den Zutritt zu verwehren? Er stand sowieso bereits auf der Schwelle der Tür.

Sie nickte, woraufhin der Mann lächelte, eintrat und die Tür behutsam hinter sich schloss.

"Wie geht's dir?"

Er duzte sie, was Karla jedoch nicht weiter störte. Sie beide hatten viel durchgemacht und waren ungefähr im gleichen Alter, da war das nur naheliegend.

"Ich weiß nicht, ich fühle mich ... seltsam."

"Ein bisschen schummerig und schwindelig?"

"Ja, genau."

Panik flutete ihren Kopf. Hatte der Typ sie etwa unter Drogen gesetzt?

Karla wollte ihre Beine bewegen, wurde jedoch von einem stechenden Schmerz davon abgehalten, der ihre Gesichtszüge entgleisen ließ.

"Doch so schlimm, ja?"

"Geht schon", sagte die junge Frau, die es unangenehm fand, sich ihm gegenüber zu offenbaren, diesem Mann, der ihr fremd war und dessen Absichten sie nicht kannte.

"Deine Wunde muss verheilen, das wird noch ein paar Tage dauern."

Fragend sah Karla den Mann an, während er an der Fußseite ihres Bettes entlanglief und behutsam den Saum ihrer Decke in die Hand nahm, woraufhin Karla zusammenzuckte.

"Darf ich?", fragte er mit demselben ruhigen Tonfall, mit dem er um Zutritt zu diesem Zimmer gebeten hatte.

Wieder nickte Karla, ohne den Kerl jedoch aus den Augen zu lassen. Würde er irgendetwas versuchen, dann würde sie treten wie verrückt, Verletzung am Bein hin oder her. Leicht würde sie es ihm jedenfalls nicht machen, sich an ihr zu vergreifen.

Doch offenbar war das nicht das Vorhaben des Mannes, der jetzt langsam, fast schon vorsichtig, die Bettdecke zurückzog.

Karla robbte sich in eine sitzende Position, was ihr einen weiteren Schmerz bescherte, der vom Bein ausgehend in ihren gesamten Körper strahlte.

"Ruhig, lass dir Zeit", sagte er und Karla glaubte, dass er besorgt dabei klang.

Sie schaute zu ihrem rechten Bein, der obere Teil des Unterschenkels war mit einem Verband umwickelt.

Karla fiel auf, dass das Bein im Vergleich zu ihrem unverletzten Bein geschwollen war.

"Es gibt eine gute und eine schlechte Nachricht", sagte der Fremde.

Ohne Karlas Entscheidung abzuwarten, welche von beiden sie zuerst hören wollte, sagte er: "Die gute Nachricht ist, dass wir die Kugel aus deinem Bein entfernen konnten."

"Wir?"

"Die schlechte lautet, dass das Gewebe um die Wunde herum sich entzündet hat und wir die Entzündung nicht gänzlich herausbekommen haben."

"Wen meinst du mit *wir*?"

Für Karla wurde all das hier umso verwirrender, je länger der Mann weitersprach.

Wieder klopfte es an der Tür, woraufhin Karla ein weiteres Mal zusammenzuckte.

Schreckhaft war sie geworden, was sie anhand ihrer blankliegenden Nerven wenig überraschte.

"Keine Sorge", sagte der Mann sanft, der auf ihrer Bettkante saß. "Das ist Joseph. Ihm gehört die Farm, auf der wir uns befinden."

Karla versuchte, einen klaren Gedanken zu fassen und hoffte darauf, dass sich all das, was hier geschah, bald aufklären würde.

"Komm rein, Joseph", sagte er, woraufhin die Tür aufging und ein freundlich dreinblickender Mann mit grauem, lichtem Haarkranz eintrat. Der Mann trug einen bordeauxfarbenen Pullunder, unter dem sich ein rotweiß kariertes Hemd abzeichnete.

Dazu trug er eine schwarze Anzughose und schwarze, matte Lederschuhe. Hätte Karla ein einziges Wort finden müssen, das diesen Herren aus ihrer Sicht treffend beschrieb, hätte sie ihn als *adrett* bezeichnet.

"Ah, die junge Frau ist wach, das freut mich aber sehr", sagte der Mann und lächelte, während seine blauen Augen sie durch die rahmenlose Rundglasbrille musterten.

"Komm rein Joseph, wir waren gerade dabei, uns über Karlas Behandlung zu unterhalten."

"Ah ja", sagte der Alte, rückte sich seine Brille auf der Nase zurecht und stellte sich Karla gegenüber an das Fußende des Bettes.

Sofort fühlte sie sich an einen Arzt aus ihrer Kindheit erinnert, der mit derselben Körperhaltung damals an ihrem Krankenbett gestanden hatte.

Die Schultern zurückgezogen, der Blick eine Mischung aus ernst und mitfühlend.

"Es freut mich, Sie so lebendig zu sehen", sagte der Mann. "Als Luke Sie hierhergebracht hat, hätte ich ehrlich gesagt nicht damit gerechnet."

Luke.

Nun kannte sie den Namen ihres geheimnisvollen Retters.

"War es so schlimm?", fragte Karla.

"Sagen wir mal so, die Kugel herauszuholen und gleichzeitig die Blutung zu stoppen, das war die größte Herausforderung. Zum Glück hatte ich einen fähigen Assistenten."

Lächelnd sah Joseph zu Luke.

"Ich fühle mich schlecht", sagte Karla.

"Nun, das ist auch kein Wunder", fuhr Joseph fort. "Sie haben eine Menge Blut verloren, Ihr Körper kämpft mit der Verheilung der Wunde gleichermaßen wie mit der Entzündung."

"Dann muss ich in ein Krankenhaus, oder?", fragte Karla besorgt.

"Wir haben Mittel und Wege, um Sie hier zu behandeln. Das Krankenhaus ist die letzte Option, wenn die Genesung nicht so verlaufen sollte wie erhofft."

"Dich ins Krankenhaus zu bringen würde bedeuten, dass wir sichtbar werden. Dass wir dich unseren Feinden auf dem Präsentierteller servieren."

Joseph sah Luke besorgt an.

"Erst einmal ruhen Sie sich hier aus, das ist sowieso die beste Medizin. Und dann sehen wir weiter."

"Ist es hier denn sicher?", fragte Karla, deren Gedanken rasten.

Sie war in der Fremde, zusammen mit Fremden, wem konnte sie da schon trauen?

"Ist es", sagte Luke. "Für Joseph würde ich meine Hand ins Feuer legen."

"Ich hoffe nicht", sagte der, "sonst muss ich die auch noch verarzten."

Die Männer wirkten vertraut miteinander, wie Freunde, wie Karla fand.

Luke sah zu Karla und sagte: "Joseph und ich haben uns in der Fremdenlegion kennengelernt. Wir haben zusammen einige Einsätze durchgestanden. Joseph hat als Sanitäter angefangen und sich zum Feldarzt hochgearbeitet."

"Das war eine wilde Zeit", kommentierte Joseph.

"Ja, ich will gar nicht darüber nachdenken, wie viele Kugeln und Granatsplitter du mir aus dem Körper gezogen hast."

"Ganz zu schweigen von den Knochenbrüchen, Quetschungen, Prellungen, der Malaria und ..."

"Wie Joseph schon sagte, es war eine wilde Zeit."

Karla war irritiert. Soweit sie wusste, war die Fremden-legion eine in Frankreich gegründete Einheit, doch Joseph war ihrer Wahrnehmung nach Deutscher, und Luke hatte einen Akzent, der definitiv nicht französisch klang.

"Ich bin Brite", sagte er, "bin in in der Nähe von London geboren und aufgewachsen, wie mein alter Herr, und sein alter Herr vor ihm. Aber ich wollte raus, in die große weite Welt. Tja, und jetzt sitze ich hier an der Seite einer gejagten Ex-Polizistin, an ihrem Bett im Spreewald."

"Das war in deinem Lebenslauf so nicht vorgesehen?", fragte Karla mit ironischem Unterton und merkte, wie sie sich dabei entspannte.

"Nein. Aber das macht es ja auch so spannend."

"Fremdenlegion", wiederholte Karla. "Sind Sie beide im-mer noch Soldaten dieser Legion?"

Luke und Joseph lächelten sich zu.

"Die Zeiten sind vorbei", sagte Luke. "Joseph hat sich hier mit Hof und Haus zur Ruhe gesetzt, und ich ... mich hat es in eine andere Einheit verschlagen. Das ist alles, was du zum aktuellen Zeitpunkt wissen musst."

"Ein paar mehr Informationen wären hilfreich."

Luke sah Joseph an, dann schaute er wieder zu Karla.

"Ich kann verstehen, dass du mehr wissen willst, und dass es dir schwerfällt, uns zu vertrauen."

Karla schnaubte.

"Da habt ihr recht, das ist verdammt viel verlangt. Würdet ihr an meiner Stelle irgendwelchen Fremden vertrauen?"

"Keineswegs", sagte Luke, der sich nun ein Stück zu Karla lehnte. "Hör zu, ich verstehe dich, rational ergibt das alles keinen Sinn, und ich kann unmöglich erwarten, dass du die seltsamen Dinge, die geschehen, einfach so hinnimmst. Aber hör auf deinen Instinkt, Karla. Egal, was wir dir erzählen, dein Instinkt ist dein Ratgeber, der *einzige* Ratgeber, auf den du dich verlassen solltest."

Karla atmete tief ein und aus, versuchte, sich auf ihr Inneres zu fokussieren.

Ihre innere Stimme schien zu schweigen, doch hatte sie ein gutes Gefühl gespürt, als sie Luke und Joseph zugehört hatte, und auch jetzt fühlte sich die Situation, so verfahren sie auch war, richtig an.

Karla nickte und sagte: "Also gut, wie geht es jetzt weiter?"

"Sie haben eine beträchtliche Menge an Antibiotika in Ihrem Blut, um die Entzündung einzudämmen. Die werden Sie auch noch ein paar Tage nehmen müssen. Hinzu kommen starke Schmerzmittel."

"Echte Bretterknaller", sagte Luke und grinste, woraufhin Karla schmunzelte.

Sie hatte bisher noch keinen Briten kennengelernt, der das Wort *Bretterknaller* verwendet hatte.

"Die Schmerzmittel werde ich sukzessive absetzen, ich denke mal, in vier bis fünf Tagen dürfte es Ihnen schon viel besser gehen. Bis dahin gehören Verbandswechsel zur Tagesordnung, mindestens dreimal am Tag."

"Darum kümmere ich mich, wenn es genehm ist", sagte Luke.

Karla nickte, aus irgendeinem Grund fühlte sie sich wohl bei dem Gedanken daran, dass Luke sich ihrer annahm. Womöglich, weil er bereits unter Einsatz seines Lebens bewiesen hatte, dass er auf sie aufpassen konnte.

"Ich bin die meiste Zeit auf dem Hof, und kümmere mich um meine Tiere."

"Sie haben Tiere?"

"Oh ja, Ziegen, Rinder, Schafe, Hühner."

"Joseph lebt autark", erklärte Luke.

"Trotzdem werden wir weitere Medikamente brauchen, und Kleidung für Sie."

"Im Ort einzukaufen, ist zu gefährlich", sagte Luke nachdenklich. "Und bis unser Supply hier ist, wird es viel zu lange dauern."

"Supply?"

"Wir haben Freunde da draußen, die uns mit allem versorgen, was wir brauchen. Waffen, Munition, Essen."

"Luke hat recht, das würde zu lange dauern. Wir müssen uns etwas Anderes überlegen."

Joseph überlegte kurz, dann sagte er: "Ich gehe."

"Bist du dir sicher?"

"Hey, mich kennt man hier in der Gegend, euch nicht. Wenn ich in eine Apotheke gehe, wird niemand Verdacht schöpfen."

"Na schön", sagte Luke. "Aber du musst die Sachen, die du brauchst, an verschiedenen Orten einkaufen, die möglichst weit auseinanderliegen. Es darf kein geografisches Bewegungsmuster von dir entstehen."

"Ja, ist gut."

"Und geh an verschiedenen Tagen einkaufen, das ist noch sicherer, indem ..."

"Luke, ich habe im Dschungel von Laos ein Gegengift zu deinem Schlangenbiss aus einer seltenen Pflanze gequetscht. Da bekomme ich es jetzt auch hin, im Brandenburger Land ein paar Medikamente und Klamotten zu kaufen, meinst du nicht?"

"Ich sage nur, dass alles, was hinter deinem Zaun liegt, Feindesland ist."

Da war er wieder, dieser Ausdruck.

Je häufiger Karla ihn in Gedanken wiederholte, desto zutreffender erschien er ihr.

Denn was sonst, wenn nicht *Feindesland* war eine Umgebung, in der auf sie geschossen wurde, in der sie um ihr Leben fürchten musste und nur knapp mit selbigem davongekommen war?

Karla wollte etwas sagen, doch spürte sie, wie ihre Zunge schwer wurde, ein merkwürdiges Taubheitsgefühl dehnte sich in ihrem Mund aus.

"Sie braucht Ruhe", wiederholte Joseph, "lassen wir sie schlafen."

"In Ordnung", sagte Luke und stand von Karlas Bett auf. Er holte ein Smartphone aus seiner Hosentasche hervor und legte es neben Karla auf den Nachttisch. "Falls du irgendetwas brauchst, meine Nummer ist unter der Kurzwahltaste #1 gespeichert, Joseph erreichst du unter Kurzwahltaste #2."

"Ich habe zwar kein Smartphone", sagte Joseph mit einem Lächeln, "aber telefonieren kann ich mit meinem alten Handy."

"Gut zu wissen", sagte Karla und lächelte.

"So, jetzt lassen wir dich aber endlich in Frieden."

Frieden, ging es Karla durch den Kopf. *Was für ein schönes Wort. Vielleicht träume ich gleich von einem friedlichen Ort, einem Strand im Sommer vielleicht, oder einem idyllischen Wald.*

Ihr letzter Blick, bevor ihr die Augen zufielen, galt Luke, der die Zimmertür hinter sich schloss, nachdem Joseph und er den Raum verlassen hatten.

Dann versank sie in einen unruhigen Schlaf.

Anders als erhofft, träumte Karla nicht von einem friedlichen Ort.

Sondern von Monstern, deren schwarze Klauen aus der Tiefe eines modrigen Bodens entstiegen und nach ihren Beinen griffen, um sie hinunter in ihr finsteres Reich zu ziehen.

117

20

———— ❖ ————

BRANDENBURG, JOSEPHS FARM

"Alles in Ordnung?"

Karlas Puls raste, ihre Augen wanderten fahrig zu Luke, der an ihrer Bettseite saß, dann zu den holzvertäfelten Wänden, die im Schein der Nachttischlampe erhellt waren.

"Ich ... was ... was ist los?"

Eben noch hatte sie mit Dämonen in ihren Träumen gekämpft, doch begriff Karlas Verstand allmählich, dass sie in Sicherheit war.

Vorerst.

Bis sich wieder etwas Anderes herausstellen sollte, etwa so, wie es bei Meyer geschehen war.

Auch dort hatte sie sich sicher gefühlt, was ein Trugschluss gewesen war.

Würde es diesmal anders sein?

"Du hast geschrien, also bin ich hergeeilt", sagte Luke. "Hat dich ein schlimmer Traum gequält?"

Karla nickte.

"Glaub schon, ja."

Langsam kehrte ihr Körpergefühl zurück, sie spürte, dass sie schweißnass unter ihrer Decke war, was ihr peinlich war.

Luke strich ihr sanft über die Stirn, sie spürte, dass ihre Haarsträhnen klitschnass in der Stirn hingen.

Sie ließ seine Berührung zu, überrascht darüber, wie angenehm sie sich anfühlte.

"Ich ..."

"Ist in Ordnung", sagte er. "Beruhige dich."

Karla fiel auf, dass sie nach wie vor hektisch atmete, doch gelang es ihr durch Lukes besonnene Art, tiefere und langsamere Atemzüge zu nehmen.

"Sehr gut. Immer schön atmen, alles ist gut, ich bin hier."

"Was ist los?"

Joseph kam zur Tür herein, er trug einen dunkelblauen Schlafanzug und eine Schlafmütze in gleicher Farbe. So wie er aussah, hätte er gut und gern aus einem Märchenbuch der Gebrüder Grimm entspringen können, fand Karla, die daraufhin lachen musste.

"Was ist so komisch?", fragte Joseph, der nun an sich hinuntersah.

Auch Luke musste schmunzeln und sagte: "Nichts, dein Schlafanzug sieht nur etwas ... altertümlich aus."

Joseph blickte ein weiteres Mal an sich herunter.

"Bei meinen Schlappen könnte ich es ja verstehen", sagte er und hob seinen rechten Fuß, woraufhin sich Karla und Luke ein brauner Pantoffel offenbarte, der die beiden ein weiteres Mal zum Lachen brachte. "Aber dieser Schlafanzug war seinerzeit der letzte Schrei."

"Zu Zeiten von Kaiser Wilhelm?", witzelte Luke.

"Lacht ihr nur", sagte Joseph und hob dabei den Arm zu einer gespielten Drohung. "Ich weiß jedenfalls, dass mich dieser Schlafanzug warm hält."

Sein Lächeln verriet Karla, dass er den Spaß mitmachte, was sie sympathisch fand.

"Ihr könnt auch noch Schlafanzüge haben, ich habe genug davon auf dem Dachboden."

"Ich glaube, wir können verzichten", sagte Luke lächelnd.

Karla hielt sich die Hand vor den Mund, um ihr breites Grinsen zu verbergen.

"Na schön. Kommt Ihr klar, junges Fräulein?"

Karla hätte es fast geschafft, ihr Grinsen in den Griff zu bekommen. Wie aber sollte das ernsthaft gelingen, wenn Joseph altbackene Wörter wie *Fräulein* verwendete?

"Das Fräulein kommt klar, und das ganz ohne Schlafanzug", witzelte Luke, woraufhin Joseph abwinkte.

"Macht ihr nur eure Späße, ich gehe wieder ins Bett."

Luke und Karla wünschten dem alten Mann eine gute Nacht, woraufhin der aus dem Zimmer verschwand.

Luke wollte auch schon aufstehen und gehen, doch Karla hielt ihn am Handgelenk fest, woraufhin er sie überrascht ansah.

"Halt, warte."

"Was ist los?"

"Kannst du noch ... ein bisschen bei mir bleiben?"

"Hältst du das für eine gute Idee? Ich meine, ich ..."

"Nur so lange, bis ich eingeschlafen bin."

Sie wusste nicht, ob es etwas bringen würde, wenn Luke an ihrer Seite wachte.

Aber sie wollte es wenigstens versuchen.

Er schien kurz zu überlegen.

"Na schön", sagte er schließlich.

Karla nahm seine Hand, woraufhin er sie wieder überrascht ansah.

"Halt sie einfach, okay? Das hat schon lange niemand mehr gemacht."

Lukes Blick verriet Karla, dass er begriff. Dass er verstanden hatte, dass Karla gerade dabei war, eine zarte Bande des Vertrauens zu einem Menschen, zu *ihm*, aufzubauen.

Sanft drückte er ihre Hand, was sich warm und sicher anfühlte.

"Schlaf jetzt", sagte er, ich muss gleich wieder draußen Wache halten.

"Wann schläfst du eigentlich?", fragte sie, während sie bereits am Wegdösen war.

"Zu selten", antwortete er und lächelte müde.

"Du solltest ... auch ... zur Ruhe ... kommen", summte sie, schon halb weggetreten. "Hast es dir ... verdient."

"Wie gnädig von dir", sagte Luke mit spöttischem und zugleich wohlwollend klingenden Unterton. "Schone deine Stimme."

"Bis morgen ... früh."

"Bis morgen früh."

Karla fiel in einen tiefen Schlaf, in dem sie zum ersten Mal seit Monaten nicht von Alpträumen geplagt wurde.

Doch der Alptraum, der sich ihr Leben nannte, sollte sie schon bald wieder einholen.

21

BRANDENBURG, JOSEPHS FARM

Karla schlug ihre Augen auf und sah, wie ihr Schlafzimmer in ein helles, goldenes Licht getaucht war.

Die Sonne fiel durch das geöffnete Fenster, durch das frische Herbstluft und Vogelgezwitscher drangen.

Sie zog die Decke herunter, richtete sich auf und streckte ihre Arme aus, begleitet von einem wohligen Seufzer.

Wann hatte sie sich das letzte Mal ausgeruht und erholt gefühlt?

Sie konnte sich nicht erinnern.

Lange musste es jedenfalls her gewesen sein, das wusste sie.

Noch schlaftrunken schaute sie aus dem Fenster, als es plötzlich an der Tür klopfte.

"Herein?", fragte Karla.

Die Tür öffnete sich und ein wohliger Duft von frisch gebackenen Brötchen wehte durch den Raum.

"Habe ich also richtig gehört, du bist aufgewacht", sagte Luke, der mit einem Brötchenkorb auf der Türschwelle stand.

Er trug eine Jeans und einen grauen Pullover, der seinen muskulösen Körper betonte.

"Du hast aber ein ziemlich genaues Gehör", sagte Karla.

"Geschult über die Jahre, um selbst leiseste Feindbewegungen zu hören. Und wenn eine junge Frau sich in den Laken räkelt."

Die letzte Bemerkung hätte anzüglich verstanden werden können, doch kam sie begleitet von Lukes verschmitztem Grinsen locker rüber, wie Karla fand.

Sie musste schmunzeln und hatte wieder dieses Wohlgefühl, das sich warm in ihrem Körper ausgebreitet hatte, als Luke ihre Hand zum Einschlafen gehalten hatte.

"Nun komm schon rein", sagte sie und Luke betrat den Raum.

Der Brötchenduft strömte jetzt durchs ganze Zimmer und belebte Karlas Körper.

"Den Hunger kann ich dir förmlich ansehen", sagte Luke grinsend.

Und tatsächlich, in ihrem Magen klaffte ein Loch, beinahe unstillbar, so fühlte es sich jedenfalls an.

Ihr Körper lechzte nach etwas Essbarem, erst recht, wenn es so lecker duftete wie diese Brötchen.

Karlas Herz machte einen freudigen Satz, als sie sah, was Luke in der anderen Hand hielt, eine Glasschüssel mit Hühnereiern.

"Die sind direkt vom Hof, frisch gekocht", sagte Luke, ging zu Karlas Bett und sprach weiter: "Joseph sollte gleich mit einem Tablett kommen, auf dem Marmelade, Käse und ... ach, da ist er ja schon."

Joseph betrat den Raum mit dem von Luke erwähnten Holztablett. Anders als in der Nacht zuvor trug der erfahrene Arzt keinen Schlafanzug mehr, sondern eine schick anmutende Kombination aus dunkelrotem Pullover und beiger Hose.

"Hallo Frau Schmitz."

Ein Lächeln zeichnete sich auf seinem Gesicht ab.

"Ich denke, es ist an der Zeit, dass wir uns duzen", schlug Karla vor, woraufhin Josephs Lächeln breiter wurde.

"Einverstanden, das ist eine hervorragende Idee", sagte er freudig und stellte das Tablett auf dem Bett neben der aufrecht sitzenden Karla ab.

Was sie nun sah, ließ ihr das Wasser im Mund zusammenlaufen. Verschiedenste frische Aufstriche, Käsesorten, Marmeladen und Würstchen ergaben ein buntes Potpourri der Köstlichkeiten, die sie am liebsten allesamt auf einmal verschlungen hätte.

"Das ist alles für dich", sagte Luke lächelnd.

"Soll das ein Witz sein?", fragte sie. "Das esse ich niemals allein auf."

"Ich hab schon gefrühstückt, zu den ersten Sonnenstrahlen", zog Joseph sich aus der Affäre.

"Joseph isst sowieso nur seinen Haferbrei mit Früchten."

"Bei euch jungen Leuten heißt das Porridge, das klingt zwar moderner, aber Haferbrei bleibt Haferbrei."

"Ja, Joseph", sagte Luke als Reaktion auf die kauzige Art des Alten.

"Isst du etwas davon mit mir?", fragte Karla und sah Luke dabei an.

"Na ja, eigentlich muss ich wieder raus und aufpassen, dass niemand ..."

"Das ist schon die zweite gute Idee des Fräuleins heute", sagte Joseph. "Ich kann die Wache übernehmen, kein Problem. Irgendwo auf dem Dachboden muss noch meine alte, doppelläufige Schrotflinte Betty herumliegen. Die hat mir immer gute Dienste beim Abwehren von Dieben und allerlei Gesindel geleistet."

"Danke Joseph", sagte Luke.

Joseph nickte und verschwand aus dem Zimmer.

Nachdem er die Tür hinter sich geschlossen hatte, fragte Karla: "Er nennt seine Schrotflinte Betty?"

Luke antwortete: "Nach seiner ersten Tochter, ja."

"Versteckt seine Tochter etwa auch terrorverdächtige Ex-Polizistinnen?"

Karla hatte gedacht, Luke mit ihrem Scherz ein Lächeln entlocken zu können. Tatsächlich aber schaute er ziemlich bedrückt.

"Betty, sie ist ..."

"Oh Gott", sagte Karla und hielt sich die Hände vor den Mund. "Ist sie etwa ... tut mir leid, ich ..."

"Nein, nein", sagte Luke und hob die Hand zu einer beschwichtigenden Geste. "Nicht das, was du jetzt vermutlich denkst."

Karla atmete erleichtert auf.

Wenigstens in dieses Fettnäpfchen schien sie nicht getreten zu sein.

"Sie ist nicht tot, aber als Terroristin zur *Neuen Ära* übergelaufen."

"Im Ernst?"

Während Karla und Luke sich unterhielten, zwitscherten draußen die Vögel, die Sonne wärmte Karlas Gesicht.

Konnte das Leben nicht immer so friedlich sein? Warum bekriegten Menschen sich, warum führten sie blutige Kämpfe, bei denen sie sinnlos starben und letztlich niemand etwas gewann?

Karla würde keine Antworten auf diese Fragen finden, das wusste sie. Doch hielt sie das nicht davon ab, diese Fragen zu stellen, sich und ihren Mitmenschen, auch und gerade weil diese Fragen unbequem waren.

"Im Ernst", bestätigte Luke. "Sie soll sich unseren Informationen nach einer Terrorzelle in Afghanistan angeschlossen haben, ihre Spur konnten wir bis nach Kabul zurückverfolgen, dann verliert sie sich."

"Das ist ja furchtbar", sagte Karla betroffen. "Wie geht Joseph denn damit um? Er wirkt so gefasst und trotz allem freundlich."

Luke lächelte und legte seine Hand auf Karlas, woraufhin ihr ein wohliger wie auch elektrisierender Schauer durch die Glieder fuhr.

"Er gibt die Hoffnung nicht auf, genau wie bei dir."

Karla sah ihn fragend an.

"Auch du gehörst offiziell der *Neuen Ära* an, schon vergessen?"

"Nein, wie könnte ich", sagte sie. "Wenngleich ich nie gefragt wurde."

"Stimmt, deine Eltern haben das so entschieden. Sie sind der Terrorgruppe beigetreten, in der du aufgewachsen bist. Und trotzdem bist du nicht wie sie. Lieber führst du ein Leben auf der Flucht, statt dich dieser Organisation anzuschließen."

Karla seufzte und sagte: "Ich weiß allerdings nicht, wie lange ich das durchhalte."

Luke drückte nun Karlas Hand fester, was einen weiteren wohligen Stromstoß durch ihren Körper jagte.

"Du bist ja jetzt nicht mehr allein."

Plötzlich bekam Karla Panik.

"Ist Betty ... ist sie auch auf der Jagd nach mir?"

Luke schüttelte den Kopf.

"Ich kann mir vorstellen, dass sie von deiner Existenz weiß. Mehr aber auch nicht."

"Mehr aber auch nicht?", wiederholte Karla ungläubig jene Worte, die Luke scheinbar mühelos über die Lippen gegangen waren.

Sein Gesichtsausdruck wurde ernst, und er zog seine Hand zurück.

"Für die *Neue Ära* bist du so etwas wie eine Berühmtheit", sagte Luke nachdenklich.

"Aber warum? Ich habe doch niemandem etwas getan."

"Es steckt weit mehr dahinter, Karla. Die *Neue Ära* ist nicht irgendeine Terrorgruppe, wie Politik und Medien uns glauben machen möchten. Ihr wahres Ziel ist ..."

Plötzlich flog die Tür zum Zimmer auf, und ein schweißgebadeter Joseph stand auf der Schwelle. In seinen Händen hielt er seine doppelläufige Schrotflinte.

"Was ist?", fragte Luke.

"Wir müssen abhauen. Und zwar sofort."

22

BRANDENBURG, SPREEWALD

"Erklärt mir bitte jemand, was hier los ist?"

Seitdem Karla, Luke und Joseph unterwegs waren, herrschte eisiges Schweigen im Inneren des Wagens.

Luke lud sein Sturmgewehr durch, während Joseph den Wagen über Schotterpisten lenkte.

"Und warum fahren wir diese holprigen Schleichwege? Im Radio haben sie nichts von Straßensperren erzählt."

Sie waren vom Hof getürmt, obwohl alles friedlich gewirkt hatte, bis auf den Alten natürlich.

"Die lokale Polizei ist auch nicht unser Problem", sagte Joseph, der beide Hände fest am Lenkrad hielt, bemüht darum, den Wagen trotz der zahlreichen Schlaglöcher auf dieser Buckelpiste unter Kontrolle zu halten.

"Sondern?"

"Die *Neue Ära* hat uns aufgespürt."

"Woher weißt du das? Hast du Kameras auf der Zu-fahrtsstraße zu deinem Hof installiert? Oder einen Tipp bekommen?"

Wieder schwiegen die Männer.

"Redet mit mir! Au!"

Karlas Bein schmerzte. Sie hätte Ruhe gebraucht, wenigstens noch ein paar Tage, um sich vollständig von der Schussverletzung zu erholen. Stattdessen fuhr sie mit den beiden Männern irgendwo durchs Nirgendwo.

"Beruhige dich", sagte Luke, "es ist nicht gut, wenn du dich aufregst."

Erzähl mir mal was Neues, dachte Karla. *Etwas, das ich nicht schon weiß.*

"Es ist mein Instinkt", sagte Joseph.

Endlich sprach der Alte wieder, wenngleich es Karla nicht gefiel, was sie da eben gehört hatte.

"Dein *Instinkt?"*, wiederholte sie fassungslos.

"Der hat Joseph noch nie getäuscht", erklärte Luke.

"Na dann bin ich ja beruhigt", sagte Karla schnippisch. "Ich habe mir schon Sorgen gemacht, dass wir womöglich wegen eines Hirngespinstes Hals über Kopf aus der einzig sicheren Unterkunft weit und breit geflüchtet sind."

"Es war dort nicht sicher", sagte Joseph, den Blick starr auf die Schotterpiste vor sich gerichtet. "Nicht mehr."

"Karla."

131

Luke drehte sich zu Karla um und sah ihr tief in die Augen. Sein Blick war besorgt, woraufhin Karla noch nervöser wurde.

"Ich vertraue diesem Mann mein Leben an, schon seit vielen Jahren. Und du tust gut daran, dasselbe zu tun. Ich weiß, es fällt dir schwer, uns zu vertrauen, aber du *musst* es einfach versuchen. Nur so haben wir überhaupt eine Chance, aus diesem Schlamassel herauszukommen."

"Das ist ganz schön viel verlangt."

"Ich weiß. Ich bitte dich nur, dass du ..."

Plötzlich stockte Luke, während Joseph den Wagen ausbremste.

"Was ist los?", fragte Karla aufgeregt. "Warum halten wir an?"

Flutlichtstrahler sprangen an, die den Wagen in ein grelles Licht tauchten.

Karla hielt sich die Hände vor das Gesicht, bemüht darum, irgendetwas im gleißenden Licht zu erkennen. Von draußen hörte sie Stimmengewirr, arabisch sprechende Männer, so klang es für sie. Männer luden Waffen durch, anscheinend hatten sie sich um das Auto herum postiert.

"Verdammt", fluchte Luke.

"Das kannst du laut sagen", bestätigte Joseph, der die Hände vom Lenkrad nahm und die Arme hob, wie Luke es nun auch tat.

"Luke, was ..."

Angst und Panik stiegen in Karla auf, die sich verzweifelt einen Reim auf das zu machen versuchte, was hier geschah.

"Ruhe!", zischte Luke.

Vor dem Wagen knirschte es, jemand schien auf das Auto zuzulaufen, ein Mann, der einen weiteren zackigen Befehl auf Arabisch rief, woraufhin das Flutlicht gedämpft wurde.

Karlas Augen brannten noch immer, und sie zuckte zusammen, als es plötzlich an der Fensterscheibe ihrer Autotür klopfte.

"Hallo, Schmitz."

Karla gefror das Blut in den Adern, als sie die Stimme wiedererkannte.

Nur ein Mensch auf der ganzen Welt sprach sie direkt mit ihrem Nachnamen an.

Ein Mensch, dem sie einst vertraut hatte, für den sie ihr Leben im Dienst geopfert hätte, wenn das notwendig gewesen wäre.

Langsam, zitternd vor Anspannung, riskierte sie einen Blick durch das Seitenfenster.

Und sah Meier grinsend davorstehen.

23

──── ◆ ────

BRANDENBURG, SPREEWALD

K arla war den Tränen nah, sie hoffte, dass irgendetwas geschah, etwas, das sie, Luke und Joseph aus dieser furchtbaren Lage befreien würde.

Doch Superhelden gab es nur im Kino, in der Wirklichkeit behielten die bösen Menschen die Macht in einer schlimmen Lage.

"Aufmachen", befahl Meier und klopfte dabei wieder demonstrativ an die Autoscheibe, Karlas einzige Barriere, die sie von diesem Mann mit den zwei Gesichtern trennte.

"Tu, was er sagt", befahl Luke und sah Karla dabei an. "Wir haben keine Wahl. Sie werden uns sonst einfach umlegen."

Joseph atmete tief durch, dann öffnete er die Zentralverriegelung.

Sofort wurden die Türen aufgerissen, Kunstlicht und die Kälte des Herbstes fluteten den Innenraum, zerstörten den letzten Rest Sicherheit, den Karla bis zu diesem Zeitpunkt noch empfunden hatte.

Draußen musste sie mit ansehen, wie Joseph und Luke mit Gewehrkolben geschlagen wurden, woraufhin sie mit schmerzverzerrten Gesichtern auf ihre Knie fielen. Doch gaben die beiden Männer keinen Laut von sich, auch wenn die Schmerzen schlimm gewesen sein mochten.

In diesem Augenblick bewunderte Karla sie für ihre Tapferkeit.

Erst jetzt bemerkte sie selbst den neuen Schmerz, der von ihrem Arm hin zu ihrem Körper strahlte.

Meier hatte sie fest gepackt und drückte mit seiner Pranke kräftig zu, so kräftig, dass Karlas Arm allmählich taub wurde.

Sie traute ihren Augen nicht, als sie den Mann, der nun vor Joseph und Luke stand, von oben herab musterte.

"Martin", keuchte sie.

Der Mann sah zu ihr rüber.

"Wie redest du mit Abu Adaan?", fragte Meier wütend.

"Abu Adaan? Das ist Martin, aus Prag!"

"Hüte deine ungläubige Zunge, du ..."

Mit einer Handbewegung gab Martin alias Abu Adaan dem Hauptkommissar zu verstehen, dass er schweigen sollte, was er daraufhin auch tat.

"Schon gut. Sie ist nur verwirrt", sagte er. "Gib ihr etwas Zeit."

Karla sah den Dampf ihres hektischen Atems, den sie panisch ausstieß.

Was hatte dieser Kerl bloß vor?

Karla ahnte Schlimmes, doch hoffte sie, dass lediglich die Fantasie mit ihr durchging.

Der Terrorfürst, den sie als Martin kannte, lächelte kalt. Es war ein Lächeln, das Karla das Blut in den Adern gefrieren ließ.

Dann drehte er sich um und stellte sich Joseph gegenüber.

Martin sah in diesem Augenblick auf die abfälligste Weise auf Joseph herab, auf die man auf einen Menschen herabsehen konnte, fand Karla.

"Du hast Karla vor uns versteckt, alter Mann", sagte er.

Joseph sah Martin an und schwieg.

"Dir ist klar, dass dieses Verhalten bestraft werden muss, oder?", fragte Martin.

Karla spitzte die Ohren, falls Joseph etwas sagen würde, wollte sie es unbedingt mitbekommen.

"Tut, was ihr nicht lassen könnt", keuchte er.

Martin lachte daraufhin auf und ließ seinen Blick über seine Schergen wandern, von denen einige im Kreis um Joseph herumstanden.

Jetzt fühlt ihr euch stark, dachte Karla zornig. *Aber wartet nur, bis ich euch fertigmache, jeden Einzelnen von euch, dann könnt ihr was erleben.*

Gedanken an Rache gaben ihr Kraft, zogen sie aus der Ohnmacht empor, die von ihr Besitz ergriffen hatte.

Sie war in einer ausweglosen Situation.

Doch würde sie bis zu ihrem letzten Atemzug kämpfen, auch wenn sie dabei sterben würde. Keinesfalls würde sie der *Neuen Ära* die Genugtuung geben, Schwäche zu zeigen. Dieser menschliche Abschaum sollte nie vergessen, dass er gegen eine Löwin kämpfte.

Sie würden sie töten.

Aber ihren Kampfgeist würden sie nicht umbringen können, er würde in ihren Köpfen bleiben, als Erinnerung an ihre Wehrhaftigkeit.

Ähnlich schien auch Joseph zu denken, der tapfer Martins abschätzigem Blick standhielt.

Dann geschah etwas Schreckliches.

Martin holte mit seinem Arm aus und ließ seine Faust auf Josephs Gesicht niederkrachen, woraufhin ein Knacken zu hören war.

"Ihr Schweine!", fluchte Luke.

Drei Männer brauchte es, die ihn unter größter Anstrengung auf den Knien hielten.

"Versucht das mal mit mir, statt mit dem Alten!", rief er.

Karla konnte die Wut, die sie in Lukes Stimme hörte, nur allzu gut nachempfinden. Auch in ihr brannte ein Feuer, das auf dieses niederträchtige Pack überspringen würde, sobald sie die Gelegenheit dazu bekam.

"Antworte gefälligst, wenn ich mit dir rede, alter Mann", befahl Martin. "Sonst breche ich dir nicht nur die Nase, sondern als nächstes deinen Kiefer, und dann deinen Willen. Du glaubst, du wärst hart? Wir haben schon ganz andere Kerle gefoltert. Typen, die jahrzehntelang selbst Daumenschrauben angelegt haben. Aber selbst die waren nach Einsatz unserer Spezialmethoden fix und fertig."

Joseph hustete, der Schlag schien ihm übel zugesetzt zu haben.

Doch er schwieg weiter, ließ sich von Martin keine Angst einjagen. Für den Terroranführer musste das eine unsägliche Demütigung sein, dass er es nicht schaffte, einen Greis vor den Augen seiner Männer zum Reden zu bringen.

Martin hockte sich zu Joseph hinunter und sagte: "Pass auf Opa, es läuft folgendermaßen. Du erzählst mir und meinen Männern jetzt alles, was du über die kleine Schlampe da drüben weißt, und zwar auf der Stelle. Du weißt, wovon ich rede. Ja, du alter Sack kennst ihre Geheimnisse, richtig?"

Ein irres, grauenerregendes Lächeln huschte über Martins Gesicht.

Joseph hob den Kopf, dabei wankte sein Körper, der anscheinend mit der Ohnmacht kämpfte.

Langsam öffnete sich sein Mund, seine Lippen bebten, als er jene entschlossenen Worte sagte: "Fahr zur Hölle!"

Auf den markigen Satz folgte ein Hustenanfall.

Karla zerriss es das Herz, mit ansehen zu müssen, wie Joseph litt.

Am liebsten wäre sie aufgesprungen und zu ihm geeilt, doch hielt Meyer sie weiterhin in Schach.

Martin nickte, stand auf und sagte: "Okay. Okay."

Er hielt inne, es vergingen einige Sekunden, die Karla unendlich lang vorkamen.

Dann geschah etwas Grauenhaftes.

Martin hob den Arm, presste die Mündung seiner Waffe auf Josephs Stirn und drückte ab.

Ein Knall ertönte, Krähen stoben aus nahen Baumkronen, als die Kugel durch Josephs Schädel schoss und eine klaffende Wunde an seinem Hinterkopf hinterließ.

Leblos sackte Joseph auf dem Boden zusammen.

"Nein! Ihr verdammten Schweine!", schrie Luke.

Karla sah in Lukes schmerzverzerrtes Gesicht, auf dem sich brennender Hass niederschlug.

"Ihr miesen Schweine, ich werde euch alle abknallen, und vorher jeden eurer Knochen brechen!"

Martin, der Joseph ohne mit der Wimper zu zucken erschossen hatte, lächelte kalt und lief langsamen Schrittes auf Luke zu.

"Gemach, gemach", sagte er. "Dein Temperament bringt dich eines Tages noch ins Grab. Das wäre schade, wo wir doch noch so viel mit dir vorhaben."

Martin stand nun vor Luke, der den Kopf gesenkt hielt und schluchzte.

Etwas Lebendiges schien seinen Körper verlassen zu haben, so war Karlas Eindruck, während sie ihn beobachtete.

Tiefe Trauer hatte ihn übermannt, die selbst seinen Hass überschattete.

"Ich will für dich hoffen, dass du klüger als der sture Bock bist. Wäre doch traurig, wenn wir dein Leben auch auslöschen müssten. Du bist schließlich so ein hervorragend ausgebildeter Kämpfer."

Luke hob den Kopf, offenbar schien die Kraft des Widerstands noch in ihm zu brodeln.

"Niemals werde ich mich euch anschließen", sagte er entschlossen. "Niemals."

"Das wird sich noch zeigen", sagte Martin trocken. "Schließlich gibt es Mittel und Wege, um dich gefügig zu machen. Vielleicht sollten wir mal bei deiner Tochter Sarah vorbeischauen, ihr einen kleinen Besuch auf dem Internat abstatten und sie fragen, was sie von Daddys Aufmüpfigkeit hält?"

"Wenn ihr Sarah ein Haar krümmt, dann ..."

"Das liegt ganz bei dir", sagte Martin in einem selbstgefälligen Singsang, der wie ein Brandbeschleuniger für Karlas flammenden Hass wirkte. "Meine Männer wüssten jedenfalls einiges mit ihr anzufangen, in unserem Folterkeller können wir sie stundenlang ..."

"Bastarde!", brüllte Luke, der daraufhin einen Faustschlag kassierte.

"Genug jetzt", sagte Martin, "Es ist an der Zeit, zu verschwinden."

Die Männer hievten den vom Schlag benommenen Luke hoch und schleiften ihn zu einem schwarzen Transporter, Karla wurde fast wahnsinnig, während sie hilflos dabei zusehen musste.

"Was ist mit ihr?", fragte Meyer verunsichert, und sah dabei zu Karla.

Martin lief zu ihr, er war nun ganz nah, sodass sie die Spitzen seiner Stiefel sehen konnte.

"Mit ihr habe ich andere Pläne."

Das war das Letzte, was sie hörte, bevor sie die Sohle von Martins Stiefel auf ihr Gesicht zurasen sah.

24

UNBEKANNTER ORT

M it einem lauten Schrei schreckte Karla hoch.

Panisch sah sie sich im fensterlosen Raum um, der durch ein grelles Deckenlicht erhellt wurde.

Sie schaute an sich herunter und sah, dass sie in einem Pyjama gekleidet war, der schweißdurchtränkt war.

Ihr Brustkorb hob und senkte sich im Sekundentakt, sie war verwirrt und orientierungslos.

"Sie ist wach", hörte sie plötzlich eine metallisch klingende Stimme, die aus einem Lautsprecher in der oberen Ecke des Raumes dröhnte.

In der anderen Ecke, die Karla von ihrem Bett aus sah, hing eine Kamera, deren rotes Lämpchen leuchtete.

Stechende Kopfschmerzen zerschossen ihre Gedanken, lähmten ihren Verstand, der sich verzweifelt wie auch vergeblich darum bemühte, einzuordnen, was vor sich ging, wo sie hier gelandet war.

Ihre Glieder schmerzten, entsetzt bemerkte Karla, dass mehrere Kanülen in ihren Unterarmen steckten. An den Kanülen hingen dünne Schläuche, die zu aufgehängten Plastikbeuteln neben ihrem Bett führten.

War sie in Gefangenschaft und wer setzte sie hier unter Drogen?

Oder war das hier ein Krankenhaus, in dem man sie gesund pflegte?

Karlas Gedanken rasten von der einen in die andere Richtung, sprangen wie ein Pingpongball hin und her, von lebensbejahender Hoffnung zu tiefer Verzweiflung fühlte sie sich eingesperrt in einem Karussell des Wahnsinns.

"Hallo? Wo bin ich?", fragte sie verängstigt.

"Beruhigen Sie sich", mahnte die Lautsprecherstimme. "Es ist wichtig, dass Sie sich beruhigen."

"Beruhigen? Was?"

Karla wollte sich bewegen, die Kanülen mit den seltsamen Schläuchen aus ihren Armen reißen und aufstehen.

Doch bemerkte sie jetzt, dass sie mit breiten, straff gespannten Lederriemen an das Bett gefesselt war. Sie ächzte beim Versuch, sich wenigstens ein paar Zentimeter Platz zu verschaffen.

Vergeblich.

Die Riemen ließen keinerlei Spiel.

Plötzlich erklang ein Surren und die wuchtige Stahltür gegenüber von Karlas Bett flog auf.

Den Raum betraten nun drei Personen, die allesamt weiße Vollschutzanzüge trugen, sie erinnerten Karla an Astronauten.

Auf Höhe der Köpfe hatten die Schutzanzüge Sichtfenster, hinter denen Karla Gesichter sah, ein Mann und zwei Frauen, die nun seitlich an Karlas Bett herantraten.

"Frau Schmitz, mein Name ist Dr. Pierce", stellte sich der Mann vor, "das hier sind Dr. Michaels und Dr. Shaw."

Amerikaner, ging es Karla durch den Kopf, was sie aus den Nachnamen und dem Akzent schloss, mit dem der Mann redete.

"Können Sie mich hören?"

Jene schwarzhaarige Frau, die er als Dr. Shaw vorgestellt hatte, leuchtete Karla mit einer Taschenlampe in die Augen, das gleißende Licht schmerzte wie tausend kleine Splitter.

"Pupillen okay, Augenbewegungen okay", stellte Dr. Shaw fest.

"Frau Schmitz, können Sie mich hören?", wiederholte Dr. Pierce seine Frage, diesmal eindringlicher.

"Ja, ja, ich höre Sie", sagte Karla genervt, während sie mit dem nur langsam nachlassenden Schmerz in ihren Augen kämpfte.

"Frau Schmitz, was ist das Letzte, woran Sie sich erinnern?"

Nachdem Dr. Pierce seine Frage gestellt hatte, schossen Bilder in Karlas Bewusstsein hoch.

Vom idyllischen Frühstück mit Luke in Josephs Haus, während Holzscheite im Kamin nebenan geknistert hatten.

Dann die Flucht im Wagen.

Kurze Zeit später die Hinrichtung Josephs.

Die einzelnen Situationen spielten sich bedrohlich vor Karlas innerem Auge ab, wie erschreckend reale Kurzfilme, als würde sie die Ereignisse ein weiteres Mal durchleben.

Ihre letzte Erinnerung, die jetzt wie eine Dampframme über sie hinwegfuhr, war die auf sie zurasende Stiefelsohle des Terroranführers, den sie als *Martin* kennengelernt hatte.

"Ich ... Abu Adaan und seine Mörder, sie haben mich ... sie wollten mich ... sie haben ..."

"Sie sind traumatisiert", sagte Dr. Michaels, eine hübsche Frau mit Sommersprossen und roten, zu einem Zopf gebundenen Haaren, die Karla mit braunen Augen ansah. "Versuchen Sie, gleichmäßig und ruhig zu atmen."

Ihre Worte hatten eine unerklärlich beruhigende Wirkung auf Karla, sie spürte tatsächlich, wie ihr Atem langsamer wurde, tiefer und gleichmäßiger.

"Sehr gut", sagte Dr. Michaels.

"Sie waren in der Gewalt einer terroristischen Vereinigung namens *Neue Ära*", sagte Dr. Pierce. "Können Sie mit diesen Informationen etwas anfangen?"

"Natürlich kann ich das", sagte Karla und biss sich auf die Unterlippe, woraufhin sie ein weiterer Schmerz durchzuckte.

"Seien Sie vorsichtig, Ihre Lippe ist verletzt, wie auch Teile Ihres Gesichts", sagte Dr. Michaels.

"Die *Neue Ära* ist eine Terrororganisation, die Anschläge in der ganzen Welt verübt", erläuterte Karla. "Und ich soll eine Mittäterin sein, falls Sie das noch nicht gewusst haben."

Der letzte Halbsatz war Karla herausgerutscht, ein zweifellos sarkastischer Kommentar, den sie sich jedoch nicht hatte verkneifen können. Zu stark hatte sich ihr Frust inzwischen angestaut.

"Das ist mir bekannt", sagte Dr. Pierce ernst. "Allerdings sind wir keine offizielle Ermittlungsbehörde oder dergleichen."

"Warum halten Sie mich dann hier fest wie eine Gefangene?"

"Es ist kompliziert."

"Dann erklären Sie es mir. Ich habe heute nichts mehr vor", sagte Karla schnippisch.

"Dazu bin ich nicht befugt."

"Na schön, Sie vielleicht? Oder verraten Sie mir, was hier gespielt wird?"

Karla schaute der Reihe nach zu den beiden Ärztinnen, die schweigend ihren Blick erwiderten.

"Wir sind das medizinische Personal, niemand von uns hat die Berechtigung, Sie über Details in Kenntnis zu setzen."

"Ich will zu Luke", sagte Karla wütend. "Bringen Sie mich zu ihm, sofort."

"Alles zu seiner Zeit", sagte Pierce. "Erstmal kommen Sie zu Kräften."

Karla stemmte sich gegen die Fesseln, wobei sie bemerkte, dass die Hitze der Anstrengung in ihren Kopf stieg, was die Schmerzen in ihrem Schädel befeuerte.

"Hey, lassen Sie das!", ermahnte Pierce sie.

Karla keuchte, erlaubte sich ein paar Sekunden der Regeneration und fragte dann: "Also gut, was dürfen Sie mir denn erzählen?"

"Dass Sie über mehrere Monate in der Gewalt der *Neuen Ära* waren."

"Mehrere Monate?", fragte Karla erschrocken nach, sie konnte kaum glauben, was sie da eben gehört hatte.

"Ja. Die Schergen der *Neuen Ära* haben Sie verhört und gefoltert. Sie können sich daran nicht erinnern?"

Karla schüttelte den Kopf, Tränen liefen ihr die Wangen hinab.

"Warum ich?", fragte sie, begleitet von einem Gefühl der Hilflosigkeit.

"Offenbar sind die Terroristen davon überzeugt, dass Sie wichtige Informationen für sie haben."

"Ich ... ich verstehe das alles nicht", sagte Karla verwirrt. "Vor Kurzem war ich noch Polizistin, und jetzt jagen mich Terroristen und Sicherheitsbehörden auf der ganzen Welt."

"Hier nicht", redete Shaw beruhigend auf sie ein. "Hier sind Sie sicher."

"Das habe ich schon oft gehört, und nie hat es gestimmt", sagte Karla verärgert.

"Ruhen Sie sich aus", wiederholte Dr. Pierce. "Wir sehen nachher nochmal nach Ihnen."

"Was? Nein! Ich will zu Luke, lassen Sie mich! Wo ist er? Luke! Luke!"

Karla schrie mit voller Kraft, soweit es ihre geplagten, schmerzenden Stimmbänder zuließen.

Doch wurde ihr plötzlich schwindelig dabei, und in ihren Ohren machte sich ein hohes Fiepen bemerkbar, das sie zuletzt bei einem Tinnitus gehört hatte.

"Sie kollabiert!", rief Dr. Shaw.

Oder war es Dr. Michaels?

Die über sie gebeugten Gesichter verschwammen zu einer seltsamen Masse, verschmolzen mit den sich scheinbar verflüssigenden Anzügen.

"Haloperidol, schnell!", hörte sie Dr. Pierce sagen.

"Welche Dosis?"

"Die Höchstdosis natürlich, was denken Sie denn?"

Die Ärzte, die eben noch so ruhig und besonnen mit Karla gesprochen hatten, klangen nun plötzlich aufgebracht.

"Das ist zu gefährlich!", hörte Karla Dr. Shaws energische Stimme. "In Kombination mit den Schmerzmitteln und den Neuroleptika kann sie dadurch einen Herzstillstand ..."

"Wenn wir ihren Puls jetzt nicht herunterbekommen, dann sind Herzstillstand und Hirninfarkt so gut wie garantiert. Also tun Sie verdammt nochmal, was ich sage!"

Verschwommen sah Karla, wie sich einer der Ärzte über sie zu beugen schien.

"Sie werden gleich einschlafen."

Es war Dr. Shaw.

"Halten Sie durch, Karla. Sie schaffen das."

Karla wollte nicken, doch war ihre Nackenmuskulatur steif, als befände sich Zement zwischen den einzelnen Wirbeln.

Ein letztes Mal blinzelte sie.

Dann wurde ihr schwarz vor Augen.

25

BERLIN-RUDOW, HAUS VON HAUPTKOMMISSAR BERNHARDT MEYER

"Der rumänische Innenminister bezeichnete die Entdeckung des geheimen Labors nahe Bukarest als spektakulären Fund und als Durchbruch in der Bekämpfung internationalen Terrors. Heute Morgen hatten rumänische Spezialkräfte den vermeintlich verlassenen Bunker gestürmt und ein Labor entdeckt, in dem hoch reaktives Uran und Sprengsätze gefunden wurden. Experten zufolge handelt es sich hierbei um Komponenten für die Herstellung sogenannter schmutziger Atombomben, die von Terroristen weltweit eingesetzt werden. Weiterhin konnte die Spezialeinheit Dokumente im Bunker sicherstellen, die belegen, dass die Terrorgruppe *Neue Ära* den Bunker ..."

Meyer schaltete den Fernseher aus und trank den Whisky in seinem Glas aus, bereits den dritten an diesem Abend.

Eigentlich war Alkohol strengstens verboten, auch für Konvertiten wie ihn, aber solange niemand hinsah ...

Außerdem musste das jetzt sein, fand er. Frust hatte sich in ihm angestaut, den er mit einem rauchigen Single Malt aus den schottischen Highlands zu dämpfen gedachte.

Doch eine Frage tobte weiter in seinem Kopf.

Wann hören wir endlich auf, uns wie Dilettanten zu verhalten?

Plötzlich klingelte eines der alten Handys, die Meyer vor sich auf dem Couchtisch ausgebreitet hatte. Jede SIM-Karte durfte nur ein einziges Mal benutzt werden, außerdem hatte er Handys für unterschiedliche Kommunikationswege innerhalb der Organisation. Wenn das rote Handy klingelte, wie es nun der Fall war, rief Latif an. Latif war der zweite Mann bei der *Neuen Ära*, niemand wusste, wo genau er sich aufhielt. Bekannt war nur, dass er ständig in Bewegung war. Seit Jahren schon gehörte Latif zu den Top 10 der meistgesuchten Schwerverbrecher, doch war es ihm bis heute gelungen, durch die Fahndungslisten von FBI, BND und Mossad zu schlüpfen.

Heute konnte er in Pakistan sein, und morgen schon in der Türkei. Er war ein ständiger Reisender, der überall und nirgends zu Hause war.

"Salam aleikum Latif", sagte Meyer nervös.

"Weißt du es schon?", fragte er, ohne Meyers Begrüßung zu erwidern. "Das Labor in Rumänien?"

"Ich habe es gerade in den Nachrichten gesehen", sagte Meyer aufgeregt.

Es kam selten vor, dass Latif anrief. Wenn er es tat, gab es einen triftigen Grund dafür.

"Das ist ein herber Rückschlag für uns", sagte Meyer.

"Das ist nicht das einzige Labor, das wir unterhalten."

Meyer glaubte, Verärgerung in Latifs Stimme zu hören, doch war die Verbindung schlecht, es konnte sich genauso gut um eine Störung in der Leitung handeln.

"Ich habe einen neuen Auftrag für dich."

"Für mich?", fragte Meyer überrascht.

Warum hatte Abu Sadaan ihm nicht selbst von einer neuen Mission erzählt?

Meyers Gedanken kreisten, fanden jedoch keine befriedigende Antwort.

"Seine Exzellenz, Abu Sadaan, hat mich schon damit beauftragt, die Verräterin ..."

"Du tust, was ich dir sage", unterbrach Latif ihn schroff. "Jemand anders wird sich um die Verräterin kümmern. Jemand, der in der Lage dazu ist."

Meyer sehnte sich danach, Karla zu foltern, um an jene wertvollen Informationen zu gelangen, die *ihn*, Bernhard Meyer, ganz nach oben bringen würden, Seite an Seite mit Abu Sabre Sadaan. Meyer hatte sich in kühnen Tagträumen bereits ausgemalt, wie und womit er sie quälen würde. Von ausgerissenen Fingernägeln hielt er nicht viel, für ihn waren das brutale und sinnlose Foltermethoden, unter denen Menschen so ziemlich alles sagten, nur nicht die Wahrheit.

Er hatte eine eigene Form der psychologischen Folter entwickelt, mit der er sie mürbe machen würde. Außerdem, und das gab er ausschließlich vor sich selbst zu, würde er die Gelegenheit nutzen, um ihr körperlich näherzukommen, was etwas war, wovon er lange geträumt hatte. Doch war er diesem Ziel im kollegialen Miteinander keinen Zentimeter näher gekommen. Mit seiner physischen Macht über Karla würde sich das ändern, es sei denn, Latif fuhr ihm in die Parade, wie er es jetzt tat.

"Willst du dich etwa meinem Befehl widersetzen?", fragte Latif herausfordernd.

Meyer hielt inne. Er kannte die Geschichte um Mitglieder der *Neuen Ära*, die sich Latifs Befehlen verweigert hatten. Entweder waren sie wenige Tage später tot auf Müllhalden gefunden oder nie wieder gesehen worden. Meyer wollte weder das eine noch das andere erleben.

"Nein", sagte Meyer zähneknirschend.

"Wie bitte? Ich habe dich nicht verstanden."

Meyer biss sich auf die Lippe. Am liebsten hätte er Latif die Meinung gesagt, das wäre dann aber so ziemlich das Letzte gewesen, was er getan hätte.

"Nein, *mein Herr*", sagte Meyer stattdessen.

"Heute Abend nach Sonnenuntergang wird dich ein schwarzer Wagen abholen, er wird vor deinem Haus parken. Halte dich bereit."

"Moment, Moment, was ist meine Mission?", wollte Meyer wissen.

"Du wirst uns mit der ehrenvollen, heiligen Aufgabe dienen, jenen Informanten zu finden, der den Standort unseres Labors in Rumänien verraten hat."

In diesem Augenblick begriff Meyer, worum es tatsächlich ging.

Der angebliche neue Auftrag von Latif war eine Lüge.

Meyer hatte dabei versagt, Karla Schmitz in seinem Haus festzuhalten. Nun sollte er als Strafe beseitigt werden.

Ich werde also doch als Leiche auf der Müllkippe oder im Fluss enden, dachte er. *Nicht, wenn ich es verhindern kann.*

"Ich bin Polizist in Deutschland", sagte er aufgeregt. "Wie soll ich herausfinden, wer mit den rumänischen Sicherheitsbehörden ..."

"Du wirst alles im Wagen erfahren, den wir dir schicken. Halte dich bereit."

Dann klickte es in der Leitung, Latif hatte aufgelegt.

"Ich muss hier weg, und zwar sofort", sagte Meyer und sprang von der Couch auf.

26

UNBEKANNTER ORT

Karla öffnete die Augen.

Ihr Kopf dröhnte, ihre Glieder fühlten sich taub und schwer an.

Sie sah sich in diesem Raum um, der anders aussah als der, in dem sie zuvor eingesperrt gewesen war.

Groß, holzvertäfelt, hell und freundlich, mit teuren antiken Möbeln ausgestattet.

Vor sich sah Karla eine reich gedeckte Tafel mit Käseplatten, gebratenem Fleisch und Fisch, Obst und Gemüse, soweit das Auge reichte.

Sonnenlicht fiel durch die ausladenden Fenster und erhellte das vor Lebensmitteln überquellende Bankett. Teuer anmutende Wein- und Sektflaschen standen ebenfalls auf dem massiven Holztisch, der Karlas Vermutung nach aus Eiche gefertigt worden war.

Sie schaute aus dem Fenster und spürte dabei einen stechenden Schmerz in ihrem Nacken, während sie den Kopf zur Seite drehte.

Sie konnte kaum etwas von der Landschaft da draußen erkennen, zu hell war das Licht, das einfiel. Jedoch glaubte sie, ein Bergmassiv zu sehen, das sich am Horizont abzeichnete.

Plötzlich ging eine schwere Stahltür am anderen Ende des Raumes auf, woraufhin Karlas Kopf nach vorn ruckte.

Wer würde durch diese Tür eintreten?

Karla sah an sich herunter und bemerkte, dass sie weder an den Armen noch an den Beinen gefesselt war.

War ihre Gefangenschaft in der Zelle lediglich ein schlimmer Traum gewesen? Ein Alptraum, aus dem sie nun erwacht war?

Dieser kleine Anflug von Hoffnung genügte, damit die Dämme der Vernunft brachen.

Vielleicht habe ich Josephs schreckliche Hinrichtung nur geträumt, schoss es Karla durch den Kopf. *Vielleicht leben er und Luke noch, Joseph zaubert in seiner Landhausküche morgen früh wieder ein himmlisches Frühstück und ...*

Aber wenn dem so war, warum war sie dann hier?

Karlas Kopf versuchte, sich einen Reim darauf zu machen, doch wollte das nicht gelingen.

Irgendetwas passte nicht an jener Zuckerguss-Version der vermeintlichen Realität, die sie sich einzureden versuchte.

Gebannt starrte Karla auf die geöffnete Eingangstür. Wer immer hier gleich eintreten würde, sie hoffte, durch diese Person zu erfahren, was hier gespielt wurde.

Ein Mann im dunkelblauen Anzug trat ein, schlank, die Haare grau meliert, Karlas Schätzung nach Mitte 50 etwa, mit festem Gang, mit dem er zielsicher auf den üppig gedeckten Tisch zulief.

"Hallo Karla", sagte der Mann, der nun wenige Meter von Karla entfernt stand und ihr zulächelte.

Sein Lächeln hatte etwas Charismatisches, fand sie.

"Wer ... wer sind Sie und wo bin ich hier?", fragte sie mit dünner Stimme, wobei ihre Kehle schmerzte.

Ihr Körper fühlte sich schwach an, ausgelaugt.

"Du hast viele Fragen, schon klar", sagte der Mann im schicken Anzug.

Karla sah kurz an ihm vorbei und bemerkte, dass sich zwei Männer neben die Eingangstür postiert hatten, die sich vor wenigen Augenblicken geöffnet hatte. Sie trugen schwarze Anzüge und ihre breiten Schultern wie auch die verhärteten Gesichter weckten in Karla die Befürchtung, dass sie womöglich von einem Alptraum in den nächsten geraten war.

"Darf ich?"

Der Mann mit den grau melierten Haaren deutete auf einen Stuhl, der Karla schräg gegenüberstand.

Das hier ist deine Show, dachte sie, verbot sich aber, diesen Gedanken laut auszusprechen.

Bevor Karla sich neue Feinde machte, wollte sie wissen, was hier eigentlich gespielt wurde.

Karla nickte, woraufhin der Mann sich setzte.

"Diese Speisen", sagte er und machte dabei eine ausladende Handbewegung, "sind nur für dich. Iss, was dein Herz begehrt. Wir wollen, dass du dich schnell erholst."

Wir? Wer ist wir?, fragte Karla sich.

"Zum Rebhuhn hier", sagte der Mann und deutete auf einen durchgebratenen Vogel, der auf einem Silbertablett ruhte, "passt der Grüne Veltliner hervorragend."

Er streckte seinen Arm aus und holte eine Flasche Weißwein vom Tisch, den er Karla mit stolzem Blick zeigte. Die Situation wirkte bizarr auf sie, als wäre sie Gast in einem schicken Nobelrestaurant und würde vom Servicechef persönlich die Weinempfehlung des Tages präsentiert bekommen. So sehr Karla Wein mochte, im Augenblick war ihr nicht danach, sie hatte ein flaues Gefühl im Magen.

"Nein ... danke", sagte sie, bemüht darum, einen Würgereflex zu unterdrücken.

Ihr Körper hatte einiges mitgemacht, und nichts davon war gut gewesen, sofern sie sich, wenn auch nur puzzleartig, an das Geschehene erinnern konnte.

Jetzt meldete sich ein anderes Gefühl, unbändig und überraschend für Karla. Instinktiver, mächtiger Hunger machte sich mit knurrendem Magen bemerkbar. Sie spürte, wie ihr der Speichel im Mund zusammenlief, während ihr Blick über all die Köstlichkeiten wanderte.

Sie sah auf den leeren Porzellanteller vor sich, dann zu dem Mann im Anzug, unsicher darüber, ob sie dem wortwörtlichen Braten, dessen köstlicher Duft ihr in die Nase stieg, trauen konnte.

"Nur zu", sagte der Mann und lächelte. "Iss dich satt."

Die Worte des Mannes waren wie ein Startschuss für Karlas Hunger gewesen, eine Erlaubnis, sich auf das Bankett stürzen zu dürfen, was Karla sogleich tat.

Mit bloßen Händen riss sie die Keulen des Vogels ab, schaufelte sich Käse und Baguette auf den Teller und begann, gierig zu schlingen.

Das Fleisch schmeckte köstlich, endlich ließ der Heißhunger ein wenig nach.

"Geht es Ihnen besser?", wollte der geheimnisvolle Mann wissen, der zurückgelehnt auf dem Stuhl saß.

Karla nickte.

"Wenn ich mich vorstellen darf ... Mein Namen ist David Dinostrio, ich bin hier so etwas wie der Hausherr."

Dinostrios Deutsch war perfekt, eine Spur zu sauber, fand Karla.

"Ich bin mein halbes Leben lang in Deutschland aufgewachsen, in Leipzig, um genau zu sein. Jetzt lebe ich schon seit über zehn Jahren in den Vereinigten Staaten, zusammen mit meiner Frau."

Karla fragte sich, was dieser Mann von ihr wollte, warum er ihr seine Lebensgeschichte erzählte.

"Karla Schmitz", stellte sie sich vor, nachdem sie einen Bissen heruntergeschluckt hatte.

"Ich weiß", sagte Dinostrio. "Frau Schmitz, kennen Sie die Geschichte von Robert Hanssen?"

Sie überlegte kurz, musste dann jedoch den Kopf schütteln.

"Er ging als der schädlichste Spion in die Geschichte der USA ein. Hanssen war Special Agent beim FBI und über 16 Jahre als Doppelagent tätig gewesen. Er hat den Russen eine Menge über uns verraten, Informationen über Waffenentwicklungen, Satelliten, Frühwarnsysteme, solche Dinge eben."

Karla hörte gebannt zu, unverändert überlegend, was das Ganze wohl mit ihr zu tun hatte.

"Das ging 16 Jahre so, 16 lange Jahre", sagte Dinostrio und sah dabei nachdenklich aus dem Fenster, bevor er wieder zu Karla schaute. "Wissen Sie, was er zu den Beamten bei seiner Festnahme gesagt hat?"

Dinostrio lächelte kalt, bevor er seine eigene Frage beantwortete: "*Warum hat das so lange gedauert?* Der Kerl hatte Eier."

"Hatte?"

"Hanssen ist vor Kurzem gestorben."

"Oh."

"Egal", sagte Dinostrio kühl, "darum habe ich Ihnen die Geschichte nicht erzählt."

"Sondern?"

"Der springende Punkt mit Hanssen ist ..." Dinostrio nahm sich eine Physalis, die auf einem Obstteller lag und hielt sie zwischen sich und Karla. "... dass wir damals zu spät dran waren, viel zu spät. Hanssen wurde erst 2001 geschnappt, was in vielerlei Hinsicht ein Jahr der radikalen Veränderungen in den USA war."

Karla ahnte, worauf Dinostrio hinaus wollte.

"9/11", hauchte sie.

"Ja, und der damit verbundene Patriot Act. Unsere Geheimdienste bekamen neue Befugnisse und ... ach, sparen wir uns den bürokratischen Quatsch", sagte Dinostrio und winkte ab. "Das wollen Sie doch alles gar nicht hören."

Karla schluckte. Wohin würde dieses Gespräch führen? Sie hatte eine üble Vorahnung.

"Wissen Sie ... hätte es schon vor 2001 eine Organisation wie unsere gegeben, hätten wir den Verräter Hanssen in unseren Reihen deutlich früher erwischt. Denn wir hätten die Wahrheit nur freilegen müssen, Schicht um Schicht."

Während Dinostrio das sagte, zog er die braunen Blätter der Physalis bedächtig auseinander. Als die Frucht freilag, lächelte er und streckte sie Karla entgegen.

"Dann hätten wir den Kern der Wahrheit schneller gefunden und Hanssens Treiben stoppen können."

"Sie halten mich für einen zweiten Robert Hanssen", äußerte Karla ihre Befürchtung.

Darum ging es also.

Sie hatte sich die Situation nicht eingebildet, als sie am Bett gefesselt gewesen war, ebenso wenig die Ärzte, die versucht hatten, auf sie einzureden.

Karla war an irgendeinem gottverlassenen Ort gefangen und wusste nicht, welchen Torturen man sie noch aussetzen würde.

"Keine Sorge", sagte Dinostrio mit kaltem Lächeln. "Ich weiß, dass Sie keine Informationen an die Russen oder an irgendwen sonst verkaufen."

Ein Moment des Schweigens setzte ein, Karla wurde schlecht, sodass sie das Essen, das sie gerade noch in sich hineingeschlungen hatte, am liebsten wieder erbrochen hätte. Nur mit viel Selbstbeherrschung gelang es ihr, alles im Magen zu behalten.

"Und dennoch", sagte Dinostrio, "haben Sie Informationen, die weit über die Sicherheit der Vereinigten Staaten hinausgehen."

"Ich?", fragte Karla überrascht. "Hören Sie, Sie haben die Falsche. Ich bin eine in Berlin aufgewachsene Frau, die als Kriminalkommissarin gearbeitet hat, bis ..."

"Diese Geschichte hat man Ihnen also erzählt."

Geschichte?, dachte Karla wütend. *Das ist mein Leben, über das du da sprichst!*

"Ich will nicht abstreiten, dass Teile dieser Geschichte real sind", sagte Dinostrio, als könnte er Karlas Gedanken lesen. "Aber Teile davon sind es eben auch nicht."

162

"Wie meinen Sie das?", fragte Karla, nun von Neugier getrieben.

"Sie haben eine Zeitlang als Karla Schmitz in Berlin gelebt und als Kriminalkommissarin gearbeitet, insoweit stimmt Ihre Geschichte."

"Aber?", fragte Karla, die nach wie vor mit ihrer Übelkeit kämpfte.

"Aber das ist nicht Ihre wahre Bestimmung. Für Sie ist ein anderer Weg vorgesehen. Einer, der die Menschheit verändern wird."

"Also", sagte Karla, räusperte sich und sprach dann weiter: "Seit Monaten bin ich auf der Flucht, und was ich auch tue, ich scheine tiefer und tiefer ins Chaos zu rutschen. Jedes Mal, wenn ich versuche, Antworten auf meine Fragen zu finden, tun sich nur neue Fragen auf."

Dinostrio sah sie ernst an, sein Blick wirkte bohrend auf Karla. Sie spürte den Impuls, diesem Blick auszuweichen, hielt ihm jedoch tapfer stand.

"Wir können Ihnen dabei helfen, Ihre Fragen zu beantworten. Darauf haben Sie mein Wort."

"Tatsächlich?", fragte Karla mit einer Mischung aus Hoffnung und Skepsis.

"Tatsächlich. Aber dafür müssen wir in Ihren Kopf rein."

Irritiert über diese Formulierung sagte Karla: "Nur zu, fragen Sie mich alles, was Sie wollen."

163

Ob sie diesem zwielichtigen Kerl die Wahrheit sagen würde, stand natürlich auf einem anderen Blatt, aber das brauchte der ja nicht zu erfahren.

"Ich fürchte, so einfach geht das nicht", sagte Dinostrio, der nun wieder nachdenklich aus dem Fenster schaute.

"Was soll das heißen? Was meinen Sie?"

"Wie ich es gesagt habe, Karla. Wir müssen in Ihren Kopf."

Karlas Magen zog sich enger zusammen.

"Karla, Sie verfügen über Informationen, die wir brauchen, verstehen Sie? Unschätzbar wertvolle Informationen, die aus Ihrer Kindheit stammen."

Nein, sie verstand nichts, bestenfalls Bahnhof.

"Was für Informationen sollen das sein?", fragte sie.

"Namen. Aufenthaltsorte. Ziele."

"Ich soll so etwas wissen?"

"Stellen Sie sich nicht dumm", sagte Dinostrio streng. "Uns ist bekannt, dass Sie von Ihrem früheren Leben wissen. Davon, dass Ihre Eltern mit Ihnen im Schlepptau ausgewandert sind, um sich der Terrorgruppe *Neue Ära* anzuschließen. Und Ihnen ist längst bekannt, dass der Flugzeugabsturz, bei dem Ihre Eltern ums Leben kamen, kein Zufall war."

"Sie sind von der CIA" keuchte Karla.

Dinostrio schwieg einen Augenblick, dann sagte er: "Weit darüber."

"In der amerikanischen Regierung?"

"Wir unterstehen keiner Regierungsbehörde."

"Wem unterstehen Sie dann?"

"Als Kind haben Sie von Dingen erfahren, die bis heute eine entscheidende Rolle spielen. Sie waren tief im Herzen der Terrorgruppe, wir brauchen die Informationen aus jener Zeit, und das schnell. Leider ist es so, dass diese Informationen tief verborgen in Ihrem Unterbewusstsein schlummern. Ihr Bewusstsein wehrt sich dagegen, sie herauszurücken."

"Wieso das?", fragte Karla, der von Minute zu Minute übler wurde, nun hatte sich auch noch ein unangenehmes Schwindelgefühl dazugesellt.

"Unsere Psychologen und Vernehmungsspezialisten vermuten, dass diese Informationen mit dem Trauma Ihres Verlustes verknüpft sind. Sie haben mit angesehen, wie das Flugzeug, in dem Ihre Eltern sich befunden haben, abgeschossen wurde. Aber Sie können sich nicht daran erinnern, stimmt's? Die Bilder jenes schrecklichen Vorfalls sind wie gelöscht von einer Computerfestplatte."

"Woher wissen Sie dann, dass es so überhaupt stattgefunden hat?"

"Sie waren nicht allein, als die Maschine abgeschossen wurde. Wir haben Zeugen, die das bestätigen."

"Zeugen?"

Karlas Herz raste, plötzlich plagten sie Schweißausbrüche. Ihr Verstand mochte sich wehren, alles abstreiten, doch reagierte ihr Körper heftig auf die Worte, die Dinostrio gesagt hatte. Ihr Organismus funktionierte wie ein Seismograph, wie ein Detektor, der instinktiv Lüge von Wahrheit zu unterscheiden wusste.

"Das Trauma von damals ist in Ihren Zellen gespeichert. Deswegen reagieren Sie gerade so heftig."

"Das ... mir ist schlecht."

"Verstehen Sie jetzt, warum wir Sie nicht befragen können? Ihre Psyche und Ihr Körper wehren sich dermaßen heftig, dass wir die Sorge haben, dass Sie eine Befragung nicht überleben, wenn wir dabei zu nah an jenen Tag herankommen, an dem Ihre Eltern verstorben sind."

"Umgebracht wurden sie", sagte Karla wuterfüllt. "Getötet durch eine Javelin-Rakete der CIA."

"Ganz recht", sagte Dinostrio und beugte sich vor. "Lassen Sie nicht zu, dass ihr Tod umsonst war. Helfen Sie uns, Karla."

"Hypnotisieren Sie mich", sagte sie, "dann finden Sie die Wahrheit heraus."

Dinostrio schüttelte den Kopf, lehnte sich zurück und seufzte.

"Das wurde schon versucht. Wie auch die Verabreichung diverser Wahrheitsseren, einige davon befinden sich noch im Experimentalstadium, aber sie alle haben versagt. Sie haben einen äußerst starken Willen, falls Ihnen das noch niemand gesagt hat."

Doch, dachte Karla, *dessen bin ich mir durchaus bewusst.*

"Wir haben ein neues Verfahren entwickelt, eines, das sehr anstrengend für Sie und Ihren Körper werden wird. Ich sage Ihnen das, damit Sie sich schon jetzt darauf vorbereiten können."

"Deswegen dieses Bankett", sagte Karla, die ihren Blick über die üppige Tafel schweifen ließ. "Ich sollte mich stärken, damit mein Körper die Folter aushält."

"Keine Folter", sagte Dinostrio und schüttelte dabei den Kopf. "Folter ist sinnlos. Sie führt nur dazu, dass Ihr Verstand sich noch stärker wehrt, dass uns der Zugang zu Ihrem unschätzbar wertvollen Wissen versperrt bleibt."

"Vergessen Sie es", sagte Karla und verschränkte die Arme. "Ich werde Ihnen nicht weiterhelfen."

"Es ist nicht so ...", sagte Dinostrio und räusperte sich. "Es ist nicht so, dass wir dazu irgendeine Zustimmung bräuchten."

"Sie Mistkerl", fluchte Karla.

"Das hier kann auf zwei Arten ablaufen. Auf die sanfte oder auf die harte Tour. Es ist Ihre Entscheidung."

Karla grinste, so ausweglos ihre Situation auch schien, sie empfand eine seltsame Genugtuung dabei, dieses schäbige Spiel zu durchschauen.

"Die harte Tour haben Sie versucht, und die ist gescheitert. Das ist der Grund, warum Sie mir jetzt etwas ins Ohr säuseln. Das ist erbärmlich, und ehrlich gesagt hätte ich gedacht, dass Sie vom Geheimdienst geschickter vorgehen, oder von welchem Verein Sie auch sein mögen."

Dinostrio lächelte, es war ein kaltes, überlegenes Lächeln, das Karla verunsicherte.

So lächelte jemand, der einen Trumpf auf der Hand hatte, den er noch nicht ausgespielt hatte.

"Wollen Sie Ihren Freund wiedersehen, Frau Schmitz?"

"Ich habe keinen Freund."

"Schluss mit den Spielchen."

"Ich weiß wirklich nicht, wovon Sie reden."

Noch während Karla diesen Satz ausgesprochen hatte, hatte sie ihn bereut. Sie begriff, dass Dinostrio sich dadurch nur weiter provoziert fühlte, wie sein tiefer Seufzer verriet.

"Also gut."

Dinostrio schnippte mit den Fingern, woraufhin einer der Männer im schwarzen Anzug zu ihm geeilt kam. Als er neben Dinostrio stand, beugte er sich hinunter zu ihm, anscheinend bereit, Befehle zu empfangen.

"Ja, Sir?"

"Töte Luke Stonebridge."

"Ja, Sir."

Der Mann im schwarzen Anzug ruckte hoch und wollte sich gerade umdrehen.

"Halt, nein!", schrie Karla entsetzt, die Arme flehend nach vorn gestreckt.

Dinostrio formte seine Hand zu einer Stopp-Geste, woraufhin der Mann anhielt.

"Kennen Sie Mister Stonebridge also doch?", fragte Dinostrio mit siegesgewissem Lächeln.

Karla versank in ihrem Stuhl, geplagt und übermannt von Hoffnungslosigkeit. Einen naiven Augenblick lang hatte sie Dinostrio unterschätzt, hatte gedacht, dass dieser Mann nur bluffen würde. Jetzt hatte er seine Muskeln spielen lassen und Karla klargemacht, welche Macht er tatsächlich besaß.

Die Macht über ein Menschenleben, das ihr mittlerweile mehr bedeutete, als sie sich selbst gegenüber zugeben wollte.

"Ich ziehe meinen Befehl zurück", sagte Dinostrio zu seinem Vollstrecker, der eine seltsam silbrige Gesichtsfarbe hatte, wie Karla bemerkte.

Vielleicht lag es am Licht hier drinnen, dass sie diesen Eindruck gewonnen hatte, oder an den Drogen, mit denen man ihren Körper vollgepumpt hatte, oder schlicht und ergreifend daran, dass sie allmählich durchdrehte.

Aber sie durfte nicht durchdrehen.

Nicht jetzt.

Luke brauchte sie, er war in Gefahr, sein Leben hing davon ab, wie es mit Karla weitergehen würde.

"Ich sage Ihnen alles, was Sie wissen wollen. Aber vorher lassen Sie Luke gehen."

Während der Mann im schwarzen Anzug zurück zu seinem Posten an der Tür lief, sagte Dinostrio: "Ihre Verzweiflung scheint Ihren Verstand zu blockieren, Karla. Sonst würden Sie sich daran erinnern, dass wir über diesen Punkt schon hinaus waren."

Dinostrio hatte recht, diese bittere Erkenntnis musste Karla akzeptieren.

"Also schön, und was ... jetzt?"

Plötzlich bemerkte Karla eine bleierne Müdigkeit, die sich wie ein schwerer Vorhang über ihren Körper legte.

Ihr wurde schwindelig, der Blick unscharf.

"Ich ... was ist los mit mir?"

Ihre eigene Stimme klang dumpf, die Zunge fühlte sich taub und schlaff an.

Auch Dinostrios Stimme klang seltsam, als wäre er weit entfernt: "Wir haben dem Essen eine kleine Extrazutat beigemengt. Ein Benzodiazepin."

"Benzo ... was?"

Nun wurden auch Karlas Arme und Beine schlaff, sie hatte Mühe, sich irgendwie noch auf dem Stuhl zu halten, auf dem sie saß.

"Ein starkes Schlafmittel", erklärte Dinostrio. "Gleich werden Sie im Reich der Träume sein."

Karla wollte protestieren, sich gegen die Müdigkeit wehren, die sie plötzlich und mit aller Macht vereinnahmte. Doch schlossen sich ihre Augenlider, ohne dass sie eine Chance hatte, sich dagegen zu wehren.

27

UNBEKANNTER ORT

Luke öffnete die Augen und sah sich um.

Die Zelle, in der er sich befand, war nur wenige Quadratmeter groß, klaustrophobisch klein für einen ausgewachsenen Mann wie ihn.

Die Wände, die Decke und der Boden waren augenscheinlich aus massivem Beton, er lag auf einem aus der Wand ragenden Betonbett, ohne jegliche Dämpfung, von Decke und Kissen ganz zu schweigen.

Lukes Rücken schmerzte, während er sich von der harten Fläche erhob, auf der er zuvor gelegen hatte. Er rieb sich den Kopf, sein Blick wanderte zur Stahltoilette an der Wand.

Ein Bett aus Beton und eine Stahltoilette.

Mehr war in dieser gottverdammten Zelle nicht vorhanden, die durch eine massiv anmutende Stahltür versperrt war. Neben der Stahltür war ein Fenster eingelassen, das in Breite und Höhe an ein Ladenschaufenster erinnerte.

Luke stand auf, seine Beine zitterten, sie schienen sich erst noch daran gewöhnen zu müssen, die Last seines erschöpften Körpers zu tragen.

Er sah an sich herunter und bemerkte, dass er einen orangefarbenen Ganzkörper-Overall trug.

Langsam lief er zur Glasscheibe, die ihm dick und widerstandsfähig vorkam.

"Panzerglas", murmelte er, während er mit seiner Hand über das Glas strich.

Luke ahnte, dass es keinen Sinn hatte, gegen die Scheibe zu schlagen. Den Impuls in seinem Körper spürte er trotzdem, einen Impuls, der ihm dabei helfen wollte, in die Freiheit zu gelangen. Doch würde sich das als äußerst schwierig erweisen.

Damit er überhaupt eine Chance hatte, musste er die Schwachstelle im System suchen, wie er es in seiner Spezialausbildung gelernt hatte. Jedes Gefängnis hatte Schwachstellen, mindestens eine. Das war die gute Nachricht, die Luke sich in diesem Augenblick bewusst machte. Die schlechte war, dass es Monate bis Jahre dauern konnte, bis man diese Schwachstelle fand.

Er brauchte Geduld, wenn er es hier heraus schaffen wollte, und so trainiert, wie er darauf war, mit schwierigen Situationen wie dieser umzugehen, machte ihn eine Frage rasend, die in seinem Kopf kreiste.

Wo ist Karla?

Das letzte Mal, als er sie gesehen hatte, war auf der Lichtung gewesen, in jener Nacht, in der die Barbaren der *Neuen Ära* seinen treuen, langjährigen Freund Joseph brutal getötet hatten. Luke würde seinen Tod rächen, er würde Josephs Mörder jagen und sie zur Strecke bringen, sobald er hier herauskam.

Er trat jetzt näher an die Scheibe, presste seine Stirn daran und hielt seine Hände neben sein Gesicht, um das Deckenlicht, mit dem seine Zelle geflutet wurde, abzuschirmen. Auf diese Weise versuchte er, mehr als bloße Dunkelheit auf der anderen Seite der Zelle erkennen zu können.

Und tatsächlich, seine Augen gewöhnten sich allmählich an die veränderten Lichtverhältnisse, er sah jetzt eine Art Gang. Luke blinzelte, in der Hoffnung, dass sein Blick sich weiter fokussieren würde, was er nach einigen Sekunden auch tat.

Was er dann sah, entsetzte ihn.

Gegenüber seiner Zelle befanden sich weitere Zellen in identischer Bauweise, jedoch waren sie zu weit entfernt, als dass er Insassen darin hätte erkennen können.

Plötzlich erklang ein lauter metallischer Rumms, eine Stahltür schien sich irgendwo geöffnet zu haben.

Luke hörte die Schritte schwerer Stiefel, mit seinem geschulten Gehör machte er ein weiteres Geräusch aus, ein helles Klickern, der Klang von Anzugschuhen womöglich.

Die Schritte wurden lauter, bis sie schließlich vor seiner Zelle verstummten.

Begleitet von zwei weiteren wuchtigen Geräuschen wurde Lukes Zellenlicht bis auf eine Notbeleuchtung ausgeschaltet, während der Flur nun von Deckenlichtern erhellt wurde.

Luke sah jetzt einen Mann in einem teuer anmutenden blauen Anzug und grau melierten Haaren, begleitet von schwarz uniformierten, mit Maschinenpistolen bewaffneten Soldaten.

Merkwürdig, dachte Luke, diese Uniformen hatte er noch nie zuvor gesehen, und er kannte als ausgebildeter wie auch erfahrener Spezialist so ziemlich jede gängige Uniform auf diesem Planeten.

"Hallo Mister Stonebridge", sagte der Mann im dunkelblauen Anzug. Luke sah an ihm herunter und bemerkte, dass der Mann Lederschuhe trug, im Gegensatz zu den Soldaten, die mit schwarzen Kampfstiefeln ausgerüstet waren. Sein Gehör hatte ihn also nicht getäuscht.

"Und Sie sind?"

"Dinostrio mein Name. Ich würde Ihnen ja die Hand schütteln, aber das ist aufgrund der Sicherheitsvorkehrungen leider nicht möglich."

"Kein Problem", sagte Luke, "lassen Sie mich kurz hier raus und ich verpasse Ihnen einen Händedruck, den Sie garantiert nicht vergessen werden."

Der Mann im Anzug, der sich eben als Dinostrio vorgestellt hatte, lächelte.

"Ich dachte mir schon, dass Sie so etwas in dieser Art sagen würden. Markige Sprüche zu klopfen, passt in Ihr Charakterprofil."

"Sagen Sie bloß, Sie haben eins von mir erstellt."

"Natürlich haben wir das", sagte Dinostrio. "Wir wissen gern, wer unsere Gäste sind, die bei uns übernachten."

"So bezeichnen Sie Ihre Gefangenen also", sagte Luke und ließ den Blick schweifen. "Maximal zehn Quadratmeter ist diese Zelle groß, es gibt kein Waschbecken und kein vernünftiges Bett. Eine anständige Behandlung von Kriegsgefangenen nach dem Völkerrecht sieht anders aus."

"Um das überprüfen zu können, müsste die UN wissen, dass es diese Einrichtung überhaupt gibt."

"Ich hatte nicht erwartet, dass das der Fall ist", sagte Luke trocken. "Also, wo bin ich? Guantanamo? Area 51?"

Dinostrio lächelte süffisant und sagte: "Weder noch. Betrachten Sie sich als privilegiert, in einer Spezialeinrichtung sein zu dürfen, zu der nur wenige Menschen auf diesem Planeten Zutritt haben."

"Ich bin wirklich gerührt. Machen Sie auch eine kleine Führung mit mir? Schließlich will ich mich wohl in meinem neuen Zuhause fühlen."

"Ihr Sarkasmus wird Ihnen hier drinnen nicht weiterhelfen", sagte Dinostrio. "Sie sind nur deshalb noch am Leben, weil wir es wollen."

"Ist ja großartig. Wer sind die Zinnsoldaten eigentlich?"

Luke sah die vermummten, uniformierten Männer an und bemerkte, dass ihre Maschinenpistolen merkwürdig aussahen, schlank und futuristisch. Jedenfalls waren das Modelle, die ihm unbekannt waren.

"High-Tech-Kämpfer sind das", sagte Dinostrio. "Männer, die der Zukunft dienen."

"Ah ja, alles klar. Und wie sieht meine Zukunft hier drinnen aus? Reißt ihr mir die Zähne raus und verpasst mir Elektroschocks?"

"So verlockend diese Vorschläge auch sein mögen", sagte Dinostrio, der seinen ausgestreckten Zeigefinger zu seinen Lippen führte, nachdem er gesprochen hatte. Luke bemerkte dabei einen goldenen Siegelring an Dinostrios Hand, der mit einem roten Rubin verziert war. "Sie sind ein erfahrener Kämpfer und exzellent ausgebildet. Ein harter Knochen also."

"Darauf können Sie Gift nehmen", sagte Luke entschlossen. "Eher lasse ich mir von euch Vögeln ein Bein abhacken, bevor ich irgendetwas verrate."

Dinostrio senkte seine Hand und sah Luke ernst an. "Wir wissen, dass Sie ein durch und durch loyaler Mann sind. Das nötigt mir Respekt ab."

"Kommen Sie zum Punkt, Mann, ich muss mal auf die Toilette." Demonstrativ sah Luke zum Stahlklo, bevor er sich wieder Dinostrio und seinen Soldaten zuwandte. "Und Zuschauer kann ich dabei nicht gebrauchen."

Dinostrio lächelte, dann sagte er: "Karla wäre bestimmt stolz auf Sie, wenn sie sehen würde, wie standfest Sie sind."

"Was haben Sie mit ihr gemacht?"

Luke biss sich auf die Lippe und spürte, wie sich jeder Muskel in seinem durchtrainierten Körper anspannte. Am liebsten wäre er in diesem Moment durch die Scheibe gesprungen, hätte diesen eitlen Fatzke am Kragen gepackt und ihn grün und blau geschlagen. Spätestens jetzt, mit der Erwähnung von Karlas Namen, war die Sache persönlich geworden.

"Sie ist unser Gast, genau wie Sie, Mister Stonebridge."

"Lassen Sie Karla frei, sie hat mit Ihrem kranken Spiel nichts zu tun."

"Sie irren sich, Mister Stonebridge. Frau Schmitz ist eine wahre Goldgrube. An Ihrem Gesichtsausdruck kann ich erkennen, dass Sie nicht begreifen, worum es hier geht."

Tatsächlich musste Luke dem Mann recht geben, er wurde nicht schlau aus dem, was er hier zu hören bekam.

"Haben Sie schon mal vom Projekt Summit gehört?"

"Ein Agentenmythos", sagte Luke nachdenklich. "Volle Kontrolle jedes einzelnen Menschen auf der Welt, per Fernzugriff, zu jeder Zeit, an jedem Ort."

"Kein Mythos", sagte Dinostrio. "Sondern reale Gedankenkontrolle. Die entsprechende Struktur dafür existiert bereits."

"Blödsinn", schnappte Stonebridge zurück. "Das ist ein Märchen, das im Kalten Krieg vom sowjetischen Geheimdienst in die Welt gesetzt wurde, um dem Westen Angst einzujagen. Die Existenz einer solchen Waffe hätte bedeutet, dass wir uns dem Willen der Sowjetführer für immer hätten beugen müssen."

"Ich stelle fest, dass Sie historisch bewandert sind. Und doch fehlt Ihnen eine Schlüsselinformation."

Luke lachte kurz auf, dann fragte er: "Sie glauben wirklich an den Scheiß, oder?"

Dinostrio schwieg und schaute Luke ernst an.

Dann sagte er: "Ich glaube nicht nur daran, ich kann es beweisen."

"Na da bin ich ja mal gespannt."

"Frau Schmitz kennt den Standort der streng geheimen Anlage, die im Zuge des Projekts Summit errichtet wurde. Sie wird uns zu dieser Anlage führen."

Luke bemerkte, wie sich ein verwegenes Lächeln auf seinem Gesicht abzeichnete.

"Sie werden Karla nicht knacken, sie ist genauso zäh und stark wie ich, mindestens. Welchen Grund sollte sie haben, mit Ihnen zu kooperieren?"

Dinostrio erwiderte Lukes Lächeln und antwortete: "Der Grund steht vor mir, hinter einer zentimeterdicken Panzerglasscheibe."

"Fuck", fluchte Luke.

"Ganz recht, wenngleich ich eine solche Ausdrucksweise von einem Agenten Ihrer Majestät nicht erwartet hätte."

"Was? Woher wissen Sie ..."

"Jetzt spielen Sie nicht den Ahnungslosen, Stonebridge. Oder sollte ich Sie lieber Samuel Webster nennen?"

Luke stockte.

"Sie kennen meine wahre Identität? Aber die ist absolute Verschlusssache."

Einer der Soldaten reichte Dinostrio nun eine Akte, die er bedächtig aufblätterte.

"Sie sind Samuel Webster, geboren 1983 in Cloftershire, einem britischen Kaff, etwa zwei Autostunden von London entfernt. Ihr Vater war Trinker und starb an den Folgen seiner Alkoholsucht, als Sie 14 Jahre alt waren. Ihre Mutter hat Sie praktisch allein aufgezogen, und das, obwohl sie durch eine starke Schmerzmittelabhängigkeit ebenfalls eingeschränkt war."

Luke riss sich zusammen, er wollte erfahren, *wie viel* dieser Kerl von seinem Leben wusste. Doch schon jetzt war klar, dass es deutlich mehr war, als ihm lieb war.

"Ihre Lehrer haben Sie wiederkehrend als hochintelligent aber verhaltensauffällig beschrieben. Deren Beurteilungen nach haben Sie keine Gelegenheit ausgelassen, sich zu prügeln."

"Ich habe nicht einfach dabei zugesehen, wenn Mobber andere Kinder herumgeschubst oder von ihnen Taschengeld erpresst haben."

"Nobel, nobel", sagte Dinostrio und Luke bemerkte, dass der Mann die Nase rümpfte. "Das hat Sie allerdings in

Schwierigkeiten gebracht. Ihre Mutter war überfordert mit Ihnen, sodass sie Sie mit 16 auf die Militärakademie geschickt hat."

"Manche wären daran zerbrochen. Aber mir hätte ehrlich gesagt nichts Besseres passieren können."

"Anschließend haben Sie eine steile Karriere in der Armee hingelegt", sagte Dinostrio, während er weiter in der Akte blätterte. "Mit dem Gehorsam standen Sie zwar nach wie vor auf Kriegsfuß, aber Sie haben sowohl bei den sportlichen als auch bei den psychologischen Tests Spitzenleistungen erzielt. Die Berichte Ihrer Ausbilder sind voll des Lobes, Sie werden als taktisches Genie mit exzellenter Fitness bezeichnet."

"Seitdem ging der eine oder andere Scotch meine Kehle runter, geschadet hat mir das aber nicht. Mein Arzt würde das sicherlich anders sehen, wenn ich denn zu einem gehen würde."

"Erstaunlich", fuhr Dinostrio ungehindert fort. "Mit 18 haben Sie sich für die Laufbahn des Berufssoldaten entschieden, gerade mal ein Jahr später holte Sie der *Special Air Service* an Bord."

"Die Jungs vom SAS suchen ständig nach Nachwuchstalenten."

"Zweifellos", sagte Dinostrio und Luke glaubte, nun einen Hauch Anerkennung in seiner Stimme zu hören. "Mit Mitte zwanzig sind Sie dann zum MI6 gewechselt."

Luke nickte. "Für geheime Spezialoperationen im Niger, in Afghanistan und im Jemen. Aber das werden Sie alles schon wissen."

"Steht zumindest hier", sagte Dinostrio. "Als Sie 32 waren, ist noch etwas Spannendes passiert. Sie sind Anführer der Spezialeinheit *Infinite Tiger* des MI6 geworden."

Luke schluckte. Auch diese Information war streng geheim, so geheim, dass gerade einmal der Premierminister und sein engster Generalstab sowie Lukes Agentenführer davon wussten.

Dinostrio schien einen äußerst fähigen Spion zu haben, oder gleich mehrere, die an diese vertraulichen Informationen herangekommen waren.

"Infinite Tiger wurde gegründet, um weltweit im Sinne der britischen Krone zu operieren", las Dinostrio den Bericht vor, über den seine Augen wanderten. "Und das ohne erkennbare Länderzeichen an Ihrer Uniform. Wenn man Sie geschnappt oder gefoltert hätte, waren Sie und Ihre Kameraden darauf trainiert, den Tod in Kauf zu nehmen, statt die eigene Identität preiszugeben."

Wieder nickte Luke.

"Ist dieses Vorgehen nicht illegal?", fragte Dinostrio süffisant.

"Manche Einsätze machten die Existenz dieser Spezialeinheit notwendig. Einsätze, welche die britische Regierung niemals vor dem Volk oder vor dem Parlament hätte vertreten können."

"Sie meinen zum Beispiel die Entführung und Exekution von Daniel Ortega?"

"Ortega war ein General, der sich in Nicaragua mit dem Militär an die Macht geputscht hatte. Der Kerl hat Frauen und Kinder in Folterkellern verschwinden und brutal ermorden lassen, um seine Schreckensherrschaft aufrechtzuerhalten."

"Aber Ihre Regierung konnte Ortega nicht offiziell beseitigen. Das hätte einen internationalen Skandal ausgelöst."

"Wie ich schon sagte, es gibt Einsätze, die im Verborgenen stattfinden müssen. Ortega war ein brutaler Diktator, der seine eigene Bevölkerung massakriert hat. Er hat den Tod verdient."

"Natürlich hat er das", sagte Dinostrio. "Und es hat rein gar nichts damit zu tun, dass Ortegas Nachfolger, Präsident Molina, einen pro-britischen Kurs gefahren hat? Nach Ortegas Verschwinden haben sich die Beziehungen Ihrer beiden Länder entscheidend verbessert, und zwar so sehr, dass die britische Krone großzügige Schürfrechte für Gold in Nicaragua erhielt, was unter Ortegas nationalistischer Politik niemals passiert wäre."

"Das nennt man militärisch-industriellen Komplex", sagte Luke verärgert. "Wenn Sie glauben, dass Politik losgelöst von der Wirtschaft funktioniert, dann leben Sie in einer Traumwelt."

"Glaube ich nicht", sagte Dinostrio. "Aber unsere Organisation ist anders."

"Sie ahnen nicht, wie oft ich diesen Quatsch schon gehört habe", sagte Luke verbittert. "Ob es die FARC-Rebellen in Kolumbien sind, oder die Tamil Tigers in Sri Lanka, die erzählen alle was vom großen Freiheitskampf zum Wohle der Bevölkerung. Aber eigentlich ..."

Luke trat jetzt nah an die Scheibe und sah Dinostrio mit ernstem, durchdringendem Blick an.

"Eigentlich wollen die nur Macht und das Land plündern, sobald sie diese Macht haben. Ich kenne Typen wie Sie, Dinostrio. Sie und Ihre Soldaten sind auch nichts anderes als Größenwahnsinnige mit ein paar Knarren, die sich wichtigmachen wollen. Ihre Geldgeber sind wahrscheinlich windige Drogenbarone oder die Mafia, zwielichtige Kriminelle, für deren niedere Absichten Sie sich einspannen lassen."

Während Luke gesprochen hatte, hatte er seine Hände flach auf die Scheibe gepresst. Er war wütend und verspürte nicht die geringste Lust, sich die ideologisch wirren Thesen dieses selbstgefälligen Kerls anzuhören.

"Sie haben ja keine Ahnung, wie sehr Sie sich irren", sagte Dinostrio kopfschüttelnd. "Also", sagte er, "was denken Sie, wie das Ganze hier weitergeht?"

"Da Sie meine Akte so gut kennen, werden Sie wissen, dass Folter bei mir nichts bringt." Dann schob Luke mit zusammengekniffenen Augen nach: "Aber versuchen Sie es ruhig. Das ist doch sowieso das, was Sie vorhaben."

Dinostrio lächelte und sagte: "Und wieder liegen Sie falsch. Wir sind keine Barbaren. Wir behandeln unsere Gäste zivilisiert."

"In Isolationshaft?"

Plötzlich knallte Dinostrio die Akte zu und sah Luke mit wutfunkelnden Augen an.

"Schluss jetzt mit den Spielchen, ich habe es satt."

Energisch tippte Dinostrio mit der Spitze seines Zeigefingers gegen die Scheibe.

"Sie sind nur hier, um Karla zum Reden zu bringen. Und sie wird reden, da können Sie Gift drauf nehmen."

"Wenn ich Gift finde, nehme ich das garantiert, dann haben Sie nur eine Leiche mehr, und bekommen keinerlei Informationen von Karla", antwortete Luke kühn.

Dinostrio schnaubte, schüttelte den Kopf und verließ den Zellentrakt, dicht gefolgt von seinen Soldaten.

28

UNBEKANNTER ORT

Karla wusste aus ihrer Zeit als Kriminalkommissarin, dass Isolationshaft schlimm war.

Allein in einer Zelle zu sein, gefangen auf engem Raum mit nichts anderem als den eigenen Gedanken, das war die härteste Folter, die sie sich vorstellen konnte.

Dinostrio und seine Schergen übten diese Folter gerade an ihr aus, ohne Rechtsgrundlage, ohne irgendein Gerichtsverfahren.

Sie durfte keinen Anwalt anrufen, es gab keinen Hofgang, kein Buch, das sie lesen konnte. Einfach nichts, das sie von ihren quälenden Gedanken ablenkte, die um zwei Fragen kreisten.

Wie geht es Luke?

Wie komme ich hier raus?

Karla wusste, dass sie mit der Antwort auf die zweite Frage eine Antwort auf die erste erhalten würde, wie schlecht die Chancen dafür auch stehen mochten.

Doch so sehr sie sich auch das Hirn zermarterte, es fiel ihr kein Weg ein, sich aus ihrer verzweifelten Lage zu befreien.

Darum geht es euch doch, ihr Mistkerle, dachte sie wütend. *Ihr wollt mich durch die Isolationshaft brechen.*

Vielleicht hoffte Dinostrio, sie dadurch um ihren Verstand zu bringen, und damit ihren inneren Gatekeeper, der die geheimnisvollen Informationen vor diesen Männern zu schützen schien.

So stark Karla auch war, Isolationshaft brach früher oder später jeden Menschen. Irgendwann würde auch bei ihr der Tag kommen, an dem sie ...

Während sie ihren Gedanken nachging, hörte Karla plötzlich ein Geräusch, schlagartig wurde es dunkel um sie herum, Panik breitete sich in ihr aus.

Wenn es etwas gab, das schlimmer als Isolationshaft war, dann war es Isolationshaft in totaler Dunkelheit.

"Was zum? Hilfe! Kann mich jemand hören?"

Statt einer Antwort erhielt Karla den dumpfen Widerhall ihrer eigenen Worte, bevor sie wieder von drückender Stille umgeben war.

Karlas Panik zog weitere Spiralen, ihr Herz raste, wie auch ihre Gedanken, die sich nicht mehr beruhigen ließen. Sie wurde fast wahnsinnig vor Angst, bis sie plötzlich ein weiteres Geräusch hörte.

Gott sei Dank.

Das Deckenlicht war wieder angesprungen, wenngleich es noch flackerte.

Vermutlich war das ein Stromausfall gewesen, dachte Karla.

Sie atmete erleichtert auf, Herzschlag und Gedankenkarussell schienen sich zumindest ein wenig zu beruhigen.

Ihr Blick wanderte durch ihre Zelle.

Was sie dann sah, raubte ihr den Atem.

Ihre Zellentür stand offen.

29

UNBEKANNTER ORT

Karla erschrak, als sie plötzlich eine verzerrt klingende Stimme hörte, die sie nicht zuordnen konnte.

"Hallo Karla" hatte diese Stimme gesagt, die sich wie eine Computerstimme anhörte.

"Was? Wer sind Sie? *Wo* sind Sie?"

War es nun soweit? Hatte Karla den Verstand verloren und hörte Stimmen, die gar nicht da waren?

"An einem geheimen Ort", sagte die Stimme. "Wir unterhalten uns über einen Com-Link."

"Com-Link?", fragte Karla ungläubig.

Sie war verrückt geworden oder schien zu träumen, nur so konnte sie sich erklären, was hier vor sich ging.

Was sie erlebte, war nicht real, unmöglich.

"In deinen Gehörknöcheln ist ein winzig kleines Spezialgerät implantiert. Durch die auf die Knöchel übertragenen Schwingungen kannst du mich hören, aber niemand sonst."

"Wer sind Sie?", fragte Karla, gleichermaßen überwältigt und irritiert von jener Information, welche die vermeintliche Computerstimme ihr gerade übermittelt hatte.

"Nenne mich Thanatos. Das muss fürs Erste reichen."

"Thanatos", wiederholte Karla.

"Schnell, wir haben nicht viel Zeit. Unsere Verbindung wird durch die dicken Wände gestört, außerdem sind im Gebäude Anti-Abhör-Anlagen verbaut. Ich habe mich in das Sicherheitssystem hier unten eingehackt, aber wir haben nur noch wenige Sekunden, bis die Bots mich aufgespürt haben und mich aus dem System werfen. Wenn das geschieht, reißt unsere Verbindung ab."

"Haben Sie die Tür zu meiner Zelle geöffnet?"

"Los jetzt", sagte die mysteriöse Computerstimme. "Für Erklärungen haben wir später noch Zeit."

"Okay", sagte Karla.

"Du musst genau tun, was ich dir sage, damit du hier herauskommst. Durch meinen Shutdown sind die Sicherheitssysteme vorübergehend offline. Das Chaos wird aber nicht lange anhalten, jede Sekunde ist kostbar."

"Verstehe."

"Krieche durch den schmalen Spalt an der Zellentür. Wenn ich *jetzt* sage, rennst du nach links und versteckst dich hinter einem Aktenschrank, der etwa dreißig Meter von dir entfernt ist. Bereit?"

"Bereit."

Karla begab sich auf alle viere und begann zu kriechen. Als zierliche Frau war es glücklicherweise leicht für sie, sich durch den Spalt der halb geöffneten Zellentür zu zwängen.

Draußen auf dem Flur, der von Notlichtern an den Kanten erhellt war, schaute sie nach links und rechts. Der Flur war menschenleer, keine Wache war zu sehen.

"Sie kommen", sagte die Computerstimme, die sich Karla gegenüber als Thanatos vorgestellt hatte.

Karla wartete einen unerträglichen Moment der Stille ab, als die Stimme sich ein weiteres Mal meldete.

"Jetzt!"

Karla sprang auf und rannte nach links. Endlich sah sie den Aktenschrank, von dem Thanatos gesprochen hatte.

Meter für Meter rannte sie, so weit es ihre müden, geschundenen Beine zuließen. Das Essen vom Bankett hatte ihren Körper nicht ausreichend gestärkt, um so schnell zu rennen, wie sie es sonst gewohnt war. Hinzu kam, dass sie mit allerlei Schlaf- und Schmerzmitteln vollgepumpt war.

Während sie sich dem Aktenschrank näherte, hörte sie das Geräusch schwerer Stiefel auf dem Betonboden.

"Alles abriegeln!", brüllte ein Mann.

Gerade noch rechtzeitig hechtete Karla hinter den Aktenschrank. Sie zog ihre Beine zu sich heran, ihr ganzer Körper zitterte vom Adrenalin, das sie durchströmte. Sie riskierte einen Blick über den Schrank und sah mit Maschinenpistolen bewaffnete Männer in schwarzen Uniformen.

"Verdammt, wie konnte das nur passieren?", fragte einer der Soldaten wütend.

Die krachenden Schritte waren jetzt ganz nah, Karla schätzte, dass die Stiefel der Männer weniger als zwei, vielleicht auch nur einen Meter von ihr entfernt waren.

"Auf mein Zeichen", sagte die Computerstimme zu Karla.

Sie harrte aus, stellte sich auf die Ballen ihrer Füße, bereit, loszustürmen.

"Jetzt!", befahl die Stimme und Karla preschte los.

Ihr Herz raste, sie befürchtete, dass die Soldaten sie sehen und überwältigen würden.

Doch schienen die voll und ganz mit dem Zellentrakt beschäftigt zu sein.

"So ein Mist", fluchte einer. "Hier steht eine Zellentür offen."

"Lauf weiter", sagte Thanatos, "zu einem Stahltor am Ende des Ganges."

Karla rannte um ihr Leben, ihre Lunge stach, sie war jetzt hellwach und klar, im Alarmmodus.

Hinter sich hörte sie das Gebrüll der Soldaten, die näherzukommen schienen. Offenbar hatten die Männer ihren Ausbruch bemerkt und durchkämmten jetzt das Gebiet nach ihr.

Karla rannte weiter und bog um die Ecke.

Was sie dann sah, versetzte sie in Panik, raubte ihr jede Hoffnung auf Flucht aus diesem Hochsicherheitstrakt.

"Nein!", sagte sie entmutigt, als sie das schwere Stahltor sah, von dem Thanatos gesprochen hatte.

Es war verschlossen und Karla vermutete, dass es ewig dauern würde, bis es sich öffnen ließ. Zu lange jedenfalls, um den Soldaten zu entkommen, die hinter ihr her waren.

Karla war kurz davor, in sich zusammenzusinken, jegliche Kraft schien mit der Hoffnung auf Flucht aus ihrem Körper gewichen zu sein.

Plötzlich erklang die Stimme von Thanatos: "Der Seiteneingang, links von dir."

Karla schaute nach links und sah eine Stahltür, die plötzlich aufsprang.

"Schnell, und schließe die Tür hinter dir!"

Karla rannte hinein in das Zwielicht, schlug die Tür hinter sich zu und hörte ein kurzes Surren. Wenige Augenblicke später hämmerten die schreienden Soldaten dagegen.

"Ich habe den elektronischen Schließmechanismus der Tür betätigt. Das verschafft dir ein paar Minuten Vorsprung."

Karla sah sich um, im Lichte weniger Lampen erkannte sie eine Art Tunnel.

"Wo ... bin ich hier?", fragte sie, während sie nach Luft rang.

Ihr Körper war geschwächt, sie hoffte, dass er die Flucht durchhalten würde. Irgendwie musste sie es hier rausschaffen, und sie schwor sich in diesem Augenblick, dass sie einen Weg finden würde. Zumindest schien sie einen geheimnisvollen Fremden an ihrer Seite zu haben, der ihr half.

"In einem Wartungstunnel. Folge ihm", sagte Thanatos. "Er führt dich direkt zu den Laboren."

Ein kalter Schauer lief über Karlas Rücken. Thanatos schien Karlas Standort jederzeit genau zu kennen.

"Labore?"

Statt einer Antwort sagte Thanatos: "Du wirst nachher kriechen müssen, durch die Lüftungsschächte. Kannst du das?"

"Natürlich", sagte Karla entschlossen.

"Dann los."

Karla nickte und rannte den kalten, zugigen Wartungstunnel entlang.

30

UNBEKANNTER ORT, ZELLE VON LUKE STONEBRIDGE

Luke beobachtete den jungen Soldaten dabei, wie er das Metalltablett vor der Zellentür abstellte. Dann schloss der Soldat die kleine, verriegelbare Klappe auf und schob das Tablett hindurch.

Der Geruch von süßem Instant-Zitronentee und Mikrowellen-Kartoffelbrei strömte in die Zelle.

Normalerweise machte Luke einen Bogen um Fertigprodukte, aber nach mehreren Tagen in Isolation war er derart ausgehungert, dass ihm bei diesen Gerüchen das Wasser im Mund zusammenlief.

Luke nahm das Tablett und ging zu seinem Betonbett, um es darauf abzustellen. Währenddessen hörte er, wie der Soldat die Essensklappe schloss.

Der Spezialagent hatte angenommen, dass der Soldat gleich verschwinden würde und griff zum Plastiklöffel, um sich ein paar Happen vom Kartoffelbrei zu genehmigen.

So sehr er hier in den Widerstand ging, er musste auf seine Kräfte achten, damit er stark genug für die Flucht blieb. Wenn der Tag käme, wäre ein ausgemergelter Körper von entscheidendem Nachteil.

Plötzlich hörte Luke eine Stimme hinter sich. Er drehte sich um und sah den jungen Soldaten, der mit neugierigem Blick vor der Panzerglasscheibe stand.

"Stimmt es, was man sich über Sie erzählt?"

Luke drehte sich demonstrativ zum Kartoffelbrei, den er nun zu essen begann.

"Kommt drauf an", sagte er zwischen den Happen, "was man sich so über mich erzählt."

"Sie sollen zehn Männer im Nahkampf besiegt haben."

Luke schnaubte, aß weiter und sagte: "Sagt man das, ja?"

"Ja. Und ich wette, es ist wahr."

Luke wusste sofort, worauf der junge Mann anspielte.

Damals, bei einem Spezialeinsatz in Moskau, war Luke von Schlägern der russischen Mafia umzingelt worden. Die Männer hatten ihn auf einem Parkplatz überrascht und wollten ihn totschlagen, als Rache dafür, dass er einen ihrer Mittelsmänner, Viktor Sorinov, ausgeschaltet hatte. Sorinov war tief in den Menschenhandel verstrickt und verantwortlich für den Tod hunderter Kinder gewesen, die er und seine Bande auf den

Fluchtrouten nach Mitteleuropa in viel zu enge Vans zusammengepfercht hatten.

Darüber hinaus hatte der MI6 herausgefunden, dass Sorinov Waffen des britischen Militärs in Krisenherde auf der ganzen Welt geschmuggelt hatte. Durch Schmiergeld und Korruption war es nie zu einem Prozess gekommen, und die russische Regierung hatte sich geweigert, Sorinov an den Internationalen Strafgerichtshof in Den Haag auszuliefern.

Also hatte der MI6 beschlossen, Luke und ein paar seiner Männer darauf anzusetzen, Sorinov zu beseitigen.

Die Welt war ein besserer Ort ohne ihn, davon war Luke bis heute überzeugt.

Es war ihm gelungen, Sorinovs Männer nacheinander auszuschalten, wenngleich er wusste, dass er dabei jede Menge Glück gehabt hatte. Die Schläger waren zwar gute Boxer gewesen, hatten aber mit Lukes Kampfstil nicht mithalten können, der eine Mischung aus Krav Maga, Wing Chun und Muay Thai war.

"Die Überwachungskamera auf dem Parkplatz hat Sie dabei gefilmt", sagte der Soldat aufgeregt.

Luke hatte den Kartoffelbrei inzwischen aufgegessen, trank einen Schluck Tee und drehte sich zum Soldaten.

"Die Kamera hat einen Mann aufgezeichnet, dessen Identität unbekannt ist", sagte Luke trocken.

Das Video des Parkplatzkampfes hatte sich viral im Internet verbreitet, was Lukes Prinzip der absoluten Geheimhaltung zuwidergelaufen war. Bis heute spekulierten Nerds im Netz über die Identität des *Meisterkämpfers*, wie Luke in Foren und Kommentarspalten unter dem Video genannt wurde.

"Ich habe unseren Gesichtsscanner benutzt und mit Videoaufnahmen von Ihnen abgeglichen."

Luke schaute hoch zur Decke und sah die Kamera, die in der oberen Ecke der Zelle zu sehen war.

"Sie sind dieser Kämpfer, eindeutig."

Luke stellte seine Teetasse ab und lief zur Scheibe.

Offensichtlich schien der junge Soldat beeindruckt von ihm zu sein. Vielleicht konnte er diesen Umstand für sich nutzen.

"Ihr habt ganz schön viel High-End-Technikzeug hier drinnen, oder?"

"Das Beste vom Besten", sagte der Mann mit Stolz in der Stimme.

"Wie heißen Sie?", fragte Luke, während sein Blick an der schwarzen Uniform des Mannes entlangwanderte.

Dabei fiel ihm auf, dass der Soldat kein Namensschild trug, wie es für Kombattanten üblich war.

"Santino", sagte er, "aber Sie können mich Miguel nennen."

"Na schön, Miguel. Was macht ein junger Mann wie du an einem solchen Ort?"

"Die Bezahlung ist gut", sagte Miguel mit einem zufriedenen Lächeln. "Sogar sehr gut. Ich komme aus Mexiko und bin zur Armee gegangen. Dort bin ich ein paar Vorgesetzten positiv aufgefallen, und irgendwann kam das Angebot, hier zu arbeiten."

So ähnlich wie bei mir, dachte Luke. *Mit dem Unterschied, dass es uns beide in völlig verschiedene Richtungen verschlagen hat.*

Luke überlegte. Konnte er sicher sein, dass er stets das Richtige tat und getan hatte? Er und seine Männer waren trainiert darauf, Befehle zu befolgen, ohne Fragen zu stellen. Doch ließen sich diese Fragen nicht aus seinem Kopf verbannen, er war ein reflektierter Mann, der sein Handeln hinterfragte. Ganz besonders nachts, wenn die Welt um ihn herum still war, oder wenn er sich wie jetzt in Isolation befand, quälten ihn diese Fragen.

Ist es richtig, Menschen für einen guten Zweck zu töten?

Dürfen wir kriminelle Strippenzieher entführen, um sie an einem geheimen Ort zu verhören?

Luke und seine Männer hatten durch ihre Einsätze mehrere Terroranschläge verhindert und so Tausende Menschen gerettet. Und trotzdem war dabei jedes Mal ein kleiner Teil in ihm gestorben, spätestens dann, wenn er den Abzug gedrückt hatte.

"Wo ist *hier*?", fragte Luke den Soldaten.

"Das darf ich nicht sagen, ich habe mich schon viel zu lang mit Ihnen unterhalten. Wenn mein Boss mich dabei erwischt, gibt's Ärger."

Luke sah dem Mann tief in seine braunen Augen. Die Verbindung zu Miguel durfte nicht abreißen, irgendetwas musste Luke ihm anbieten, er spürte, dass es *die* Gelegenheit war.

"Du willst lernen, so zu kämpfen wie ich?"

Miguel zögerte, schien hin und her gerissen zu sein. Zaghaft nickte er.

"Am liebsten schon, ja, aber es geht nicht."

"Dein Boss hat etwas dagegen."

Zu Lukes Überraschung schüttelte Miguel den Kopf.

"Nein, es würde gegen das Sicherheitsprotokoll verstoßen. Mister Dinostrio hätte an sich nichts dagegen, wenn Sie uns trainieren würden, im Gegenteil. Er ist mindestens genauso begeistert von Ihren Kampfkünsten wie ich."

"Interessant", sagte Luke nachdenklich. Ihm kam eine Idee, die er für vielversprechend hielt: "Was hältst du davon, wenn ich euch unter Mister Dinostrios Aufsicht trainiere? Ich kann mir vorstellen, dass auch deine Kameraden davon profitieren würden."

"Ich muss das abklären", sagte Miguel.

"Natürlich."

"Aber ich werde mich sofort darum kümmern."

Eine merkwürdige Pause entstand zwischen den beiden Männern.

"Dürfte ich das Tablett wiederhaben?"

"Sicher", sagte Luke, ging zu seinem Bett, holte das Tablett und lief zur Tür.

Miguel öffnete die Klappe und Luke schob das Tablett durch, das Miguel dankend entgegennahm.

Dann schloss er die Klappe, beide Männer gingen jetzt wieder zur Scheibe.

"Ich bin so aufgeregt!", sagte Miguel mit strahlenden Augen. "Mann, wenn das klappt, das wäre genial!"

"Warten wir ab, was Dinostrio sagt", erwiderte Luke und lächelte.

Miguel lächelte zurück, verabschiedete sich und verschwand.

31

GEHEIME ANLAGE, LABOR

"Sie befinden sich jetzt unterhalb des Labors", sagte die Computerstimme, die Karla bis hierher geführt hatte.

Sie war erschöpft und hielt sich die Hand vor den Mund, um ihren Husten zu dämpfen.

In diesem Lüftungsschacht herrschte eine Luftfeuchtigkeit, die ihr den Atem raubte. Ihr Brustkorb fühlte sich an, als hätte sich ein dicker Mann darauf gesetzt.

"Kriechen Sie weiter den Gang entlang, bis zum Ende. Dann biegen Sie links ab."

Karla folgte der Anweisung, währenddessen hörte sie Schreie, die ihr durch Mark und Bein gingen.

Sie hielt kurz an und riskierte einen Blick durch die schmalen Lüftungsschlitze.

Am liebsten hätte sie selbst einen spitzen Schrei ausgestoßen, als sie sah, was sich Schreckliches vor ihren Augen abspielte.

Ein nackter Mann war an eine Metallapparatur gefesselt, seine Arme und Beine gingen strahlenartig von seinem Körper ab. Der Mann hatte den Kopf gesenkt, blaue Lichtblitze zuckten über ihm.

Neben der Apparatur stand einer jener Männer in schwarzen Anzügen, die Karla beim Bankett mit Dinostrio gesehen hatte, zusammen mit einer Frau, die einen schwarzen Rock, einen weißen Kittel und eine Brille mit dunklem Rahmen trug.

"Irgendwelche Fortschritte?", fragte der Mann, dessen Stimme metallisch und kalt klang.

Die Frau, die Karla für eine Art Wissenschaftlerin hielt, sah auf ihr Tablet, das sie in der Hand hielt, schaute anschließend zum Mann, der schlaff in der Apparatur hing, und dann wieder zurück auf ihr Tablet.

"Nichts", sagte sie. "Das habe ich aber auch nicht erwartet. Das Testsubjekt ist gerade einmal zwei Wochen bei uns. Wir werden sein Nervensystem weiter stimulieren müssen, aber ich bin zuversichtlich, dass wir mit den Elektroschocks weiterkommen."

"Gut. Erhöhen Sie die Stärke der Schocks wenn nötig, und auch die Frequenz."

"Das würde ihn umbringen", sagte die Frau ernst.

"Mister Dinostrio hat sich klar ausgedrückt, wir brauchen die Ergebnisse der Experimente so schnell wie möglich. Haben Sie das verstanden?"

"Verstanden", sagte die Frau.

"Mein Gott", hauchte Karla. "Was geschieht hier bloß?"

"Experimente", sagte Thanatos. "Die Organisation will Gefangene zur Gedankenkontrolle heranzüchten."

"Das ist doch Wahnsinn" flüsterte Karla durch ihre Hand, die sie sich vor den Mund hielt.

"Los jetzt, die Uhr tickt", befahl Thanatos, woraufhin Karla sich vom Anblick des gefolterten Mannes losriss und weiter durch den Lüftungsschacht robbte.

32

GEHEIME ANLAGE, ARENA

"Herzlich willkommen", sagte Dinostrio, der in einer Zuschauerkabine auf dem höchsten Punkt der Tribüne saß, bewacht von schwer gepanzerten Soldaten. "Wir freuen uns, heute einen besonderen Gast begrüßen zu dürfen."

Luke schnaubte. Ihn als *Gast* zu bezeichnen, war blanker Hohn. *Insasse* traf es wohl eher.

"Ich bin hier, um Ihnen und Ihren Männern das Kämpfen beizubringen", sagte Luke, der in der Arena stand und die Hände zu Fäusten geballt hatte. "Dafür lassen Sie Karla frei. So war der Deal."

"Nicht so schnell", sagte Dinostrio und wiegte dabei seinen mit einem goldenen Ring verzierten Zeigefinger hin und her. "Erst müssen wir die Kampfregeln ..."

Plötzlich öffnete sich die Stahltür neben der Empore, in der Dinostrio und sein engster Stab sich befanden.

Ein schwarz uniformierter Soldat rannte zu Dinostrio, er wurde von den Männern durchgelassen, offenbar mit einer wichtigen Botschaft.

Der Soldat beugte sich zu Dinostrio hinunter und flüsterte ihm etwas ins Ohr. Hier unten, auf dem staubigen Sandboden der Arena stehend, hörte Luke nicht, was er sagte. An Dinostrios verhärteten Gesichtsausdruck konnte er aber erkennen, dass es keine guten Nachrichten waren, die er soeben erhalten hatte.

"Ärger im Paradies?", fragte Luke mit einem Gefühl von Triumph in der Stimme.

Zum ersten Mal lief etwas anscheinend nicht so, wie es sich dieser selbstgefällige Kerl auf der Empore vorstellte.

Plötzlich geschah etwas, womit Luke nicht gerechnet hatte, und das ihn zutiefst entsetzte. Dinostrio nickte und schien sich schmallippig beim Soldaten zu bedanken. Dann zog er blitzschnell eine Pistole aus seinem Holster, das an seinem Gürtel klemmte, und schoss dem Soldaten in den Kopf, der daraufhin zusammenbrach.

Luke sah die anderen Soldaten, in den blassen Gesichtern der Männer konnte er sehen, dass sie Todesangst empfanden.

Seelenruhig steckte Dinostrio seine Waffe weg, sah zu Luke herunter und fragte: "Wo waren wir stehengeblieben? Ach ja, bei den Regeln des Kampfes."

"Regeln?", fragte Luke mit bebenden Lippen. Am liebsten wäre er auf die Tribüne geklettert und hätte diesem Schwein die

Seele aus dem Leib geprügelt. "In einem Kampf gibt es keine Regeln. Das haben Sie doch gerade unter Beweis gestellt. Wobei ich das nicht Kampf nennen würde, was da gerade abgelaufen ist, sondern einen feigen Mord."

Dinostrio sah Luke wütend an. In den kalten Augen dieses Mannes konnte er Tötungslust feststellen.

Na los doch, dachte Luke, der dem Blick des Despoten herausfordernd standhielt. *Zieh deine Waffe und erschieß mich hier vor den Augen deiner Männer. Das würde umso mehr zeigen, was für ein armseliges kleines Würstchen du bist.*

"Dass Sie gewisse Regeln unserer Organisation nicht kennen, bedeutet nicht, dass es sie nicht gibt."

Fragend sah Luke Dinostrio an, währenddessen wurde der tote Soldat von zwei Kameraden weggeschleift.

"Dieser Mann", sagte Dinostrio kalt, "ist verantwortlich für einen schwerwiegenden Fehler, zusammen mit anderen Soldaten, die ihre Pflicht vernachlässigt haben. Dafür müssen Köpfe rollen. Und meistens ..."

Dinostrio zog einen Zigarillo aus seiner Jackettinnentasche, dann holte er ein goldenes Feuerzeug aus der Tasche seiner Anzughose, mit dem er den Zigarillo anzündete.

"Meistens rollt der Kopf desjenigen, der die Botschaft überbringt", stieß er zusammen mit einer bläulichen Rauchschwade aus.

"Sie führen hier drinnen Ihr eigenes kleines Terrorregime, nicht wahr?", fragte Luke verbittert. "Regieren durch Angst ...

kommen Sie hier runter, dann zeige ich Ihnen, was ich davon halte."

"Immer langsam, Cowboy. Die Sache geht Sie nichts an. Halten Sie sich an den Deal, und wir beide bekommen keine Probleme."

Luke überlegte, seine Gedanken rasten. Was mochte wohl der Fehler sein, der geschehen war? Offenbar ein erheblicher, den der Soldat eben mit seinem Leben bezahlt hatte.

Ein Hoffnungsschimmer regte sich in Luke. Hatte dieser Fehler vielleicht irgendetwas mit Karla zu tun? Dinostrio hatte davon gesprochen, dass die Soldaten ihre *Pflicht vernachlässigt* hätten. Vielleicht war Karla irgendwie durch das Netz der Überwachung geschlüpft und ...

"Also, die Regeln Ihrer Kampfkunst", unterbrach Dinostrio Lukes Gedankengänge. "Irgendwelche muss es ja geben."

Luke schüttelte den Kopf, atmete tief durch und sagte: "Nur eine Regel gibt es ... den Kampf so schnell wie möglich zu beenden, und zwar mit allen Mitteln, die dafür notwendig sind."

Dinostrio schürzte die Lippen, den Zigarillo zwischen den Fingern haltend streckte er seinen Kopf vor und fragte: "Auch, wenn das bedeutet, dass Ihr Kontrahent dabei draufgeht?"

Luke sah hoch zur Empore, warf Dinostrio einen bohrenden Blick zu und sagte: "Natürlich. Wer mich angreift, nimmt dieses Risiko in Kauf."

Dinostrio lächelte, nahm einen genüsslichen Zug von seinem Zigarillo und sagte in selbstgefälligem Tonfall: "Ihre Einstellung gefällt mir. Sie sind nicht so ein Waschlappen wie die meisten dieser Männer hier."

Dinostrio musterte einen der Soldaten verächtlich, bevor er sich wieder Luke zuwandte.

"Sie sind ein ganzer Kerl!"

"Töten ist nichts, was Spaß macht oder worauf man stolz sein könnte."

"Das sehe ich anders", sagte Dinostrio.

"Ich weiß", kommentierte Luke bitter.

"Ach, kommen Sie. Beleidigt zu sein steht Ihnen nicht."

Luke schwieg, die Hände unverändert zu Fäusten geballt. In diesem Augenblick sehnte er sich danach, Dinostrio mit einem gezielten Handkantenschlag auf den Kehlkopf auszuschalten, oder ihm das Knie in die Weichteile zu rammen. Er sollte die Gewalt am eigenen Leib spüren, die er anderen Menschen mit scheinbar sadistischer Freude zufügte.

"Die Art und Weise, wie Sie mich ansehen, verrät mir Ihren Wunsch. Sie sind eine Killermaschine, dazu hat man Sie geformt. Und nun will diese Maschine ihre tödliche Gewalt an mir entfesseln."

"Steigen Sie mit mir in den Ring, wenn Sie sich trauen", forderte Luke Dinostrio ein weiteres Mal auf.

"Alles zu seiner Zeit", wiegelte der ab. "Sie bilden meine Männer aus. Aber vorher ..."

Ein teuflisches Grinsen huschte über Dinostrios Gesicht.

"Vorher beweisen Sie, dass Sie tatsächlich das Zeug dazu haben."

Luke sah Dinostrio fragend an.

"Unter den Soldaten kursiert ein Mythos. Ich denke, Sie wissen, wovon die Rede ist."

Luke schwieg. Er hatte keine Lust, sich mehr als unbedingt notwendig auf Dinostrios Spielchen einzulassen.

"Ich spreche von den zehn Russen, die Sie auf dem Parkplatz in Moskau fertiggemacht haben. Oder haben Sie das schon vergessen?"

Luke biss sich auf die Lippe, dann sagte er: "Da müssen Sie mich mit jemandem verwechseln."

Der Spezialagent glaubte, Enttäuschung in Dinostrios Gesicht zu sehen.

Bedächtig lehnte der Chef der Terrorgruppe sich zurück und sagte: "Das werden wir gleich erfahren. Die Spiele sind eröffnet!"

Plötzlich hörte Luke ein lautes Krachen, Türen flogen auf und Soldaten in Sportkleidung rannten in die Arena. Sie hielten Abstand von Luke, umkreisten ihn und nahmen eine stramme Haltung an.

In den Gesichtern dieser Männer konnte Luke Angst erkennen.

"Diese Männer", sagte Dinostrio, "sind allesamt professionelle Kämpfer, einige von ihnen haben den schwarzen Gürtel im Shōtōkan-Karate, andere haben sich durch die Oktagons dieser Welt gekämpft und dabei Preise gewonnen."

"Lassen Sie den Quatsch", sagte Luke verärgert.

Er wusste nicht, welcher Verbrechen sich diese Männer, die ihn umzingelt hatten, schuldig gemacht hatten. Ob sie überhaupt Verbrechen begangen hatten. Alles, was er wusste, war, dass sie Teil einer dubiosen paramilitärischen Organisation waren, die Menschen entführte und deren Anführer ohne mit der Wimper zu zucken tötete, selbst wenn es sich dabei um die eigenen Soldaten handelte.

"Dafür kommen Sie vor das Kriegsgericht."

Dinostrio lachte verächtlich.

"Meinen Sie etwa dieses Witzgericht in Den Haag? Ich bitte Sie, seien Sie nicht so elendig naiv. Sie wissen genau, dass Leute wie ich niemals einen Gerichtssaal von innen sehen werden."

"Leute wie Sie sind der Grund, warum ich tun muss, was ich tue. Warum ich nicht zu Hause in Großbritannien sein und einem normalen Leben nachgehen kann."

Dinostrio schüttelte den Kopf und sagte: "Traurig, mitanzusehen, wie Sie sich selbst etwas vormachen. Ein normales Leben ist nichts für Sie, und das wissen Sie genau."

"Ich weiß nur eins, wenn Sie Ihre Männer nicht sofort zurückpfeifen ..."

Luke sah bedächtig in die Gesichter der Soldaten, plötzlich erkannte er einen von ihnen. Es war Miguel, jener Soldat, mit dem er sich an der Panzerglasscheibe seiner Zelle unterhalten hatte.

"Dann?", fragte Dinostrio herausfordernd.

"Dann kann ich für nichts garantieren."

"Das müssen Sie auch nicht. Am besten lernt man durch Schmerz, das ist doch die effektivste Art, Lektionen beigebracht zu bekommen, finden Sie nicht auch?"

Luke schwieg, seine Muskeln spannten sich an, er spürte, wie sein Körper allmählich in den Kampfmodus hochfuhr.

"Genug gelabert. Es wird Zeit für Action. Kämpft!"

Die Männer nahmen Kampfpositionen ein, die meisten kannte Luke aus verschiedenen Kung-Fu- und Karatestilen.

Luke war bereit für den ersten Angriff, doch die Männer schienen zu zögern.

"Was ist los?", fragte Dinostrio, der nun wütend von seinem Ledersessel aufgesprungen war. "Ich habe gesagt, ihr sollt kämpfen!"

Luke blickte in die Gesichter der Männer, in denen er eine Mischung aus Furcht und Entschlossenheit las.

Er konnte ihnen diese Furcht nicht verübeln, schließlich gehörte zur Geschichte über die Russen auf dem Parkplatz jene Tatsache dazu, dass Luke seine Angreifer schwer verletzt hatte, manche von ihnen so schwer, dass diese Gangster den Rest ihres Lebens im Rollstuhl verbrachten.

Keine Regeln.

Nur die, den Kampf zu beenden.

Luke hatte diese Warnung klar und deutlich ausgesprochen.

Wer dennoch einen Angriff riskierte, musste mit den Konsequenzen klarkommen.

"Los jetzt!", schrie Dinostrio. "Greift endlich an!"

Unter Kampfgebrüll wagte einer der Männer den Vorstoß und stürmte auf Luke zu.

Der Ansturm dauerte nur Sekundenbruchteile. Bevor der Mann zu einem Schwinger ausholen konnte, war Luke mit einem geraden Fauststoß hervorgeschnellt und hatte den Mann im Gesicht getroffen. Benommen und mit blutender Nase taumelte er zurück, zitternd stand er anscheinend kurz vor der Ohnmacht.

Luke senkte seine Faust, hatte den Mann fixiert und warf ihm einen Blick zu, der eine klare Botschaft vermitteln sollte: *Lass es.*

Der Soldat schien zu überlegen, sein Blick wanderte über Lukes unverändert unter Spannung stehenden Körper.

Dann stürmte er ein weiteres Mal hervor, diesmal führte er eine Schlagkombination aus, bei der er die Fäuste vor seinem Körper schwang.

Wohl zum Schutz, doch half das nichts gegen Lukes Gegenangriff, der aus einem seitlichen Hochtritt bestand. Lukes Ferse traf den Mann mit voller Wucht am rechten Jochbein, woraufhin er augenblicklich im Sand zusammenbrach.

Dann begann der Mann zu röcheln und zu zucken.

"Er braucht einen Arzt", sagte Luke mit einer Mischung aus Fassungslosigkeit und Entsetzen, während er zu Dinostrio hochsah.

Nun schauten auch die übrigen neun Kämpfer zu ihrem Chef. Ein paar Sekunden vergingen, quälend lange Sekunden, wie Luke fand, in denen der Besiegte röchelnd um sein Leben kämpfte.

"Herrgott, schafft den Kerl da weg", sagte Dinostrio genervt, woraufhin zwei Soldaten, die am Rand der Arena Wache hielten, zu dem Verletzten rannten und ihn aus der Arena zogen.

"Ihr müsst ihn gleichzeitig angreifen, das kann doch nicht so schwer sein."

War es aber, wie Luke aus eigener Erfahrung mit den Russen wusste. Bei einem Gruppenangriff stürmten nur selten alle Mitglieder gleichzeitig auf das Ziel zu, so gut wie immer gab es Einzelne, die den Vorstoß wagten und dadurch nach und nach die weniger Mutigen mitzogen.

Dass der offensichtlich mutigste Soldat, der sich als Erstes getraut hatte, in wenigen Sekunden K. o. gegangen war, schien die Motivation der Anderen erheblich zu dämpfen.

Dennoch wagte sich ein weiterer Soldat vor, wie Luke ein Kampfschrei hinter seinem Rücken verriet.

Blitzschnell drehte Luke sich um und sah einen kräftigen, muskulösen Typen vor sich, der auf seinen Fußballen hin und her tänzelte, während er die Arme in typischer Boxerpose vor seinem Gesicht hielt.

Luke hob die Hände zu seiner Kampfposition, lehnte sich auf sein hinteres Bein und warf dem Mann denselben Blick wie dem Soldaten zuvor zu.

Lass es.

Doch machte er sich keine großen Hoffnungen, dass der Mann diesen Blick ernstnehmen würde.

Jedoch gelang es dem Kerl, Luke zu überraschen.

Er täuschte einen Uppercut an, dann einen linken Haken. Luke war voll und ganz auf die Fäuste des Mannes fokussiert, sodass er beinahe zu spät reagiert hätte, als der Mann seinen gesamten, massigen Körper mit Schwung um die eigene Achse rotieren ließ.

Der Roundhousekick verfehlte sein Ziel, Luke war rechtzeitig unter seinem Bein abgetaucht, dessen Fuß ihn sonst mit rasender Geschwindigkeit am Kopf erwischt hätte.

Luke nutzte die Chance, schob sich unter den massigen Kerl und hob ihn an.

Der Kämpfer verlor das Gleichgewicht und krachte zu Boden, woraufhin Luke zu einer Serie von Kettenschlägen und Tritten ansetzte. Das alles spielte sich in wenigen Sekunden ab, Luke prügelte so lange auf den Kerl ein, bis der sich nicht mehr bewegte und seine Augen geschlossen blieben.

Währenddessen hatte keiner der anderen Männer gewagt, Luke anzugreifen. Dafür stürzten sie sich jetzt auf ihn, wie von einem unsichtbaren Kommando getrieben.

Damit hatten die Soldaten eine folgenreiche Entscheidung getroffen.

Einem verpasste Luke einen gezielten Faustschlag in den Magen, woraufhin der Mann keuchend zusammenbrach.

Ein anderer Angreifer erwischte Luke mit einem Schlag auf den hinteren Rücken. Da Luke jedoch die ganze Zeit in Bewegung war, war der Schlag an seinem Körper entlanggeglitten statt voll aufzutreffen, weshalb die verheerende Wirkung verpufft war.

Blitzschnell drehte Luke sich in Richtung des Angreifers, der einen Kopf größer war als er. Stärkere und größere Gegner waren immer gefährlich, weshalb Luke die Sache schnell beenden musste. Einen weiteren Schlag von diesem Kraftpaket würde er nicht so gut wegstecken, vor allem dann nicht, wenn der besser treffen würde.

Luke senkte seine Hände und schnellte mit ihnen hervor.

Ein grässlicher Schrei verriet ihm, dass er sein Ziel getroffen hatte.

Stöhnend hielt der Angreifer sich die Hände vor seine Augen und taumelte.

Luke hatte es geschafft, ihn kampfunfähig zu machen. Jetzt musste er ihn komplett ausschalten, damit er ihm nicht mehr gefährlich werden konnte, ganz zu schweigen von den anderen Kämpfern, die danach trachteten, Luke zu besiegen.

Der Spezialagent spürte den Impuls, den Mann, dem er in die Augen gestochen hatte, mit einer weiteren blitzschnellen Technik niederzustrecken. Luke verpasste ihm einen gezielten Kinnhaken, woraufhin der Kerl bewusstlos zu Boden ging.

Es folgte Angriff auf Angriff, hier und da steckte Luke zwar auch Treffer ein, doch war sein Körper derart mit Adrenalin vollgepumpt, dass er die dadurch verursachten Schmerzen kaum spürte. Das aber würde sich noch ändern, sobald er zur Ruhe kam, falls er diesen irrsinnigen Kampf überlebte.

Mit jedem Angreifer, der zu Boden ging, sank die Moral der anderen Männer.

Luke kämpfte sich durch, biss die Zähne zusammen, schaltete einen Kämpfer nach dem anderen aus, bis sie auf dem Sandboden der Arena lagen. Die meisten waren ohnmächtig, einige jedoch bei Bewusstsein, sie krümmten sich vor Schmerzen und stöhnten.

Ein einzelner Soldat stand noch auf beiden Beinen, er hatte Luke nicht angegriffen.

"Miguel", sagte Luke zu dem Mann, der ihn entgeistert und verängstigt ansah.

Plötzlich hörte Luke ein Klatschgeräusch, er schaute hoch zur Tribüne und sah Dinostrio, der sich von seinem Ledersessel erhoben hatte und lächelnd applaudierte.

"Grandios, einfach grandios."

Luke senkte den Blick und schaute zu seinen bebenden Fäusten, deren Knöchel wund waren.

Er hatte soeben viele Menschen schwer verletzt, was nichts war, worauf er stolz war, sondern eine Notwendigkeit, zu der Dinostrio ihn getrieben hatte.

Lukes Blick wanderte wieder hinauf zu Dinostrio, dabei bemerkte der Agent aus dem Augenwinkel, dass einer der Soldaten auf der Tribüne würgte und sich kurz darauf übergab.

"Ist ja ekelhaft", sagte Dinostrio verächtlich. "Raus mit dir, du Schwächling."

Der Soldat schleppte sich hinaus und verließ die Arena durch eine Metalltür.

Dinostrio wandte sich wieder Luke und Miguel zu.

"Also", sagte er, "bringt es zu Ende."

"Es ist zu Ende", sagte Luke entschlossen.

"Es ist zu Ende, wenn ich es sage. Vor Ihnen steht noch ein Mann."

Luke sah zu Miguel, der blass geworden war. Schweiß perlte von seiner Stirn, sein Blick flehte um Gnade.

"Tun Sie es!", befahl Dinostrio aufgebracht.

Doch Luke blieb stehen.

Dinostrio zückte seine Pistole und richtete sie auf Miguel.

"Tun Sie es endlich, oder ich erschieße diesen Soldaten!"

Plötzlich erklang ein lautes Geräusch, Arena und Tribüne waren nun dunkel.

"Was zum ...?"

Eine Sekunde später sprang die Notbeleuchtung an, begleitet von Sirenen und rot zuckenden Lichtern, die an Decke und Wänden befestigt waren.

"Der Sicherheitsalarm, Stufe 1!", rief einer der Soldaten auf der Tribüne.

"Das ist die höchste Sicherheitsstufe", sagte Miguel aufgeregt in Lukes Richtung. "Irgendwas Übles muss passiert sein."

"Sir, wir müssen hier weg, sofort!", rief einer der Soldaten zu Dinostrio, der wie angewurzelt auf der Tribüne stand.

Selbst in diesem schummerigen Notlicht sah Luke den wütenden Glanz in seinen Augen. Sie funkelten regelrecht, wie schwarze Diamanten.

"Sir, bitte! Das Sicherheitsprotokoll sieht vor, dass ..."

"Ich kenne das verdammte Sicherheitsprotokoll, ich habe es geschrieben!"

Plötzlich ertönten grauenvolle Geräusche.

"Explosionen", sagte Luke zu Miguel, der nickte.

"Sir, wir haben keine Zeit mehr!"

Einige Soldaten rannten bereits aus der Tür.

"Also gut", sagte Dinostrio und lief in Richtung des Soldaten, der ihn zur Flucht aufgefordert hatte.

"Was ist mit den beiden?", wollte der Mann mit Blick auf Luke und Miguel wissen.

"Verriegelt die Türen. Wenn diese Anlage untergeht, sollen die zwei in den Trümmern begraben werden."

"Nein!", schrie Miguel, doch es war zu spät.

Nachdem die letzten Soldaten zusammen mit Dinostrio den Raum verlassen hatten, krachte die schwere Stahltür zu und wurde den dumpfen Geräuschen nach von außen verriegelt.

Weitere Explosionen ertönten, der Boden bebte.

"Die Einschläge kommen näher", sagte Luke.

"Verdammt", sagte Miguel, der die Hände über dem Kopf zusammenschlug.

"Gibt es einen Fluchttunnel? Irgendeine Möglichkeit, wie wir hier herauskommen?", wollte Luke wissen.

"Lassen Sie mich nachdenken", sagte Miguel, doch Lukes Hoffnung schwand, während der Raum heißer und heißer wurde.

33

GEHEIME ANLAGE, LABOR

"Oh Gott, was war das?", fragte Karla panisch.

Sie war im Lüftungsschacht, unterhalb des Labors, aus dem soeben ein ohrenbetäubender Knall gekommen war.

Hier unten, in diesem schmalen Korridor, wurde es nun unerträglich heiß.

"Ich habe ein Relais überhitzt", meldete Thanatos sich. "um eine Gasleitung in der Anlage zu sprengen."

"Steuern Sie hier drinnen alles?"

"Genug, um für Unruhe zu sorgen, damit du dich befreien kannst."

"Was ist mit Luke?"

"Wir haben keine Zeit für Erklärungen, du musst mir vertrauen. Tust du es nicht, wirst du hier drinnen sterben. Das ist der Deal, einen anderen gibt es nicht."

Karla atmete schnell und hektisch, die Luft war geschwängert mit einem stechend riechenden Gas und drückenden Dämpfen.

Ihre Panik wurde zusätzlich von Rauchschwaden angeschürt, die durch die Schlitze der Lüftungsanlage waberten.

"Kriech weiter, jetzt!"

Karla robbte den Gang entlang und bemerkte, wie ihr vom Gas-Rauch-Gemisch schwindelig und schlecht wurde.

Über ihr tobte das Chaos, Soldaten schrien sich Befehle zu, durch einen der Lüftungsschlitze sah Karla jene Wissenschaftlerin, die vorhin Elektroschocks am Gefangenen verübt hatte.

Die Frau rannte auf Stöckelschuhen zum Ausgang, dicht gefolgt von mehreren Männern in schwarzen Anzügen.

"Meinen Berechnungen zufolge", sagte Thanatos, "hast du noch etwa dreißig Sekunden, bevor das Labor in die Luft fliegt."

"Was soll ich tun?", fragte Karla panisch.

"Den Tunnel weiterkriechen, wie ich es gesagt habe."

"Da hinten ist eine Sackgasse", sagte sie verzweifelt, während sie weitere Explosionen hörte.

Sie schwitzte, es wurde immer heißer hier drinnen, so heiß, dass Karla befürchtete, dass die Metallwände dieses Lüftungsschachtes zu schmelzen beginnen würden. Noch aber hielten sie durch.

"Los jetzt!", befahl Thanatos.

Karla robbte auf allen vieren weiter, ihre Füße schmerzten, wie auch ihr Rücken, Arme und Beine fühlten sich taub an, als wären sie eingeschlafen.

Sie war am Ende des Ganges angekommen, auf dem Weg hierhin hatte sie sich darauf vorbereitet, in eine Falle gelockt worden zu sein.

Karla hatte mit dem Gedanken gespielt, dass Thanatos womöglich nichts weiter als eine Art perfide künstliche Intelligenz war, die hier in dieser Anlage entwickelt worden war. Karla hätte das nicht überrascht, bei allem, was sie hier unten gesehen hatte.

Doch schien es einen Ausweg zu geben.

"Siehst du das Gitter über dir?"

"Ja", sagte Karla.

"Gut. Du musst es aufhebeln."

Karla stemmte ihre Hände dagegen, mit aller Kraft, die ihr nach den Strapazen übriggeblieben war. Doch das Gitter gab nicht einmal millimeterweise nach.

"Verdammt!", fluchte sie und spürte voller Verzweiflung, dass sie immer schwerer Luft bekam.

"Du musst ... deinen ..."

Zu allem Übel schien nun auch noch die Funkverbindung zu Thanatos abzureißen.

Karlas Gedanken rasten, sie wusste, dass sie nur noch wenige Sekunden Zeit hatte, in denen sich entschied, ob sie lebendig hier herauskommen würde oder nicht.

"Ich muss meinen ganzen Körper einsetzen", kam ihr die Idee.

Sie stützte sich auf ihre Fußballen, was in der Enge des Lüftungsschachtes schwierig war, aber es gelang ihr.

Wieder hörte sie eine Explosion, diesmal erschreckend nah, die Luft wurde daraufhin noch heißer und drückender.

Unter Stöhnen presste Karla ihren Rücken gegen das Gitter, erst langsam, was nicht den gewünschten Effekt hatte.

Dann versuchte sie es ruckartig, als wollte sie ein Tier loswerden, das sich auf ihren Rücken gesetzt hatte.

Beim ersten Ruck hatte sie gespürt, wie ihre Wirbelsäule gegen das Metall geknallt war und das Gitter leicht nachgegeben hatte.

Das hatte sie angespornt, trotz der stechenden Schmerzen, die sich in ihrem Rücken gemeldet hatten.

Also sprang sie ein weiteres Mal in gebückter Haltung mit dem Rücken gegen das Gitter, woraufhin es endlich nachgab.

Karla richtete sich auf, was sich nach der langen Zeit im Kriechgang unglaublich befreiend anfühlte.

Mit Kopf und Oberkörper war sie nun in einer Art Gang, wie sie feststellte, als sie sich umsah.

Auf der linken Seite war das Labor, in dem rote Alarmlichter und grüne Stichflammen zuckten, auf der anderen Seite verlief der Gang weiter.

Ächzend hievte sie sich aus dem Lüftungsschacht, schloss das Gitter und atmete durch.

Jetzt hatte sie wieder festen Boden unter den Füßen.

"Karla? Karla!"

Thanatos meldete sich zurück.

"Ja?"

"Unsere Verbindung ist kurz abgerissen. Anscheinend wurde das Kommunikationsmodul der Anlage beschädigt."

"Ich habe es geschafft", sagte Karla aufgeregt. "Ich habe mich aus dem Lüftungsschacht befreit."

"Exzellent. Siehst du den roten Knopf an der Wand? Den hinter der kleinen Glasscheibe?"

"Ja, ich sehe ihn."

"Der aktiviert die Notverriegelung für die Labortür. Drück ihn."

Karla rannte zum Notknopf und schlug die Scheibe mit ihrem Ellenbogen ein, wodurch sie sich kleine, schmerzende Schnitte zufügte.

Sie hatte die Hand bereits am Knopf, als sie plötzlich einen markerschütternden Schrei hörte.

Sie drehte sich in Richtung des Schreis, der aus dem Labor gekommen war.

Dann sah sie jene Wissenschaftlerin, die sie bei der Folterung des gefesselten Mannes aus ihrem Versteck heraus beobachtet hatte.

"Was ist los?", fragte Thanatos unruhig. "Im System sehe ich, dass die Labortür noch offen ist. Handelt es sich um einen Fehler?"

"Nein", sagte Karla und schluckte. "Da ist eine Frau, die sich aus dem Labor zu retten versucht."

Die Wissenschaftlerin war etwa 20 bis 25 Meter von Karla entfernt, sie konnte es vielleicht noch schaffen.

Doch stolperte sie bei ihrem Versuch, sich zu retten, währenddessen breiteten sich die grünen Flammen unter Zischen hinter ihr aus, wie gierige Raubtiere kamen sie Karla vor.

"Dafür ist keine Zeit", sagte Thanatos streng. "Drück den Knopf, sofort!"

"Aber ich kann sie noch retten, ich ..."

"Jetzt!", rief Thanatos.

Karla zuckte zusammen, als ihr die heiße Luft aus dem Labor wie eine Wand entgegenschlug, während sie dabei zusah, wie sich ein gigantischer grünweißer Feuerball ausbreitete.

Inzwischen war es der Wissenschaftlerin gelungen, sich wieder aufzurappeln, Blut lief ihr das rußverschmierte Gesicht herunter.

Der Feuerball kam näher und näher, schien nach der flüchtenden Frau zu lechzen.

Karla begriff, dass sie keine Chance hatte.

Wenn sie den Knopf jetzt nicht drückte, würden sie beide hier drinnen sterben.

Wenn sie ihn drückte, hatte zumindest Karla die Chance, zu entkommen.

Tränen kamen ihr, als sie mit der flachen Hand gegen den roten Knopf schlug, woraufhin im Bruchteil einer Sekunde eine massive Sicherheitstür aus dem Boden bis zur Decke hinaufschoss.

Ein beklemmendes Geräusch, das Karla an den Sog einer Vakuumtoilette erinnerte, verriet, dass der Bereich, in dem sie sich befand, nun hermetisch vom Labor abgeriegelt war.

Dann erklang ein weiteres grausames Geräusch, ausgelöst durch den Körper eines Menschen, der gegen das Metall der Sicherheitstür schlug.

In der Mitte der Sicherheitstür war ein schmales Sichtfenster eingelassen, Karla vermutete Panzerglas.

Durch das Glas hindurch sah sie die Wissenschaftlerin, sie konnte ihre verzweifelte Stimme hören, die sich überschlug, während sie Karla anflehte, die Tür zu öffnen.

Aber es ging nicht.

"Tut mir leid", hauchte Karla, während ihr Tränen die Wangen hinabliefen.

Verzweifelt hämmerte die Frau mit ihren Fäusten gegen die Tür, bevor sie wenige Sekunden später vom weißgrünen Feuer verschluckt wurde.

Die Schreie, die sie dabei ausgestoßen hatte, hatten Karla tief durchdrungen und würden sie noch lange in ihren dunkelsten Stunden heimsuchen.

34

GEHEIME ANLAGE, ARENA

"Also, wo ist der Lüftungsschacht?", fragte Luke, während er sich im Raum umsah. Die Temperaturen stiegen hier drinnen sekündlich, wie in einem Schmelztiegel. "Der wäre nämlich klasse, weil wir einen Weg raus gebrauchen könnten. Und zwar jetzt."

"Wird Ihnen auch kuschelig warm, ja?", fragte Miguel, der sich trotz der aussichtslosen Lage offenbar einen gewissen Humor bewahrt hatte.

"Ich meine es ernst, Miguel", verlieh Luke seiner Frage Nachdruck.

"Es gibt einen Lüftungsschacht", sagte der Soldat, während er auf der Tribüne herumkletterte. Für einen Augenblick hatte er Lukes Hoffnung geweckt, um sie im nächsten Augenblick zu zerstören. "Aber da passt keiner von uns durch, nicht mal im Traum."

"Schade", sagte Luke, während er sich weiter im Raum umsah. Dann wanderte sein Blick zu den Männern am Boden, die er niedergeschlagen hatte. "Wir müssen es hier irgendwie rausschaffen, zusammen mit diesen Männern."

"Vergessen Sie die", sagte Luke, der sich nun jener Kabine aus Holz und Metall näherte, in der Dinostrio gesessen und das Spektakel angesehen hatte. "Wir müssen uns erstmal selbst aus der Misere holen."

"Gibt's einen Plan?", wollte Luke wissen. "Einen, der nicht an einem zu kleinen Lüftungsschacht scheitert?"

"Ja", sagte Miguel, der einen Laptop gefunden zu haben schien, wie das blaue Kunstlicht in seinem Gesicht verriet. Anscheinend hatte er den Laptop zum Leben erweckt, er sah konzentriert aus, während er die Tasten tippte.

"Was machst du da?", fragte Luke, der allmählich Nervosität in sich aufsteigen spürte.

Als Spezialagent war er für verschiedenste Fluchtszenarien trainiert worden. Doch keines davon beinhaltete die Flucht aus der Kampfarena eines Hochsicherheits-Geheimgefängnisses irgendwo im Nirgendwo.

"Es hat doch seine Vorteile, wenn man noch über Freigaben verfügt, von denen der eigene Vorgesetzte besser nichts weiß."

"Und was bringen dir diese Freigaben?"

Plötzlich erklang ein Geräusch, Luke schaute zu jener Wand an seiner Seite, von der es gekommen war.

"Die Notausgangstür im Falle einer Verriegelung öffnen zu können, zum Beispiel."

"Sehr gut", sagte Luke, der in den hell erleuchteten Gang schaute, der hinaus aus diesem Backofen führte.

Nervös wartete er auf Miguel, während der die Stufen der Tribüne hinunter zur Arena hastete.

"Komm, hilf mit", sagte Luke, der bereits einen der auf dem Boden liegenden Männer an den Handgelenken gepackt hatte.

"Die können wir nicht mitnehmen", sagte Miguel ernst. "Dann gehen wir drauf."

"Wie dick ist die Tür, die du gerade geöffnet hast?"

"Wie meinen Sie das?"

"Ist es eine Brandschutztür? Massiv genug, um die Männer vor einem Feuer zu schützen?"

Miguel nickte.

"Sie wollen die Männer in den Flur schaffen und dann die Tür hinter uns schließen."

"Das ist der Plan", sagte Luke, währenddessen erklang eine weitere Explosion, die sich erschreckend nah anhörte. "Aber wir können ihn nicht erfüllen, wenn wir hier weiter diskutieren, statt ihn umzusetzen."

Miguel lief zu Luke und half mit, die Männer in den Gang zu tragen.

Luke erschrak, als er im grellen Licht der Deckenlampen sah, wie übel er die Soldaten tatsächlich zugerichtet hatte. Knochenbrüche, Blutergüsse, geschwollene, blau angelaufene

Augen ... einer der Männer litt unter einer aufgeplatzten Lippe. Luke war kein Freund von Gewalt, aber manchmal war sie notwendig in dieser brutalen Welt.

Nachdem sie den letzten Mann in den Flur hineingetragen hatten, schloss Luke die Tür, gerade noch rechtzeitig. Die Temperaturen in der Arena waren unerträglich, und beim Schließen der Tür hatte der Spezialagent gesehen, dass die gegenüberliegende Wand durchgebrochen war und grünweiße Flammen sich ihren Weg bahnten.

"Wir müssen weiter", sagte Luke, während er die Tür verriegelte.

Dann rannten die beiden Männer durch den Korridor.

35

GEHEIME ANLAGE

"Wohin führt uns dieser Weg?", fragte Luke.

"Wenn alles gut läuft, nach draußen."

"Wenn alles gut läuft?"

Er und Miguel rannten, jedoch langsamer, als es Lukes eigentlichem Tempo entsprach, wenn er fit gewesen wäre und nicht unter den Folgen einer strapaziösen Entführung mit anschließender Inhaftierung gelitten hätte.

"Der Korridor ist Teil eines Fluchttunnelsystems. Es *muss* einen Weg hier raus geben, im Falle einer Katastrophe."

"Apropos Katastrophe", sagte Luke, "hast du eine Ahnung, was im Inneren der Anlage passiert ist? Es muss ja ganz schön verheerend sein, so, wie Dinostrio und seine Männer die Flucht ergriffen haben."

"Du hast grünweiße Flammen gesehen, sagst du?", wiederholte Miguel, was Luke ihm vorhin erzählt hatte.

"Exakt."

"Ein Gasunfall im Labor, schätze ich."

"Hier unten gibt es Labore? Für welchen Zweck?"

"Ich bin mir nicht sicher, ob du das wissen willst", entgegnete Miguel vielsagend.

Plötzlich stoppte Luke und drehte sich zu Miguel, der ihn überrascht ansah.

"Was ist los? Wir müssen weiter und ..."

"Du und deine Männer, ihr habt mich hier festgehalten und mich als Pfand für Karla benutzt. Natürlich will ich wissen, was ihr hier unten treibt, fernab der Öffentlichkeit."

Miguel seufzte. Ihm schien klar zu sein, dass Luke äußerst nachdrücklich sein konnte. Schließlich hatte Miguel gesehen, wozu er mit seinem Kampfgeschick in der Lage war.

"Experimente an ... Menschen", sagte er.

"Was für Experimente?"

"Luke, wenn du unser Ziel kennen würdest, dann würdest du ..."

Der Spezialagent ging einen entschlossenen Schritt auf Miguel zu und tippte ihm auf die Brust.

"Du sagst mir jetzt auf der Stelle, was ihr verbrochen habt, oder *mein* nächstes Ziel lautet, *dich* zu neutralisieren."

Miguel schluckte, Schweiß stand ihm wieder auf der Stirn, die ganze Sache schien ihn ziemlich zu belasten.

"Ich ... war selbst nicht in die Experimente involviert, sondern ab und zu nur als Wachdienst eingeteilt."

"Schon klar, niemand ist verantwortlich, am wenigsten du. Du hast nur deinen Job gemacht."

"Hey", protestierte Miguel, "in den Laboren schlichen Typen die Gänge entlang, die einen das Fürchten lehren. Wenn die auch nur den Verdacht gehabt hätten, dass ich meine Klappe nicht halten kann, hätten die mich ganz schnell auf den Seziertisch geschnallt.

"Du sprichst von den Männern in den schwarzen Anzügen."

Miguel nickte.

"Wer sind diese Kerle?"

"Das ist die falsche Frage", sagte der junge Soldat. "Nicht *wer*, sondern *was*."

Luke verstand nicht. Konnte Miguel sich nicht weniger kryptisch ausdrücken?

"Diese ... Dinger sind keine Menschen wie du und ich."

"Sondern?"

"Verbesserte Versionen, wenn man so will."

Miguel sagte diese Worte mit Abscheu in der Stimme, was Luke nicht entgangen war.

"Dinostrio hat sie aus weltweiten Kadern von Spezialeinheiten rekrutiert."

"Also doch Männer wie ich", sagte Luke nachdenklich.

Miguel schüttelte den Kopf und sagte: "Diese Männer haben sich für den Test eines riskanten Programmes bereiterklärt. Ein gewagtes medizinisches Experiment, bei dem den Probanden bestimmte Wirkstoffe injiziert wurden."

"Wirkstoffe?"

"Was weiß ich, was in dem Zeug drin war?"

"Gut für die Gesichtsfarbe war's jedenfalls nicht", sagte Luke, der sich an die blasse, fast schon bleiche Haut der unheimlichen Männer in den schwarzen Anzügen erinnern konnte.

"Es wurden auch Operationen vorgenommen. Die Stimmen der Probanden klangen danach alle gleich blechern. Das ist schon verstörend, oder?"

"Soll das heißen, dass diese Kerle zu Supersoldaten hochgezüchtet wurden?"

"Das ist zwar nicht der Ausdruck, den die Wissenschaftler im Labor benutzt haben, aber ja, ich denke, so kann man die nennen. Unsterblich sind die Jungs nicht, aber die können verdammt viel einstecken. Und sie sind in so ziemlich jeder Nah- und Fernkampfwaffe trainiert, die man sich vorstellen kann. Meine Kameraden und ich nennen sie die *Blechmänner*, wir gehen ihnen aus dem Weg so gut es geht."

"Die Experimente an den Blechmännern ... das waren nicht die Experimente, die du eigentlich meintest", sagte Luke, der Miguels Blick genau beobachtet hatte.

"Gut erkannt", sagte Miguel. "Es gibt weitere Experimente an Menschen, zur Erforschung der Psi-Kraft."

"Der was?"

Plötzlich hörten die Männer Gebrüll, das näherzukommen schien.

Miguel sah Luke ernst an und sagte: "Hör mir gut zu, ich erzähle dir alles, was du wissen willst, du hast mein Wort darauf. Aber das mache ich erst, wenn wir an einem sicheren Ort sind. Bring uns hier raus, dann erfährst du von den Geheimnissen dieser Anlage."

"Bevor wir abhauen, müssen wir Karla finden."

"Eins nach dem anderen", sagte Miguel. "Die Soldaten sind uns auf den Fersen. Wir müssen weiter auf Ebene 1, dort befindet sich nicht nur der Ausgang, sondern ganz in der Nähe auch die Waffenkammer."

"Da können wir uns eindecken und zurückschlagen", sagte Luke mit aufkommender Begeisterung.

"Wenn ich deine Euphorie dämpfen darf", sagte Miguel und räusperte sich. "Selbst wenn wir uns bis an die Zähne bewaffnen, haben wir es immer noch mit den hoch technisierten Blechmännern zu tun, schon vergessen?"

"Nein", sagte Luke bitter. "Natürlich nicht."

"Los jetzt", sagte Miguel. "Uns rennt die Zeit davon."

Luke nickte, dann liefen die beiden Männer weiter.

36

GEHEIME ANLAGE

"Vorsicht."

Luke und Miguel hatten es auf Ebene 1 geschafft, wie Miguel richtig vermutet hatte.

Jetzt versteckten sie sich hinter einer Wand, Luke hatte um die Ecke gespäht und zwei schwarz uniformierte Soldaten gesehen, die Wache schoben und sich miteinander unterhielten.

"Weißt du, was da unten passiert ist?", fragte der eine Soldat den anderen.

"Die Explosionen? Nichts Genaues. Muss aber was ziemlich Übles sein, wenn der Boss und seine Elite-Leibwächter mit dem Heli verschwinden.

Luke wandte sich zu Miguel und flüsterte: "Dinostrio ist weg."

Miguel sah ihn daraufhin ungläubig an, Luke drehte sich wieder um und spitzte die Ohren, um dem Gespräch der Soldaten weiter zu lauschen.

"Toll, dass man uns nicht gesagt hat, was hier eigentlich abgeht", sagte einer der Männer.

"War das jemals anders?", fragte der andere seufzend. "Du weißt, wie es läuft. Du und ich, wir sind nur kleine Rädchen im Getriebe. Das große Ganze kennen nur der Boss und seine engsten Vertrauten."

"Mag ja sein", sagte der Mann. "Aber uns kann man nicht ewig abspeisen. Die müssen mir schon was bieten, damit ich bleibe."

Der andere Soldat lachte.

"Komm schon", sagte er spöttisch, "du hast dein Dasein in einem Rattennest gefristet, bevor sie dich angeheuert haben."

"Vorher war ich jahrelang bei der Army", sagte der Soldat empört.

"Mag ja sein. Aber nach deiner unehrenhaften Entlassung hättest du nie wieder irgendwo anders so gut verdient wie hier."

"Die unehrenhafte Entlassung ... ich kann nichts dafür."

Wieder seufzte der Soldat und sagte in genervtem Tonfall: "Du kommst mir jetzt aber nicht wieder mit dieser Geschichte, dass man dir das Koks, das man unter deinem Kopfkissen gefunden hat, untergeschoben hat, oder?"

"So war es aber!"

"Ach komm schon!"

"Muss ich es wirklich nochmal sagen?"

"Tu, was du nicht lassen kannst."

"Der Major, unter dem ich gedient habe, war ein rassistisches Arschloch. Er hat immer wieder davon gefaselt, dass er eine *weiße Einheit* unter sich haben will."

"Und du denkst, er wollte dich loswerden, weil du schwarz bist?"

"Das denke ich nicht nur", sagte der Soldat verärgert. "Das weiß ich."

"Wie dem auch sei", sagte sein Kamerad, "jetzt bist du hier mit mir und bewachst eine Anlage, die jeden Augenblick explodieren kann."

"Haltet die Stellung Männer", äffte einer der Soldaten offenbar Dinostrio nach, woraufhin sein Kamerad lachte.

"Der Boss macht sich aus dem Staub und uns fliegt der Laden um die Ohren."

"Ich hoffe nur, dass nicht noch weitere Personen aus dem Gebäude kommen. Ich will niemanden töten."

"Befehl ist Befehl", sagte der andere Mann und Luke fand, dass er unheimlich kalt und hartherzig dabei klang.

"Du würdest wirklich auf deine eigenen Leute schießen?"

Plötzlich hörte Luke ein metallisches Schnappen, wie es üblicherweise vorkommt, wenn man ein Gewehr durchlädt.

"Das sind nicht meine Leute. Sondern Soldaten, die zu viel wissen."

"Eben, es sind Soldaten", erwiderte der Kamerad nachdenklich. "Die können wir doch nicht einfach abknallen wie Tontauben."

"Und was meinst du würden diese Soldaten mit uns tun, wenn die Seiten vertauscht wären? Nein, der Befehl des Bosses war eindeutig. Niemand verlässt diese Anlage lebend."

Das dürfte uns wohl einschließen, dachte Luke.

"Wir müssen es trotzdem versuchen", flüsterte der Spezialagent vor sich hin. Dann wandte er sich an Miguel und sagte: "Ich bin dein Gefangener."

"Wie bitte? Was?", fragte Miguel irritiert.

Luke deutete auf Miguels Pistole, die in seinem Holster steckte.

"Wie gut kannst du damit umgehen?"

"Ich ... denke, dass ich ganz gut damit bin", sagte Miguel, während er ungläubig zu seiner Waffe und dann wieder zu Luke schaute. "Hab schon als Jugendlicher schießen geübt. Was ist?"

Luke sah ihn skeptisch an.

"Gib mir deine Waffe."

"Was? Nein!", sagte Miguel empört.

"Mach schon, die Uhr tickt."

Jetzt war es Miguel, der zögerte, dann aber zog er die Waffe aus dem Holster und gab sie Luke. Der lud sie durch und drehte sich nun von Miguel weg, die Hände mit der Waffe darin hinter seinem Rücken verschränkt.

"Los geht's."

Miguel näherte sich Luke, stand jetzt hinter ihm und sagte: "Die werden den Bluff bemerken."

"Das ist unsere einzige Chance. Oder hast du eine bessere Idee?"

"Nein", sagte Miguel, "aber was ist, wenn ..."

Weiter kam Miguel nicht, in einer blitzschnellen Bewegung war Luke aufgesprungen und hinter der Wand hervorgeprescht.

Miguel war es gerade so noch gelungen, an Luke dranzubleiben, zusammen liefen sie nun auf die beiden Soldaten zu, Luke in der gebeugten Haltung eines Gefangenen, Miguel, dem das Herz bis zum Hals schlug, dahinter.

"Hey, was macht ihr hier?", fragte einer der Soldaten.

Die beiden Männer hatten sie im Bruchteil einer Sekunde bemerkt.

"Dinostrio", sagte Miguel, bemüht darum, seine Stimme trotz der Aufregung fest und entschlossen klingen zu lassen. "Er hat mich ebenfalls für Ebene 1 eingeteilt, ich soll hier Wache schieben und jeden aufhalten, der auf dieser Ebene landet."

"Dinostrio sagst du?", fragte der andere Mann verunsichert. "Aber er hat uns doch gesagt, dass wir die einzigen hier oben sind, die ..."

"Ich komme direkt aus den Laboren, da war ich, bevor Dinostrio mich hier eingeteilt hat."

"Die Labore auf Ebene 4?", fragte der andere Soldat.

"Genau die."

"Ist ja der Wahnsinn", staunte er.

"Du musst mich und meinen Kameraden verstehen", sagte der Soldat. "Wir haben bisher nur von den Laboren nur gehört, als Mythos. Als wir die Wissenschaftler gesehen haben, die kurz vor Dinostrio aus dem Gebäude geflohen sind, haben wir gewusst, dass das Gerücht stimmt."

"Ist der da auch aus dem Labor?", fragte der andere Soldat und deutete mit seinem Gewehr auf Luke.

"Ganz recht", sagte Miguel, nun mit etwas mehr Selbstvertrauen in der Stimme. "Subjekt 3F24A. Hat versucht, sich im allgemeinen Chaos davonzustehlen."

"Was ist da unten passiert?"

"Ein schwerer Unfall, ich weiß auch nichts Genaues. Aber es gibt heftige Explosionen, ich hoffe, die Brandschutzanlage hält durch."

"Egal", sagte einer der Soldaten, dem eine Narbe über das Gesicht verlief. "Lass uns ein bisschen Spaß mit dem Gefangenen haben."

"Ja", sagte sein Kollege mit teuflischem Grinsen. "Lass uns mal nachsehen, was sie mit diesem Testsubjekt gemacht haben. Vielleicht haben sie dem Kerl ja Implantate eingesetzt, die wir rausschneiden und auf dem Schwarzmarkt verkaufen ..."

Dann geschah alles in wenigen Augenblicken.

Lukes Arme schnellten nach vorn, und mit ihnen die Pistole, die er zuerst auf den Soldaten links richtete. Der Soldat wollte sein Gewehr heben, das er in den Händen hielt, doch dazu kam er nicht mehr.

Luke schoss, die Pistolenkugel traf den Soldaten direkt zwischen die Augen, woraufhin er zu Boden ging. Entsetzt und starr vor Schreck schaute der zweite Soldat zu Luke, der ihn daraufhin ebenfalls mit einem gezielten Schuss niederstreckte.

"Wow", sagte Miguel in Anerkennung von Lukes Schießkünsten.

"Hier", sagte der Agent und gab Miguel seine Pistole zurück, der sie verdattert in sein Holster steckte.

Luke war jetzt bei einem der beiden Männer und nahm ihm das Sturmgewehr aus den toten Händen.

Endlich eine vernünftige Waffe, dachte Luke, während er das Gewehr durchlud. Dann zog er den Riemen des Gewehrs über seine Schulter und begann damit, die Uniform des Mannes zu durchsuchen.

Miguel tat das Gleiche beim anderen Toten.

"Ich hab sie", sagte Miguel und meinte damit die Zugangskarte zur Waffenkammer.

37

GEHEIME ANLAGE

Bereit?", fragte Luke.

" Er und Miguel hatten sich in der Waffenkammer eingedeckt, mit allem, was sich gebrauchen ließ.

Munition, Granaten, Feldrationen.

„Ich denke schon", sagte Miguel, doch in seinem Blick sah Luke Angst.

„Warum hilfst du mir?", fragte er den jungen Soldaten.

Miguel seufzte, schien um Worte zu ringen.

„Ehrliche Antwort?"

„Immer", ermutigte Luke ihn.

„Weil es das Richtige ist."

Luke nickte und sagte: „Dann los. Holen wir Karla aus dieser elenden Anlage raus."

Die beiden Männer stürmten zurück zu jenem Flur, aus dem sie beide gekommen waren. Gerade waren sie an der Tür zum

Treppenhaus angelangt, da hörten sie plötzlich ein Klicken hinter sich.

„Keine Bewegung", erklang eine Frauenstimme.

Karla!, schoss es Luke durch den Kopf und er wollte sich schon freudig umdrehen, als die Stimme die Drohung verschärfte: „Ich sagte, ihr sollt euch nicht bewegen. Keiner von euch, oder ich drücke ab."

Offenbar war das metallische Klicken von einer Waffen gekommen, Luke vermutete eine Pistole.

„Karla, ich bin es, Luke."

Doch Karla schwieg.

Irgendetwas schien mit ihr passiert zu sein, ihre Stimme hatte merkwürdig geklungen, fand er.

„Klar ... Luke", wiederholte sie misstrauisch. „Das kaufe ich dir nicht ab. Der echte Luke würde nie mit einem dieser Schergen gemeinsame Sache machen."

In diesem Augenblick dämmerte Luke, was Karla meinte. Er war mit Miguel unterwegs, doch für Karla war der Mann nichts anderes als einer der schwarz uniformierten Soldaten, die sie und Luke hier unten gefangengehalten hatten. Er konnte es ihr nicht verübeln, schließlich wusste Karla nichts von der gemeinsamen Flucht, die Luke und Miguel bestritten.

„Karla, hör mir zu, wir haben nach dir gesucht, Miguel hilft mir dabei, dich zu retten." Luke spürte, wie seine Worte sich überschlugen und wie verzweifelt es klang, was er Karla da zu erzählen versuchte. „Er ist anders als die anderen Soldaten, er ...“

„Ruhe!“, rief Karla wütend, anhand ihrer Schritte konnte Luke hören, dass sie näherkam.

Plötzlich spürte Luke das kalte Metall eines Pistolenlaufs in seinem Nacken.

„Du ... du bist ein Experiment, eine geklonte Version von Luke oder so etwas in der Art.“

„Karla, du reimst dir da etwas zusammen, eine völlig bizarre Geschichte.“

„Ich weiß, was ich gesehen habe!“, sagte sie mit bebender Stimme, zwischen ihren Worten hörte Luke tiefe, heftige Atemzüge.

„Du hyperventilierst. Du musst dich beruhigen.“

Luke bemühte sich, auch in dieser prekären, schwierigen Lage ruhig mit Karla zu sprechen, was leichter gesagt als getan war.

Aber nur so hatte er eine Chance, zu ihr durchzudringen.

„Was, wenn ich abdrücke, hm? Durchkreuze ich dann damit Dinostrios perfiden Plan, wie auch immer der aussehen mag?“

Luke schloss die Augen, überlegte, was er als nächstes sagen konnte, um das Blatt zu wenden, um Karla dabei zu helfen, die Dinge klarer zu sehen.

„Das genaue Gegenteil würde passieren“, mischte Miguel sich plötzlich ein. „Dinostrio will uns alle tot sehen. Jetzt, wo die Anlage in sich zusammenfällt, sollen wir unter den Trümmern begraben werden. Es ist ein Wunder, dass wir drei es überhaupt herausgeschafft haben."

„Ein Wunder, klar", sagte Karla zynisch. „Oder einfach nur ein abgekartetes Spiel."

"Was es auch ist, das unser Überleben gesichert hat", sagte Luke, „wir sind am Leben, das ist alles, was zählt."

Plötzlich erklang ein ohrenbetäubender Knall.

„Scheiße!", fluchte Miguel, „wir müssen hier weg!"

„Nicht so schnell", sagte Karla und Luke spürte, wie sie dabei die Mündung der Pistole fester in seinen Nacken drückte. „Erst will ich wissen, wie ihr euch ausstatten konntet, als würdet ihr in einen Krieg ziehen. Woher habt ihr die ganze Ausrüstung?"

„Aus der Waffenkammer für die Soldaten", sagte Luke, nach wie vor um Ruhe bemüht, wenngleich er sich ziemlich nervös fühlte, angesichts der Lage, dass eine unberechenbare, zu allem bereite Karla ihn mit einer Waffe bedrohte. „Miguel hat mir dabei geholfen, wir haben zwei Soldaten überwältigt und uns die Zugangskarte von ihnen geholt."

„Ich habe die beiden toten Kerle gesehen", sagte Karla, die zu Lukes Erleichterung nun etwas ruhiger klang. „Miguel scheint also dein neuer bester Freund zu sein."

„Angenehm", erwiderte Miguel in sarkastischem Tonfall. „Ich kann mir auch nichts Schöneres vorstellen, als ein Kaffeekränzchen mit euch beiden abzuhalten. Aber ich schlage vor, wir fliehen erst einmal von diesem Gelände, sonst werden wir nämlich nie wieder eine Tasse Kaffee trinken können."

Karla senkte nun die Waffe, woraufhin Luke sich vorsichtig zu ihr drehte und ihr in die erschöpft dreinblickenden, mit Tränen gefüllten Augen sah.

„Ich will, dass diese verdammte Anlage dem Erdboden gleichgemacht wird."

„Miguel?", fragte Luke seinen Begleiter.

„Durchs Treppenhaus können wir jedenfalls nicht, da werden wir gegrillt", sagte er ernst. „Aber das müssen wir auch gar nicht."

„Sondern?", fragte Luke aufmerksam.

Miguel lächelte verwegen und antwortete: „Wir haben C4. Zwei Päckchen davon an neuralgischen Punkten platziert, und die Bude fliegt in die Luft."

„Welche neuralgischen Punkte schweben dir vor?"

„Das Treibstofflager und ein Munitionsdepot für schwere Waffe."

„Mein Gott", hauchte Karla, „wolltet ihr euch hier drinnen für den dritten Weltkrieg rüsten?"

Miguels Schweigen anstelle einer Antwort machte deutlich, dass Karla mit ihrer Bemerkung wohl keineswegs übertrieben hatte.

„Wir haben uns auf alle möglichen Eventualitäten vorbereitet. So auch darauf, dass wir uns im Kriegsfall zur Wehr setzen, unter der Erde weiter funktionieren und mit dem Krisenstab in Kontakt bleiben können."

Miguel blickte mit zusammengekniffenen Augen erst zu Luke, dann zu Karla.

„Mit einer durchgeknallten Ex-Kriminalkommissarin und einem dubiosen Spezialagenten haben wir aber nicht gerechnet. Jedenfalls nicht damit, dass ihr beide die Anlage von innen heraus zerstört."

„Karla?", fragte Luke.

Er sah der jungen Frau an, dass sie offenbar etwas wusste, was sie den beiden Männern noch nicht mitgeteilt hatte.

„Komm schon, was ist los?"

„Ich hatte Hilfe", sagte Karla, „von einem Mann namens Thanatos."

„Thanatos", wiederholte Miguel.

„Schon mal von ihm gehört?"

Miguel schüttelte den Kopf.

„Nein, der Name sagt mir nichts. Er hat dir geholfen, sagst du?"

„Ja, er hat mit mir gesprochen, über ein Implantat in meinem Ohr."

Die beiden Männer sahen sich fragend an.

„Ich weiß, wie verrückt das klingt, glaubt mir. Aber so war es. Außerdem schien er die Anlage zu kennen und Sicherheitssysteme überbrücken zu können."

„Das ist unmöglich", sagte Miguel. „Die Anlage wurde nach höchsten Sicherheitsstandards konzipiert und gebaut."

„Und doch ist es passiert. Glaubt ihr allen Ernstes, ich hätte mich allein bis hierher durchschlagen können?"

„Was ist im Labor passiert, Karla? Was ist da geschehen?"

„Grauenhaftes. Aber das erzähle ich, wenn wir in Sicherheit sind. Vorher aber zerstören wir diese Hölle auf Erden."

Die Männer nickten, Miguel nahm eines der C4-Päckchen und warf es zu Karla, die es mit einem Ausstoß des Entsetzens auffing.

„Hey, das sind keine Küchenrollen, die du mir da zugeworfen hast!", sagte sie empört. „Willst du, dass wir in die Luft fliegen?"

„Ist doch gutgegangen", sagte Miguel trocken und mit dem Ansatz eines Lächelns.

Luke konnte sich nicht helfen, er mochte seinen Kompagnon, der ihn mit seiner draufgängerischen Art an ihn selbst erinnerte.

„Wir teilen uns auf", sagte Miguel. „Ich gehe zum Arsenal für schwere Waffen, Karla begibt sich zum Treibstofflager. Dort bringen wir die C4-Ladungen an."

„Wo genau?", wollte Karla wissen.

„Du klebst das C4 an einen der Tanks, du kannst sie nicht übersehen. Sobald es dran ist und du den Zünder aktiviert hast, nimmst du die Beine in die Hand."

„Und was mache ich?", fragte Luke.

"Du hältst uns den Rücken frei, falls von irgendwoher Soldaten auftauchen."

"Okay", sagte Luke, nickte entschlossen und lud seine Waffe durch.

Dann teilte sich das ungleiche Team auf.

38

BERLIN-MITTE, HOTEL DE ROME

"Es muss eine andere Erklärung geben", sagte Bernhardt Meyer, der sich nervös auf die Lippe biss.

"Ich kann verstehen, dass Sie sich das wünschen", sagte Dinostrio, und zupfte sich dabei am Hemdkragen. "Und trotzdem hat es sich genauso zugetragen, wie ich es geschildert habe."

Dinostrio hatte sich umgezogen, bevor der Termin mit Meyer begonnen hatte, er trug nun einen schwarzen Nadelstreifenanzug mit weißem Hemd und dunkelroter Krawatte.

Der Kalif hingegen saß eingehüllt in weißem Leinen auf einem Thron, bewacht von zwei Elitegardisten, die mit goldenen Maschinenpistolen bewaffnet waren. Niemand kannte den Namen des Mannes, er durfte ausschließlich mit *Kalif* oder *Mein Kalif* angesprochen werden. Dinostrio hatte Männer gesehen, denen die Zungen herausgeschnitten wurden, weil sie willentlich oder unwillentlich gegen diese Regel verstoßen hatten. Da machten der Kalif und seine Leibgarde keinen Unterschied.

"Was haben Sie dazu zu sagen?"

Meyer saß Dinostrio mit hochrotem Kopf gegenüber und schluckte.

Er wusste, worum es hier ging.

Worum es immer ging, wenn der Kalif sich zeigte.

Um Leben oder Tod.

"Ich ... mein Kalif, ich habe alles getan, was in meiner Macht ..."

Der Kalif hob den mit einem goldenen Ring geschmückten, ausgestreckten Zeigefinger, woraufhin Meyer verstummte.

"Siehst du", sagte der Kalif ruhig, "da liegt dein Fehler."

Meyer schluckte ein weiteres Mal, seine Augen wirkten auf Dinostrio schreckgeweitet, der Blick ängstlich.

"Allah gehört die Herrschaft des Himmels und der Erde und dessen, was dazwischen ist. Er erschafft, was er will. Und Allah hat zu allem die Macht."

"Sure 5, Vers 17", sagte Meyer mit angespannter Stimme.

Der Kalif schüttelte bedächtig den Kopf.

"Wenn du die Worte des Propheten kennst, warum missachtest du sie dann?"

"Was? Nein, mein Kalif, ich habe stets nach Auftrag gehandelt! Dass Karla Schmitz entkam, hat damit zu tun, dass ..."

Der Kalif hielt Meyer die flache Hand entgegen, eine Geste, die noch eindeutiger war als der in die Höhe gestreckte Zeigefinger zuvor.

Die Luft hier in dieser Luxussuite war zum Schneiden dick, das spürte Dinostrio deutlich. Und natürlich konnte er Meyers Angst verstehen, schließlich war Meyers Versagen der Grund, weshalb sie sich hier trafen, im Geheimen und Verborgenen.

Die Spezialsoldaten des Kalifen hatten das Zimmer auf Abhörwanzen überprüft, es schien sauber zu sein.

"Du hast nicht auf Allah vertraut", sagte der Kalif ernst. "Wenn du das getan hättest, wäre Karla Schmitz nicht entkommen."

"Bitte", hauchte Meyer mit bebenden Lippen.

Dann ging er vor dem Kalif auf die Knie und berührte dessen Gewand, womit er einen weiteren schweren Fehler beging. Niemandem war es erlaubt, die Kleidung des Kalifen zu berühren, bis auf seine engsten Diener und seine Frauen. Doch auch für diese Personen gab es strenge Regeln.

"Lass mich los", sagte der Kalif mit einer Ruhe, die Dinostrio einen kalten Schauer über den Rücken jagte.

Wimmernd kniete Meyer nieder und senkte den Kopf, der sich nun direkt vor den rotbraunen Krokodillederschuhen des Kalifen befand.

"Bitte, mein Kalif, ich flehe Euch an. Gebt mir eine Chance, meinen Namen reinzuwaschen. Ich werde gleich nach unserem Gespräch aufbrechen und dieses Miststück finden. Ich werde

Karla foltern, bis sie alles erzählt, dann werde ich sie steinigen, wie es sich für eine solche Ungläubige gehört. Ihren unreinen Leichnam werde ich in einem Fluss entsorgen, mein Kalif, ich weiß auch schon wo! Bitte verzeiht mir, ich werde alles tun, was Ihr verlangt."

Dinostrio hatte bemerkt, wie sich Meyers Worte regelrecht überschlugen, im Versuch, den Kalifen zu besänftigen. Ob das gelingen würde?

"Vor mir musst du dich nicht rechtfertigen, Bruder Bernhardt", sagte der Kalif mit derselben Ruhe, die Dinostrio vorhin bereits zum Erschaudern gebracht hatte.

Meyer hob den Kopf und sah hoffnungsfroh zum Kalifen auf.

"Ich danke euch, mein Kalif, ich wusste dass Ihr ein gütiger, verständnisvoller Herr seid."

Adrenalin und Endorphine schienen derart durch Meyers Körper zu jagen, dass er nicht zu bemerken schien, wie der Kalif seine Hand zur Seite streckte und eine goldene Pistole von einem seiner Soldaten entgegennahm.

"Ich werde gleich damit beginnen, Karla zu suchen, mein Auto steht unten in der Tiefgarage und ..."

"Bruder Dinostrio", sagte Kalif plötzlich. "Reiche mir ein Kissen, hinter dir, vom Bett."

Dinostrio stand auf, eilte zum noblen, ausladenden Doppelbett, nahm ein Kissen und gab es dem Kalifen, wie er es verlangt hatte.

Mit ungläubigem Blick sah Meyer den Kalifen an, während der ihm das Kissen sanft an das Gesicht presste, lächelte und sagte: "Du trittst jetzt deinem Schöpfer gegenüber. Er wird dich richten."

Dann schoss der Kalif, woraufhin Meyers Kopf zur Seite flog, gefolgt von seinem Körper.

Das Kopfkissen hatte den Schall des Schusses gedämpft, eine bedrückende Stille breitete sich nun im Zimmer aus.

Dinostrio drehte sich der Magen um, während er die Blutlache beobachtete, die sich unter Bernhard Meyers Kopf auf dem Parkettboden ausbreitete.

"Entsorgt die Leiche", sagte der Kalif zu seinen Elitesoldaten. "Und lasst seinen Wagen aus der Tiefgarage verschwinden. Wir können die Aufmerksamkeit der hiesigen Polizei nicht gebrauchen."

Jetzt war es Dinostrio, der nervös wurde, dessen Puls stieg.

Dass Meyer seine Strafe bekommen würde, war für ihn klar gewesen.

Doch warum hielt der Kalif noch immer die goldene Pistole in der Hand?

Dinostrio kam ein übler Verdacht.

"Die Sache in Rumänien war unschön, aber verkraftbar. Der Verlust unserer geheimen Top-Anlage hingegen ist ein herber Rückschlag", sagte der Kalif plötzlich.

In diesem Augenblick begriff Dinostrio, dass es jetzt um sein Leben ging, nachdem Meyer seines verloren hatte.

"Das ist wahr", sagte Dinostrio, der sich im Raum umsah, auf der Suche nach einer Waffe, die er einsetzen konnte.

Doch bis auf eine massive Stehlampe fand sich nichts, obendrein stand die in einer Ecke am anderen Ende des Raumes.

Wenn Dinostrio versucht hätte, zu dieser Lampe zu gelangen, wäre er auf halber Strecke von Kugeln durchsiebt worden.

Er überlegte, ob er es ohne Waffe, durch bloßen Nahkampf, schaffen würde, sich aus seiner misslichen Lage zu befreien.

Einen Soldaten würde er ausschalten können, vielleicht auch einen zweiten, oder sogar den Kalifen selbst. Aber alle drei rechtzeitig, bevor ein Schuss auf ihn abgefeuert worden wäre? Das hielt Dinostrio für ausgeschlossen. Die beiden Elite-Leibwachen waren mit Sicherheit kampferfahren, für seinen persönlichen Schutz holte der Kalif sich nur die Besten der Besten. Also verwarf Dinostrio den kühnen Plan und hoffte, sich durch Rhetorik oder durch die Gnade des Kalifen retten zu können.

Vielleicht auch durch beides.

"Meine Soldaten stehen draußen vor der Tür", sagte Dinostrio.

Der Kalif lachte kurz auf, es war eindeutig ein Lachen, das Überlegenheit ausstrahlte.

"Ist das so?"

Wieder fuhr Dinostrio ein kalter Schauer über den Rücken.

Die Bemerkung des Kalifen war unmissverständlich für ihn.

Deine Soldaten sind längst tot, lautete die Botschaft.

"Was wollt Ihr von mir, mein Kalif?", fragte Dinostrio, um Festigkeit in der Stimme bemüht, was angesichts seines bevorstehenden Todes schwierig war.

"Karla Schmitz ist eine wirklich außergewöhnliche Frau, findest du nicht, Bruder Dinostrio?"

"Ohne jeden Zweifel ist sie das."

Mit Entsetzen sah Dinostrio nun, wie die Pistole in der Hand des Kalifen in seine Richtung wanderte.

Dinostrio sah jetzt in den Lauf der Waffe, der Kalif spannte den Hahn.

"Und ihr Begleiter ... wie hieß er noch gleich?"

"Luke", sagte Dinostrio nervös, "Luke Stonebridge. Das ist aber nur sein Deckname, er heißt in Wahrheit .."

"Ah ja, bei diesen Geheimdienstleuten weiß man ja nie", unterbrach der Kalif.

"Stimmt", sagte Dinostrio vorsichtig.

"Meine Informanten beim Geheimdienst haben mir gesagt, dass der Mann in einer Art Spezialeinheit dient, streng geheim."

Das hätte ich dir auch sagen können, dachte Dinostrio, sparte sich aber einen entsprechenden Kommentar, da er es für eine schlechte Idee hielt, den Kalifen in dieser angespannten Lage zu provozieren.

"Er und Karla Schmitz sind also aus der Anlage entkommen. Wird sie je wieder funktionstüchtig sein?"

"Ich ...", sagte Dinostrio und zupfte sich dabei am Hemdkragen. "Meine Männer und ich werden den Schaden vor Ort begutachten müssen, aber ich kann Euch versichern, mein Kalif, dass wir Reparaturen durchführen werden und die Anlage schnellstmöglich ihren Betrieb wieder aufnehmen wird."

Der Kalif lachte kurz auf, mit derselben Süffisanz, wie er es zuvor bei Meyer getan hatte.

Bevor er ihm eine Kugel in den Kopf gejagt hatte.

Er schnippte mit dem Finger, woraufhin sich einer der beiden Elite-Soldaten zu ihm hinunterbeugte, ohne Dinostrio jedoch für den Bruchteil einer Sekunde aus den Augen zu lassen.

Der Kalif flüsterte dem Mann etwas zu, woraufhin er einen Gegenstand aus der nahe gelegenen Lederaktentasche holte.

Wie Dinostrio nun erkennen konnte, handelte es sich um ein Tablet.

Der Kalif tippte ein paar Mal auf dem Bildschirm, dann drehte er das Tablet zu Dinostrio.

Zu sehen war eine Videoaufnahme aus der Vogelperspektive, aufgenommen von einer Drohne, wie Dinostrio vermutete. Sofort erkannte er das Gelände, über das er und der Kalif eben noch gesprochen hatten.

"Die Anlage", keuchte Dinostrio. "Mein Kalif, ich bin untröstlich, aber wir werden ..."

"Warte", sagte der Kalif. "Sieh weiter."

Anhand des Zeitstempels in der Ecke des Bildschirms erkannte Dinostrio, dass die Aufnahmen etwa eine Stunde alt waren.

"Was zum ...", sagte Dinostrio, als er drei Punkte sah, die sich schnell aus der Anlage herausbewegten.

Drei Menschen, die es Stunden nach seiner Flucht lebendig herausgeschafft hatten.

"Das ist unmöglich", sagte Dinostrio.

Der Kalif schüttelte bedächtig den Kopf.

"Du klingst jetzt wie Bruder Bernhardt. Das ist keine gute Idee."

"Mein Kalif ..."

Dinostrio beugte sich nach vorn und versuchte, seinen Worten mit Gesten Nachdruck zu verleihen.

"Mein Kalif, diese drei ... Subjekte werde ich finden und aufspüren. Ich werde gleich einen Todesschwadron in der Nähe aktivieren, eine Schläferzelle, die ..."

"Keinen Todesschwadron", winkte der Kalif ab. "Sieh weiter auf den Bildschirm."

Dinostrio verstand nicht. Warum wollte der Alte, dass er sich weitere Videoaufnahmen anschaute, wenn die Zeit drängte? Mit jeder Sekunde, die verstrich, konnten das Trio, unter dem Dinostrio Schmitz und Stonebridge vermutete, weiter flüchten, wo auch immer sie hin wollten.

Plötzlich sah er etwas, das ihn entsetzt aufschreien ließ.

39

UNBEKANNTER ORT, WÜSTE

"Wann geht es los?", fragte Karla, die zusammen mit Luke und Miguel in einem Land Rover saß, der aus dem Fuhrpark der Anlage stammte.

Sie hatten auf einer Anhöhe gehalten und blickten nun auf jenen Gebäudekomplex herunter, in dem sie beinahe ihr Leben verloren hätten.

"Moment", sagte Miguel und schaute auf seine schwarze Fliegeruhr. "T minus zehn."

"Sind wir auch weit genug von der Explosion entfernt?", wollte Luke wissen.

"Na ja", antwortete Miguel, "ich spreng nicht jeden Tag Geheimanlagen mit C4 in die Luft."

"Vielleicht sollten wir zurücksetzen, hinter die Düne fahren, um uns zu schützen."

"Dafür ist es jetzt zu spät", sagte Karla entschlossen. "Außerdem will ich sehen, wie das verdammte Ding in die Luft fliegt."

"Fünf", zählte Miguel herunter, "vier, drei, zwei, eins."

Es verging ein quälender Moment der Stille, in dem die Anlage regelrecht friedlich aussah, wie Karla fand.

Dann erklangen dumpfe Geräusche, Explosionen. Feuerbälle stiegen auf, wie Karla sie noch nie zuvor mit eigenen Augen gesehen hatte, das Feuer war gelb, orange, violett, grün und weiß, ein Farbspektakel der Zerstörung, das sie gleichermaßen faszinierte wie auch ängstigte.

Plötzlich spürte sie eine Druckwelle, die durch den Wagen und durch ihren Körper jagte.

Es fühlte sich an, als würden ihre Muskeln und Knochen in Sekundenbruchteilen zerfetzt werden, und für einen kurzen Augenblick schien ein tonnenschweres Gewicht auf ihrer Brust zu liegen, das ihr das Atmen unmöglich machte.

Zum Glück war die Druckwelle so schnell wieder weg, wie sie gekommen war, und ihr Körper noch heil und unversehrt, wie sie bemerkte, als sie an sich hinunterblickte.

Staunend hob sie wieder ihren Kopf und sah dabei zu, wie die Anlage in einem Flammenmeer versank.

40

UNBEKANNTER ORT, WÜSTE

"Unglaublich", sagte Miguel, der zusammen mit Luke und Karla den Niedergang der Anlage beobachtete. "Es hat eine gewisse ... Schönheit."

"Ansichtssache", kommentierte Luke trocken.

"Über fünf Jahre habe ich in diesem Gebäudekomplex gearbeitet, manchmal mehrere Wochen darin verbracht. Und wofür? Hätte ich gewusst, worauf ich mich da eingelassen habe ... heute würde ich mich anders entscheiden."

"Fahren wir ein Stück", sagte Luke plötzlich.

"Was? Wohin?", wollte Karla wissen. "Zu irgendeinem Unterschlupf?"

"Ja", sagte Luke, doch klang seine Antwort kalt und hölzern. "Es gibt ein Safe House, etwa 200 Meilen von hier. Je eher wir loskommen, desto besser. Von dort aus kann ich dann Hilfe holen."

Lukes Stimme hörte sich roboterartig an, wie sie fand, die Worte kamen nur mechanisch aus seinem Mund.

"Verlieren wir keine Zeit", sagte er und drehte den Zündschlüssel im Schloss. Dann drückte er auf das Gaspedal, setzte den Wagen im Rückwärtsgang zurück, wendete und preschte los.

Das alles geschah in gekonnten, fließenden Bewegungen, anhand derer Karla vermutete, dass Luke ein ausgezeichneter Fluchtwagenfahrer war.

So fuhren sie ein paar Minuten, das atemberaubende Panorama der Berge zeichnete sich am Horizont ab. Karla bewunderte das schroff anmutende Gebirgsmassiv.

"Granit", sagte Luke, der offenbar Karlas Faszination mitbekommen hatte. "Wunderschön, nicht wahr? Dieses fast schon schwarze Gestein, wie es von der Sonne beleuchtet wird."

"An dir ist ein wahrer Poet verlorengegangen", scherzte Karla.

"Das will ich meinen. Hey, was ist das für ein Geräusch?"

Karla drehte sich um und sah Miguel mit geschlossenen Augen und geöffnetem Mund vor sich hinschnarchen.

"Miguel schläft, unüberhörbar", sagte sie und bemerkte, wie sie lächelte.

Trotz der Strapazen fühlte sie sich in diesem Augenblick gut, schöpfte neue Kraft aus dieser Sicherheit, welche ihr die sie umgebenden Wände dieses Wagens gaben.

Bis sie begriff, dass diese Sicherheit nur eine scheinbare war.

Eine Illusion, die sich zu gut angefühlt hatte, um wahr zu sein.

Luke bremste den Wagen scharf ab, woraufhin Karla erschrak und Miguel aufwachte.

"Was ist los?", fragte er schlaftrunken.

Statt einer Antwort stieg Luke aus, schlug die Fahrertür zu, ging nach hinten und riss die Tür an jener Autoseite auf, an deren Scheibe Miguel wenige Sekunden zuvor friedlich vor sich hingedöst hatte.

Ehe der Soldat wusste, was geschah, zerrte Luke ihn aus dem Wagen.

Miguel fiel in den trockenen Wüstenstaub, von dem er husten musste.

Karla schnallte sich ab, ihr Puls raste, während sie aus dem Jeep stieg und zu Miguel und Luke eilte.

"Was soll das?", fragte sie aufgewühlt, "was machst du?"

"Das Notwendige", sagte Luke, das Gesicht verhärtet, der Kiefer angespannt.

Während Miguel hustend damit beschäftigt war, auf alle viere zu kommen, zog Luke eine Pistole, lud sie durch und richtete sie auf Miguel.

"Hast du den Verstand verloren?", fragte Karla und bemerkte dabei, wie hysterisch sie klang.

Kein Wunder, dachte sie, schließlich war Luke drauf und dran, das Leben eines Menschen zu beenden, mit dem er kurz zuvor aus der Anlage entkommen war.

"Er gehört zu denen, Karla", sagte Luke und spannte den Hahn seiner Waffe. "Zu den Männern, die Joseph ermordet und uns entführt haben."

Miguel hustete noch immer, hatte inzwischen aber genügend Kraft, um sprechen zu können: "Hey Mann", sagte er, "ich habe dir geholfen, schon vergessen?"

"Eben!", rief Karla nervös. "Er hat dir geholfen! Du kannst ihn jetzt doch nicht ..."

"Geholfen?", fragte Luke verächtlich. "Du hast mich wie einen Zirkusaffen vorgeführt, wegen dir bin ich überhaupt erst in dieser Arena gelandet."

"Was?", fragte Karla, die nicht verstand, wovon Luke da sprach.

"Er hat mich gezwungen, Karla. Miguel wollte, dass ich ihm und seinen Kameraden meine Kampfkünste beibringe, damit sie noch mehr Schaden anrichten können."

"Das ist nicht wahr!", protestierte Miguel, der mit wütendem Gesichtsausdruck erst zu Karla und dann zu Luke schaute.

"Und wie wahr das ist", sagte Luke bitter. "Dieses Arschloch Dinostrio hat mich in eine Art Arena geschleift und zehn seiner Schergen auf mich gehetzt, darunter auch den lieben Miguel."

"Was ist mit den anderen Männern passiert?", fragte Karla.

"Fertiggemacht hat er sie, jeden Einzelnen", sagte Miguel.

Selbst jetzt, in dieser misslichen Lage, schien er Luke gegenüber Anerkennung zu empfinden.

"Dann ist irgendetwas im Inneren der Anlage explodiert", erzählte Luke weiter. "Das war unsere Chance, zu entkommen. *Meine* Chance."

"Ohne mich wärst du da nicht rausgekommen", sagte Miguel. "Die verletzten Männer ... wir konnten sie zwar in einen Flur schleifen, um sie vor dem Feuer in der Arena zu retten. Aber ich glaube nicht, dass sie es noch vor der Sprengung lebend aus der Anlage hinaus geschafft haben."

"Mag sein."

Luke drückte die Mündung der Waffe an Miguels Schläfe.

"Dich können wir auch nicht leben lassen."

"Geht es darum, ja?", fragte Miguel und klang dabei plötzlich wütend. "Dass ich meine Uniform ausziehe?"

Er stand auf und schien dabei unbeeindruckt von der Waffe zu sein, die Luke nun ein Stück zurückzog, gerade weit genug, dass er die Situation trotzdem unter Kontrolle behielt.

Miguel streifte seine Uniform ab wie eine Schlange ihre alte Haut. Er stand jetzt nur noch in Unterhose bekleidet Luke und Karla gegenüber.

"Was willst du damit beweisen?", fragte Luke skeptisch.

"Ich habe eine Geschichte, Mister Superspezialagent. Eine Geschichte, die mich hierhergeführt hat, an diesen Ort, als Soldat."

Luke biss sich auf die Lippe.

"Jeder trifft seine eigenen Entscheidungen", sagte er und spannte den Hahn der Pistole, offenbar bereit, abzudrücken, wie Karla seinem entschlossenen Gesichtsausdruck entnahm.

"Halt!", rief sie und stellte sich zwischen Luke und Miguel. "Ich kann das nicht zulassen."

"Geh aus dem Weg Karla, er ist nicht dein Problem."

"Dann mache ich ihn ab sofort zu meinem Problem", sagte sie und funkelte ihn entschlossen an.

Luke schnaubte, er schien es nicht gewohnt zu sein, dass sich jemand zwischen ihm und sein Ziel stellte.

"Zum letzten Mal bitte ich dich höflich, wegzugehen. Wenn du nicht auf mich hörst, muss ich zu anderen Mitteln greifen."

"Ist das die einzige Sprache, die du sprichst? Die Sprache der Gewalt?"

"Es ist eine Sprache, die jeder versteht", sagte Luke ernst. "Eine, mit der sich Probleme aus der Welt schaffen lassen."

"Luke, wenn du diesen Mann jetzt tötest, bist du keinen Deut besser als Dinostrios Vasallen. Außerdem ..." Karla biss sich auf die Lippe, überlegte, ob sie sagen sollte, was ihr auf der Zunge lag. "Außerdem bringt das Joseph auch nicht zurück."

"Halt die Klappe", sagte Luke wütend. "Dann erschieße ich eben euch beide."

"Das wirst du dann wohl müssen", sagte Karla und sah Luke dabei kämpferisch an. "Denn ich bewege mich keinen Millimeter weg."

Luke seufzte, senkte die Waffe und steckte sie zurück ins Holster.

Zusammen mit Karla hievte er Miguel hinauf.

"Dass er weiterlebt, ist deine Verantwortung", sagte Luke. "Ich werde jedenfalls nicht der Babysitter für zwei Leute sein."

"Ich brauche keinen Babysitter", sagte Karla entschlossen. "Es reicht schon, wenn du den Mann nicht umbringst."

Miguel schaute zu Karla, in seinem Blick sah sie Dankbarkeit.

Miguel und Luke stiegen ins Auto, Karla lief zur Beifahrertür und stieg ebenfalls ein.

Dann fuhr der Wagen los.

Den Rest der Fahrt verbrachten sie schweigend.

41

SAFE HOUSE

Es war bereits dunkel, als der Jeep eintraf.

Im Scheinwerferlicht sah Karla eine kleine Holzhütte, unscheinbar und abgelegen.

Stundenlang waren sie gefahren, fernab von Straßen, Häusern und Dörfern, und waren hier angekommen, irgendwo im Nirgendwo.

Hinter dem Haus zeichneten sich Berge ab, die im Schutze der Nacht wie schwarze Monolithen emporragten.

"Wartet hier", sagte Luke, der den Motor des Wagens laufen ließ, während er mit der Waffe in der Hand ausstieg.

"Soll ich mitkommen? Ich kann dir beim Sichern des Hauses ..."

"Du ... wartest ... hier", befahl Luke nachdrücklich.

Dann schaltete er seine Taschenlampe an, Karla sah, wie sich der Lichtkegel der Lampe schnell dem Haus näherte.

"Ich wollte doch nur helfen", sagte Miguel und klang dabei geknickt.

"Ich weiß", sagte Karla verständnisvoll und drehte sich zu Miguel um. "Luke wird sich schon beruhigen, wenn er merkt, dass du auf unserer Seite bist."

"Ich dachte, das hätte er gemerkt, als ich ihm geholfen habe, die beiden Soldaten zu überwältigen und aus der Anlage zu entkommen."

"Gib ihm etwas Zeit." Dann lächelte sie und sagte: "Ich glaube, Luke ist nicht so der Teamplayer."

"Was? Wie kommst du denn darauf?"

Karla lachte auf, nachdem sie Miguels ironische Frage gehört hatte. Erstaunlich fand sie es, wie er sich in dieser schwierigen Lage seinen Sinn für Humor bewahrte.

Karla sah nun wieder den Lichtkegel von Lukes Taschenlampe.

Luke kehrte zurück, öffnete die Fahrertür des Jeeps und sagte: "Das Haus ist sauber. Hier sind wir sicher."

Dann warf er einen scharfen Blick zu Miguel und sprach in strengem Ton: "Du schläfst im Keller."

"Ganz toll", protestierte Miguel, "am besten noch angeleint und mit Maulkorb."

"Wenn es nach mir ginge, dann ..."

"Luke", unterbrach Karla ihn, "ich finde es nicht richtig, wie wir Miguel behandeln."

"Das lass mal meine Sorge sein", sagte der Spezialagent ernst. "Also los, Abmarsch. Und du behältst die Hände dort, wo ich sie sehen kann."

"Was ist mit unseren Waffen?", fragte Miguel, während sie zu dritt in das Haus liefen, Karla voraus, hinter ihr Miguel mit erhobenen Händen und am Ende des Trosses Luke mit gezogener Waffe.

"Du meinst die im Kofferraum? Die werde ich in einen hübschen, sicher verschlossenen Waffentresor deponieren. Man kann ja nie wissen."

"Sehe ich das richtig", sagte Miguel, "dass du demnach der Einzige mit einer Waffe von uns dreien bist?"

"Exakt", antwortete die Luke.

Das Trio erreichte jetzt den Hauptraum der Hütte, Luke betätigte den Lichtschalter. Karla sah einen bequemen großen Holztisch, um den herum mehrere Holzstühle standen. Die Blockhütte war im Landhausstil eingerichtet, durch das Glas der Vitrinenfenster sah Karla Geschirr, günstiges Porzellan, wie sie vermutete.

"Setzen", befahl Luke, wobei Karla nicht sicher war, ob er damit Miguel oder sie beide meinte.

Miguel und Karla nahmen auf Stühlen Platz, während Luke in die offene Wohnküche ging, die sich direkt an den Raum anschloss. Dabei hatte er seine Pistole auf der Durchreiche abgelegt, woraufhin Karla und Miguel erst zur Waffe sahen und dann einander fragend anschauten. Karla konnte Miguel ansehen, dass er vorhatte, sich die Waffe zu schnappen, woraufhin sie mit dem Kopf schüttelte. Auch wenn Luke mit dem Rücken zu ihnen stand, glaubte sie nicht, dass sich der Spezialagent derart leicht übertölpeln ließ. Außerdem war Luke niemand, der ein unnötiges Risiko einging, und sie wollte ein Blutbad um jeden Preis verhindern. Zum Glück hielt Miguel die Füße still, wenngleich er die Waffe mit seinem Blick fixierte.

"Es gibt hier irgendwo in einem dieser Hängeschränke einen Obstbrand", sagte Luke. "Birnenbrand, glaube ich, fürchterliches Zeug. Aber nach der Nummer, die wir hinter uns haben, ist es genau das Richtige. Ah, da ist er ja!"

Karla hörte Gläser klirren, Luke drehte sich um, in der einen Hand hielt er eine Schnapsflasche mit klarer Flüssigkeit, in der anderen drei kleine Schnapsgläser. Er lief zurück zum Holztisch, verteilte die Gläser und schenkte ein. Die Pistole lag nach wie vor auf der Durchreiche, unübersehbar war für Karla, wie Miguel weiterhin nach der Waffe schielte.

Luke goss den Schnaps in die Gläser und hob seines feierlich an.

"Cheers zusammen!"

"Cheers", sagte Miguel.

"Deine Hand ist gebrochen, bevor sie überhaupt in die Nähe der Pistole kommt", sagte Luke plötzlich. "Also denk nicht mal dran."

Miguel schluckte, die Luft hier drinnen war zum Schneiden dick und vibrierte förmlich vor Spannung.

"Hey, ich finde, wir sollten auf etwas trinken", sagte Karla, bemüht darum, die Situation irgendwie erträglicher zu machen.

"Auf etwas trinken", wiederholte Luke. "Und auf was?"

"Darauf, dass wir lebendig aus einer High-Tech-Todesfalle herausgekommen sind, vielleicht?"

"Ich war schon in schlimmeren Löchern gefangen", sagte Luke bitter.

"Du vielleicht. Für mich war das eine ziemlich üble Geschichte", konterte Karla.

"Ich habe eine bessere Idee", sagte Luke. Dabei schaute er zu Miguel, in seinem Blick lag etwas Verächtliches, fand Karla. "Trinken wir auf Joseph. Darauf, dass er tapfer gestorben ist, ohne sich von diesen Irren einschüchtern zu lassen. Darauf, dass er ein loyaler Freund war, der loyalste, den ich je hatte. Und darauf, dass er jetzt an einem besseren Ort ist, nicht mehr auf dieser chaotischen, brutalen Welt."

"Auf Joseph", sagte Karla und hielt ihr Glas in die Höhe.

Dabei umwehte ihre Nase der stechende Geruch des Birnenschnapses.

"Was ist mit dir?", fragte Luke herausfordernd in Miguels Richtung. "Willst du nicht auch auf Joseph anstoßen?"

"Wer ist das?", fragte Miguel verwirrt, woraufhin Luke verächtlich schnaubte.

"Willst du mir sagen, dass du bei dem hinterhältigen Überfall nicht beteiligt warst? Dass du nicht dabei warst, als man den Alten, Karla und mich aus dem Wagen gezerrt hat?"

"Nein, ich ... ich weiß nicht, wovon ihr da sprecht."

Wieder schnaubte Luke verächtlich, schüttelte den Kopf und sagte: "Wenigstens erzählst du nicht wieder den üblichen Blödsinn. Dass du nur Befehle befolgt hast, meine ich, und du nicht wusstest, was diese Organisation macht. Da hätte ich jeden Respekt vor dir verloren."

"Ach, und mich aus dem Auto zu zerren, in den Staub zu schmeißen und mir eine Waffe ins Gesicht zu halten ist dann ein Zeichen von Respekt, oder wie?"

"Du lebst", sagte Luke ernst. "Im Gegensatz zu meinem alten Freund. Auf Joseph!"

Die drei tranken zur gleichen Zeit den Schnaps aus und stellten ihre Gläser auf den massiven Holztisch.

Dann schnappte Luke sich die Waffe, ging zum Fenster, schob vorsichtig die Gardine beiseite und lugte prüfend hinaus.

"Zeit, ins Bett zu gehen", sagte er bedächtig.

"Wir haben noch nichts gegessen", gab Karla zu bedenken.

"Morgen früh. Wir müssen alle Lichter löschen, sonst sitzen wir hier wie auf dem Präsentierteller."

"Glaubst du, es gibt da draußen Leute, die nach uns suchen?", fragte Karla.

"Möglich wär's. Es lässt sich schwer sagen, wie weit Dinostrios Einfluss reicht. Oder wo er jetzt steckt."

Luke wandte sich zu seinen beiden Begleitern, sah Miguel an und sagte: "Wir beide gehen jetzt nach unten, in den Keller."

"Hey, Mann, muss das wirklich sein?", fragte Miguel mit ausgebreiteten Händen. "Es war doch gerade so nett, mit dem Schnaps und so."

"Schon klar", sagte Luke und lächelte. "Ich hab doch genau gesehen, wie du dir das Zeug hineingewürgt hast."

Zum ersten Mal seit Stunden sah Karla in Luke wieder einen Funken Menschlichkeit, was sie erleichtert aufatmen ließ. Vielleicht würde die ganze Sache doch gut ausgehen, vielleicht hatte Luke einen gescheiten Plan, wie sie drei hier unversehrt herauskommen würden.

"Eventuell", wagte Karla einen Vorstoß, "kann Miguel ja hier oben bleiben, nur für heute Nacht. Wir müssen ihn doch nicht im Keller einsperren."

Luke atmete tief durch und lief zu einer Kommode. Dort öffnete er eine Schublade und holte einen silbergrauen, länglichen Gegenstand daraus hervor.

Als Luke mit dem Gegenstand zum Tisch zurückkehrte, erkannte Karla, dass es sich dabei um einen Laptop handelte.

Luke setzte sich an den Tisch, klappte den Laptop auf und begann zu tippen.

"Was machst du da?", fragte Karla.

"Dir etwas zeigen", sagte Luke, den Blick konzentriert auf den Monitor gerichtet.

Dann drehte er den Laptop in Karlas Richtung, sodass sie jetzt den Bildschirm erkennen konnte, auf den nun auch Miguel gebannt schaute.

Was Karla dann sah, verschlug ihr den Atem.

42

SAFE HOUSE

"Ist das etwa ..."

Karla traute sich nicht, weiterzusprechen. Stattdessen hielt sie ihre Hand vor den Mund, als wollte sie die Worte daran hindern, sie zu verlassen.

"Eine gute Aufnahme, findest du nicht auch? Sie ist mir wieder eingefallen, nachdem ich aus der Anlage raus war. Nachdem sich mein Verstand erholt hatte und wieder richtig funktionierte."

Karla blinzelte, sie konnte nicht glauben, was sie erblickte. Es war ein älteres Foto, dem Zeitstempel nach zehn Jahre alt, das zwei Männer zeigte, die Karla sofort erkannt hatte. Arm in Arm standen sie an einer Küste, uniformiert und mit stolzen wie gleichsam ernsten Gesichtern. Vor ihren Körpern trugen die Männer Sturmgewehre.

Kein Zweifel, auf dem Foto waren Joseph und Miguel zu sehen.

"Kannst du das erklären, Miguel?", fragte Karla fassungslos.

"Ich ... ja, natürlich."

"Lügner", schrie Luke wütend und lehnte sich zu Miguel. "Du hast behauptet, du würdest Joseph nicht kennen, dabei gibt es eine alte Verbindung zwischen euch. Und glaub mir, diese Verbindung werde ich aus dir herausquetschen. Hier haben wir genügend Zeit dafür, niemand wird uns dabei stören."

"Nein, bitte", sagte Miguel, vergrub sein Gesicht in den Händen, fuhr sich dann durchs Haar und blickte erschöpft wie auch verängstigt zu Luke. "Ich habe gelogen, ja, und es tut mir leid. Aber ich musste die Wahrheit vor euch verbergen, es stehen Leben auf dem Spiel."

"Schwachsinn", schnaubte Luke. "Nichts als Lügen sind das, um deine Haut zu retten."

"Karla, bitte", wandte Miguel sich nun an sie. "Ich sage die Wahrheit. Ich musste lügen, um Menschen zu schützen. Aber ich schwöre dir, dass ich nichts mit dem Tod von Joseph zu tun habe."

Karla schwieg. Sie fühlte sich manipuliert und benutzt, als ob sie das schwächste, vertrauensseligste Glied der Gruppe war, das Miguel zu bearbeiten versucht hatte.

Doch damit war jetzt Schluss.

"Ich glaube dir kein Wort mehr", sagte sie und funkelte ihn dabei wütend an. "Du hast uns belogen, und Lügen können wir uns nicht leisten. Wir müssen uns zu 100 Prozent aufeinander verlassen können, wenn wir das hier überleben wollen."

"Karla, es ist anders als du denkst, ich ..."

"Schluss jetzt, es reicht", sagte Luke und sprang auf, woraufhin der Holzstuhl, auf dem er eben noch gesessen hatte, mit lautem Knarzen über das Parkett schlitterte.

Karla sah nun, dass Luke wieder die Pistole in der Hand hielt.

"Aufstehen, und Hände hinter den Rücken", befahl Luke, woraufhin Miguel gehorchte. "Jetzt drehst du dich langsam um, hast du verstanden? Und dabei behältst du die Hände da, wo ich sie sehen kann."

Miguel drehte sich, die Arme nach wie vor auf dem Rücken verschränkt, wobei er Karla eindringlich ansah.

Luke ging auf ihn zu, zog einen Kabelbinder aus der Tasche und fesselte Miguels Handgelenke, begleitet von einem Zurrgeräusch, das Karla beklemmend fand.

"Ich bringe ihn nach unten", sagte Luke und stieg mit Miguel die Kellertreppe hinab.

43

SAFE HOUSE

Karla zitterte, als sie den Schlüssel in das Schloss zur Kellertür steckte.

Was würde sie da unten erwarten?

Würde Miguel nach wie vor an die vom Boden bis zur Decke verlaufende Metallstange gefesselt sein, wie es am Abend zuvor der Fall gewesen war? Oder hatte er sich über Nacht befreit?

Karla hatte kein Auge zugetan, hatte stattdessen auf jedes Geräusch gehört, von denen es in dieser alten Hütte viele gab. Das Holz arbeitete ständig, und ein Knarzen, ausgelöst durch einen Windstoß, ließ sich schnell mit einer Tür verwechseln, die geöffnet wurde.

Immer wieder hatte sie an der Kellertür gerüttelt, um sicherzugehen, dass sie abgeschlossen war.

Auch jetzt schien die Tür intakt, aber man konnte nie wissen, womöglich hatte Miguel einen anderen Fluchtweg gefunden. Oder er hatte sich befreit und lauerte nun in einer dunklen Ecke des Kellers auf Karla, um sie zu überwältigen, notfalls auch mit Gewalt.

Sie musste mit allem rechnen, umso weniger hatte sie verstanden, warum Luke sie ohne Waffe hier hinunter schickte, um Miguel ein Glas Wasser, einen Kaffee und mit Schmelzkäse bestrichenes Toastbrot zu bringen.

Wahrscheinlich, so dachte Karla sich, befürchtete Luke, dass Miguel sie überwältigen würde, in dem Fall hätte er immerhin keine Schusswaffe erbeutet.

Karla seufzte, drehte den Schlüssel im Schloss, drückte die alte Messingklinke herunter und öffnete vorsichtig die Tür.

Sie lief ein paar Stufen der Treppe hinunter, beugte sich vor und sah Miguel auf dem Boden sitzen, die Arme hinter dem Rücken unverändert am Pfeiler gefesselt.

"Guten Morgen Karla", sagte er und Karla fand, dass er dabei traurig und hoffnungslos klang.

"Guten Morgen", sagte sie zögerlich. "Wie geht es dir?"

Blöde Frage, dachte Karla und bereute, sie gestellt zu haben. Doch war ihr in diesem unbehaglichen Moment nichts Besseres eingefallen.

"Na ja", sagte Miguel trocken, "nicht besonders. Ich brauche Schlaf."

"Ich weiß", sagte Karla, geplagt von schlechtem Gewissen.

Luke hatte ihr erklärt, dass es Teil seines Verhörs war, Miguel auf Schlafentzug zu setzen. Für Karla handelte es sich dabei ganz klar um Folter, doch hielt Luke es für notwendig, diese und andere Maßnahmen anzuwenden, um Miguel dazu zu bringen, endlich die Wahrheit zu sagen, und zwar die volle Wahrheit.

Wenigstens bekam er von ihr jetzt etwas zu essen und zu trinken.

"Ich habe Frühstück für dich."

Miguel lächelte und fragte: "Huevos Rancheros?"

"Ähm ... nein", sagte Karla verlegen, lief die Treppe hinauf und kehrte mit dem Tablett in den Händen zurück.. "Etwas Toast, Wasser und Kaffee."

"Besser als nichts", sagte Miguel und Karla spürte mit einem Stich im Herzen, wie leid er ihr tat.

War sie zu weich, wie Luke behauptete?

Mag sein, dachte sie, doch wollte sie sich etwas Menschlichkeit bewahren. Und dazu gehörte auch, Mitgefühl mit einem Mann zu empfinden, der in einem Keller gefesselt die Nacht auf einem kalten Steinboden verbracht hatte, auch wenn er gelogen hatte.

Das Tablett in der Hand haltend lief Karla vorsichtig die Treppe hinunter.

"Huevos Rancheros", wiederholte Miguel verträumt. "Mann, das wärs jetzt. Schön Tortillas in der Pfanne heiß machen, dazu Tomatensauce, Eier, frische Chili und ein Spritzer Limettensaft, dazu eine halbe, in Streifen geschnittene Avocado..."

"Klingt ziemlich reichhaltig", sagte Karla, während sie zu Miguel lief und das Tablett vor ihm abstellte.

"Ist einfach nur lecker", sagte Miguel. "Meine Frau hat sie gern gemacht, die besten Huevos Rancheros diesseits und jenseits des Äquators."

Aus dem Mann spricht der Hunger, dachte Karla, wodurch ihr schlechtes Gewissen noch stärker wurde. Sie hatte das Gefühl, dass sie Miguel eine Zitrone hätte geben können, und er hätte genüsslich in sie hineingebissen.

"Irgendwann mache ich dir mal welche", sagte Miguel und sah Karla dabei mit traurigen, müde dreinblickenden Augen an.

Karla schob das Tablett zu Miguel und musterte ihn skeptisch.

Miguel schaute erst zum Tablett, dann zu Karla und sagte: "Ich würde ja gern zugreifen, aber mir sind die Hände gebunden."

Karla schluckte. Miguel zu befreien, war keine Option, viel zu gefährlich. Als Soldat einer Geheimorganisation beherrschte er womöglich Tricks und Kniffe, die Karla lieber nicht am eigenen Leib erleben wollte.

Sie wusste, dass es keine Alternative dazu gab, Miguel näherzukommen, zumindest, wenn sie ihn nicht verhungern und verdursten lassen wollte.

"Was willst du zuerst haben?", fragte Karla.

"Ein Schluck Kaffee wäre toll."

Karla nahm die Tasse mit dem dampfenden Heißgetränk und lief damit zu Miguel. Ihr Arm zitterte vor Aufregung, woraufhin sie einen Schwall Kaffee aus der Tasse kippte, der sich auf den Holzboden ergoss.

"Vorsichtig bitte", sagte Miguel, "ich möchte mich nicht verbrühen."

"Natürlich", sagte Karla, die sich nun zu Miguel hockte, tief durchatmete und sich dadurch ein wenig beruhigte, sodass sie die Tasse ohne weiteres Zittern an Miguels Lippen halten konnte.

So nah, wie sie Miguel nun war, befürchtete sie, dass er seine Arme blitzschnell hervorziehen und sie niederschlagen oder in einen Schwitzkasten nehmen würde.

Karla atmete erleichtert auf, als sie feststellte, dass ihre Fantasie ihr einen Streich spielte. Behutsam trank Miguel den Kaffee und bedankte sich mit einem Kopfnicken.

Karla ging zum Tablett zurück und sah Miguel fragend an.

"Toast?"

Miguel nickte, Karla nahm einen Toast in die Hand und ließ Miguel davon abbeißen. Er schloss die Augen und kaute genüsslich.

Als er die Augen wieder öffnete, sahen sie zwar immer noch traurig aus, aber wenigstens nicht mehr ganz so müde.

"Danke", sagte er, "das tut gut."

Dann tat Karla etwas, das Luke ihr verboten hatte. Eigentlich hätte sie nach dem Frühstück sofort mit dem Tablett verschwinden sollen. Lukes Erklärungen zufolge sei es essenziell in Verhören, zwischenmenschliche Kontakte auf ein Minimum herunterzufahren. Der Verhörte sollte sich auf den Verhörspezialisten fokussieren und spüren, dass dieser der einzige Mensch auf der ganzen weiten Welt war, der ihm helfen konnte. Durch eine geschickte Freund-Feind-Rochade, die den menschlichen Geist gleichermaßen überforderte wie verwirrte, erhoffte Luke sich, Miguel zu knacken.

Doch konnte Karla nicht anders, es fühlte sich für sie an, als sei sie Miguel etwas schuldig.

Dass sie sich ihm gegenübersetzte und seine Geschichte erfuhr, wie Miguel es neulich am Esszimmertisch genannt hatte. Wenn sie ehrlich war, dann musste sie vor sich selbst zugeben, dass es mehr als Menschlichkeit war, die Karla dazu bewog. Natürlich war sie auch getrieben von Neugier, wollte erfahren, wer dieser Mann war, den sie kaum kannte.

"Du musst auf deinen Freund aufpassen", sagte Miguel plötzlich.

"Wie meinst du das?"

Sie musste jetzt hellwach sein, falls Miguel sie manipulieren wollte. Das jedenfalls wäre eine schlaue Methode gewesen, um sie und Luke gegeneinander auszuspielen. Wenn sie beide sich misstrauten, passierten mehr Fehler, was wiederum Miguels Fluchtchancen erhöhte. Und das durfte auf keinen Fall passieren.

"Er ist ziemlich brutal und hart. So kennst du ihn nicht, oder?"

Treffer, dachte Karla verunsichert.

"Er ist Spezialagent", sagte sie. "Er muss tun, was er tun muss, insbesondere, wenn Gefahr im Verzug ist."

Miguel schüttelte den Kopf.

"Er hat noch eine andere Seite, Karla. Eine Seite, die du nicht kennst."

Schluss jetzt, dachte sie. Miguel war bereits dabei, sich geschickt in ihre Gedanken zu wühlen und sie aus dem Gleichgewicht zu bringen. Sie musste die Oberhand behalten, damit er sein manipulatives Spielchen nicht weiter spielen konnte.

"Mich interessieren *deine* Seiten", schwenkte sie um. "Und ich will mehr über die Organisation erfahren, die uns derart nach dem Leben trachtet."

"Ach, ich bin nur ein Junge aus Mexiko", sagte Miguel und lächelte. "Meine Eltern hatten eine kleine Farm, in der Nähe von Juárez. Schon als Kinder haben meine Brüder und ich auf der Farm mitgeholfen. Wir hatten Schweine, Ziegen, Schafe, und natürlich auch Gemüsebeete und Obstbäume."

"Hört sich idyllisch an."

"Vor allem war es viel Arbeit. Meine Brüder, alle älter als ich, hatten sich aus dem Staub gemacht, als sie volljährig waren, einer nach dem anderen. Da blieb nur noch ich übrig, der die Farm übernehmen sollte, als meine Eltern alt und gebrechlich wurden."

"Aber das Farmleben war nichts für dich?"

Miguel sah Karla mit ernstem Blick an.

"Wenn man in der Nähe von Juárez wohnt, dann macht Juárez etwas mit einem."

Karla hatte mal eine Doku über Drogen- und Bandenkriminalität gesehen, Juárez war dort als eine der gefährlichsten Städte des Landes vorgestellt worden.

"Meine Brüder sind alle in Gangs gelandet, ich erinnere mich noch, wie einer von ihnen mal mit einer Knarre nach Hause kam und einen Batzen Geldscheine auf den Küchentisch gelegt hat. Ramón war immer schon der Draufgänger gewesen, als der älteste Bruder war er mein Vorbild, ich wollte unbedingt so werden wie er." Miguel lächelte. "Für mich war das wie Weihnachten, als Ramón in die Küche kam und das Geld auf den Tisch gelegt hat. Ich werde nie vergessen, was er gesagt hat."

"Was?"

"Dein Sohn ist jetzt reich, Mama."

"Wie haben deine Eltern reagiert?"

Miguels Lächeln verschwand, er schaute nun wieder ernst.

"Beide sind ausgerastet. Erst recht, nachdem sie die Pistole im Bund seiner Jeanshose gesehen haben. Sie haben Ramón aus dem Haus geschmissen, unter Schreien und Fluchen. *Du bist nicht mehr mein Sohn!* hat mein Vater ihm hinterhergebrüllt, während meine Mutter ihm die Geldscheine nachgeworfen hat. Und dann hat mein Vater ein Schimpfwort geschrien, das sich tief bei mir eingebrannt hat."

"Was hat er geschrien?", fragte Karla mitfühlend, weil sie an Miguels traurigem Blick sah, dass ihn die Erinnerungen schmerzten.

"Gorrino! Gorrino!"

Karla sah zur Treppe, weil sie befürchtete, dass sie zu laut hier unten waren. Doch Luke schien nichts davon mitzubekommen, oder er war mit etwas anderem beschäftigt.

"Was heißt das?", wollte sie wissen und wandte sich wieder Miguel zu.

"Schwein. Ein hartes Schimpfwort für den eigenen Sohn, oder?"

Karla nickte.

"Wie war das für dich?"

"Überfordernd", sagte Miguel. "Ich habe die Welt nicht mehr verstanden. Da kommt einer aus unserer Familie endlich zu Geld und wird dann fortgejagt. Außerdem ...."

Miguel atmete kurz durch, dann sprach er weiter: "Außerdem fand ich es cool, dass Ramón eine Waffe hatte. Wir wurden ständig herumgeschubst, von Plünderern, die unsere Farm überfallen haben, von korrupten Polizisten, denen mein Vater Bestechungsgeld zahlen musste, und die sich trotzdem an unserer Ernte vergriffen haben. Mit Ramóns Erfolg schien das alles vorbei zu sein, endlich war da jemand, der sich nicht mehr herumschubsen ließ."

"Was geschah dann mit Ramón?"

Miguel sah Karla tief in die Augen, was sie aufwühlte, wenngleich sie sich nicht erklären konnte, warum es ihr so ging.

"Ich habe ihn erst ein Jahr später wiedergesehen, auf seiner Beerdigung."

"Tut mir leid."

Miguel biss sich auf die Lippe, dann sagte er: "Alle meine Brüder sind bereits unter der Erde."

Karla sah ihn fragend an, woraufhin Miguel müde lächelte.

"Damals, als Ramón das Geldbündel auf den Küchentisch geknallt hat ... da muss ich so neun oder zehn gewesen sein ... da hatte ich noch nicht kapiert, warum meine Eltern sich so aufgeregt hatten. Dass es sich dabei um Drogen- und Schutzgeld gehandelt hatte, das Ramóns Gang von kleinen Läden in Juárez erpresst hatte."

"Verstehe", sagte Karla, "deine Eltern wollten damit nichts zu tun haben."

"Exakt. Sie hatten Werte, was ich heute, als Erwachsener, begreife. Damals habe ich sie einfach nur dafür gehasst, dass sie das Geld nicht genommen und meinen Bruder verstoßen haben. Dass ihnen dabei selbst das Herz gebrochen worden ist, wollte ich nicht wahrhaben."

"Was ist mit dir? Bist du auch bei einer Gang gewesen?"

"Natürlich", sagte Miguel. "Bei den Las Sombras Mortales, den *Tödlichen Schatten*. Wenn du mich losmachst, zeige ich dir mein Gang-Tattoo auf der linken Brust."

Karla lächelte müde und sagte: "Was habt ihr angestellt?"

"Wir haben die meiste Zeit in den Barrios herumgelungert und uns die Birne weggekifft. Bis eines Tages ..."

Miguel atmete tief durch, Karla zerriss es währenddessen vor Spannung darüber, was Miguel gleich erzählen würde.

"Bis eines Tages ein Typ von einer anderen Gang zu uns kam. Der meinte, er hätte einen guten Deal für uns."

"Da wäre ich sofort schon skeptisch."

"Waren wir auch, schließlich waren wir Jungs von der Straße, die sich mit Diebstählen und Einbrüchen über Wasser hielten."

"Wie konnte der Kerl euch überzeugen?"

"Er meinte, er müsste sich selbst etwas zurückhalten, weil ihm die Bullen auf den Fersen seien. Aber er wolle den Deal auf keinen Fall platzen lassen. Deshalb hat er uns einen 80-20-Deal angeboten."

"80-20-Deal?"

"Wir bringen ein Paket von A nach B, innerhalb von Juárez. Nach erfolgreichem Transport sollten wir 80 Prozent vom Geld bekommen, und er 20 Prozent für die Vermittlung des Jobs."

"Was war in dem Paket?"

"Lupenreines Koks, fünf Kilo. Aber die Sache ging schief."

Miguel schüttelte den Kopf, Karla ließ ihn sich sammeln, dann erzählte er weiter: "Dieser Typ hatte seinerseits einen Deal mit der Polizei, von dem wir nichts wussten. Die Cops waren schon seit Monaten hinter El Cabeza her, einen der führenden Drogenhändler in Juárez."

"Ihr wart Lockvögel", hauchte Karla. "Damit die Polizei herausbekam, ob dieser El Cabeza dort war, wo sie ihn vermutete."

"Clever durchschaut", sagte Miguel anerkennend. "Ich wünschte, ich hätte das damals auch schon gecheckt. Aber wir waren heiß auf das Geschäft und haben jede Skepsis ausgeblendet. Es war einfach zu verlockend, mit diesem Job ordentlich zu verdienen."

"Wie ging es weiter?", wollte Karla voller Spannung wissen.

"Wir waren in einem Hinterzimmer eines heruntergekommenen Einfamilienhauses gelandet, mit El Cabeza persönlich. Der Kerl galt als schwer paranoid und misstrauisch, wollte auch die kleinsten Deals selbst abwickeln. Das ist ihm an diesem Tag zum Verhängnis geworden. Einer von El Cabezas schwer bewaffneten Männern war gerade dabei, das Koks zu testen, da flogen plötzlich die Türen auf und der Raum wurde von einer Spezialeinheit gestürmt. Alles ging ganz schnell, Blendgranaten explodierten, wildes Geschrei überall. Tja, das war's dann mit unserer Drogenkarriere, die vorbei war, ehe sie begonnen hatte."

"Bist du im Gefängnis gelandet?"

Miguel lächelte.

"Normalerweise ist der Knast die Endstation, auf die es hinausläuft, genau richtig. Aber mit mir hatte das Schicksal etwas anderes vor."

"Nämlich?"

"Die Gefängnisse in Mexiko platzten aus allen Nähten, die Regierung musste etwas unternehmen. Zumal der Schuss, Gangs einzusperren, meistens nach hinten losgeht. Im Knast knüpfen die Mitglieder erst recht Kontakte, werden noch krimineller, und oftmals hängen die Wärter mit drin. Kurz gesagt, so ging es aus Sicht der Behörden nicht weiter. Da kam das Programm *Early Change* gerade recht."

"Early Change?"

"Ein Programm, das der mexikanischen Regierung einen Ausweg bot, indem Kriminelle wie ich in eine Art paramilitärische Einheit gesteckt wurden."

"Und so bist du zu der *Organisation* gekommen."

"Exakt. Der Richter hatte mir die Wahl gelassen. Bis zum Lebensende im Knast versauern, oder unterschreiben und zu den Paramilitärs gehen. Da ich auf keinen Fall in den Knast wollte, habe ich unterschrieben, natürlich ohne das Kleingedruckte zu lesen."

"Was stand da drin?"

"Sinngemäß, dass ich meine Rechte als Mensch und Individuum abtrete, und mein Arsch ihnen gehört. Entsprechend hart war auch die Ausbildung, bei der einige der Jungs sogar draufgegangen sind. Interessiert hat das von staatlicher Seite niemanden, im Gegenteil. Ein Krimineller, der bei der Ausbildung den Löffel abgab, war ein Bandenmitglied weniger, das man durchfüttern musste. Böse gesagt hatte der Deal jede Menge Vorteile für die Regierung, die Gefängnisse wurden entlastet und Gangster wurden trotzdem von der Straße ferngehalten. Aber nicht nur das..."

"Ja?", fragte Karla neugierig.

"Die mexikanische Regierung erhielt natürlich auch Zugriff auf die Soldaten der paramilitärischen Einheit, konnte sie für ihre Zwecke einsetzen. Das ist der feuchte Traum einer Regierung ... eine hoch trainierte Kampftruppe nach Belieben einsetzen zu können. Mit uns hatte sie ein neues Instrument, um die Kartelle zu zerschlagen, brutal und unnachgiebig. Wir hatten strikten Befehl, keine Gefangenen zu machen."

"Wurdet ihr auch in Juárez eingesetzt?"

Miguel schüttelte den Kopf.

"Zu gefährlich, Soldaten ohne jegliche Erkennungszeichen wären in der Stadt aufgefallen, und hätten bei der lokalen Bevölkerung Fragen aufgeworfen. Wir wurden im Verborgenen eingesetzt, als anonyme Todesschwadrone. Bis ich versetzt wurde, in die Anlage, wie ihr es nennt."

"Miguel", sagte Karla bedächtig, "deine Geschichte ist wirklich unglaublich. Aber ..."

"Du willst wissen, wer hinter all dem steckt", erriet Miguel Karlas Gedanken.

"Ja."

Miguel biss sich auf die Lippe und atmete schnell.

"Es ist sehr gefährlich, über diese Dinge zu reden. Ich weiß sowieso schon mehr, als gut für mich wäre."

"Wovor hast du Angst?", fragte Karla. "Wir können dich beschützen."

Miguel schnaubte.

"Toller Schutz, mich hier unten anzuketten wie ein wildes Tier."

"Gib Luke etwas Zeit. Wenn er merkt, dass du kein schlechter Kerl bist, wird er sich entspannen."

Miguel beugte sich nach vorn, soweit es seine Lage zuließ, und sagte: "Sei bloß vorsichtig, Karla. Du weißt nicht, worauf du dich einlässt."

"Ich muss es wissen. Ich muss wissen, wer mich verfolgt und warum."

Miguel ließ sich wieder zurücksinken und sagte: "Teile der Antwort kennst du bereits. Deine Eltern haben sich damals der *Neuen Ära* angeschlossen und dich nach Afghanistan mitgenommen. Sie wollten, dass du bei den Terroristen aufwächst und selbst einmal eine ihrer Kämpferinnen wirst."

"Das sind keine Antworten, mit denen ich mich zufrieden geben kann", sagte Karla. "Sie werfen nur noch mehr Fragen auf."

"Zum Beispiel die, warum die CIA jenes Flugzeug abgeschossen hat, in dem sich deine Eltern befanden?"

Karla schluckte, entsetzt darüber, dass Miguel so gut über diesen tragischen Angriff Bescheid wusste.

"Zum Beispiel."

"Als du ein Kind warst, wurdest du Experimenten ausgesetzt, Karla."

"Ich erinnere mich nicht daran", sagte sie.

"Das glaube ich dir gern. Diese Experimente waren schließlich auch grausam und unmenschlich. Sie haben dir den Schädel geöffnet, und in deinem Kopf herumgefuhrwerkt."

Karla wurde schlecht anhand der Vorstellung, die Miguel da gerade geäußert hatte.

"Die CIA und die *Neue Ära* ... die offizielle Version lautet, dass beide Fraktionen sich feindlich gegenüberstanden. Tatsächlich aber brauchte die CIA die *Neue Ära*, hat sie regelrecht hochgezüchtet."

"Das verstehe ich nicht", sagte Karla.

"Es ist so ähnlich wie mit der mexikanischen Regierung und der paramilitärischen Einheit. Die US-Regierung brauchte damals, in den 80ern, einen Ort, wo sie neue Waffen und Technologien erforschen konnte. Der Kalte Krieg lief auf Hochtouren, dazu noch die zunehmende Terrorgefahr... der Präsident stand mächtig unter Druck."

"Also haben sie ihre Experimente zur verbesserten Kriegsführung ... ausgelagert?"

"Richtig", sagte Miguel. "Mit der *Neuen Ära* hatte die CIA einen Freischein, psychologische Tests und Experimente mit Drogen und anderen Substanzen an Menschen durchzuführen. Auch an ganz jungen Menschen."

Miguel sah Karla eindringlich an.

"Tut mir leid, dass du das erleiden musstest."

Karla spürte, wie ihre Atmung schneller und hektischer wurde. Sagte Miguel tatsächlich die Wahrheit? Zumindest hörte sie nicht das erste Mal davon, dass an ihr Experimente verübt worden waren.

"Ich vermute, dass die Erfahrungen damals zu traumatisch waren, als dass du heute, als Erwachsene, Zugriff darauf hast. Du warst eben noch ein Kind."

"Aber ich *muss* mich erinnern", sagte Karla verzweifelt. "Wie soll ich sonst glauben, was du mir erzählst?"

Plötzlich hörte Karla Geräusche über sich, ein Rumpeln.

"Wir haben nicht mehr viel Zeit", sagte Miguel, den Blick zur Kellerdecke gerichtet. "Sie kommen."

"Was? Wer?"

"Hör zu Karla, was auch immer geschieht, merke dir den Namen Gabriel Washington. Du musst ihn finden, er kann dir helfen."

"Was? Ich verstehe nicht", sagte Karla die abwechselnd zur Treppe und dann wieder zu Miguel schaute.

"Gabriel Washington. Finde ihn, er ist deine einzige Chance auf Rettung!"

Karla wollte noch etwas sagen, als plötzlich die Kellertür aufflog.

"Karla? Ist alles in Ordnung?"

Es war Luke, der die Holztreppe ein paar Stufen hinuntereilte und sich nun herunterbeugte, um Miguel und Karla zu sehen.

"Ja, es geht mir gut", sagte sie, genervt davon, dass Luke dieses wichtige Gespräch unterbrach.

"Kommst du bitte hoch zu mir? Ich brauche deine Hilfe."

"In ein paar Minuten, okay?"

Karla schaute zu Miguel, der sie besorgt ansah.

"Unser Gast hat schon gefrühstückt, wie ich sehe. Dann kannst du das Geschirr ja gleich mit hochbringen. Achte darauf, dass du nichts vergisst, schon eine Tasse kann tödlich sein, wenn er die kaputtmacht und eine Scherbe als Waffe benutzt."

"Hey, ich bin hier und kann dich hören", sagte Miguel verärgert.

"Gut so", sagte Luke unbeeindruckt.

Allmählich baute sich eine Feindschaft zwischen den beiden Männern auf, die Karla Sorgen bereitete.

"Du sollst ruhig wissen, dass ich dir nicht über den Weg traue. Nicht, dass da noch ein falscher Eindruck entsteht."

"Ich hätte dir niemals helfen dürfen", sagte Miguel verärgert. "Wenn ich nur eher gewusst hätte, was du für ein ..."

"Männer, bitte", ging Karla dazwischen. "Wir sitzen alle im selben Boot. Unser Ziel sollte sein, zusammenzuarbeiten, statt uns gegenseitig zu zerfleischen."

"Da ist was dran", sagte Miguel.

"Kommst du dann? Ich bin im Arbeitszimmer, in der oberen Etage", sagte Luke.

"Bin gleich da", sagte Karla leicht genervt.

Luke nickte, dann ging er die Treppe rauf.

"Was mit dem wohl los ist?"

Karla wusste es nicht, doch musste sie zugeben, dass sie Lukes Verhalten eigenartig fand.

"Aus irgendeinem Grund regst du ihn ganz schön auf", sagte Miguel, während Karla das Frühstücksgeschirr zusammensammelte. "Pass gut auf dich auf", wiederholte er seine Warnung.

"Mache ich", sagte Karla und war auf dem Weg zur Treppe.

"Schade, dass unsere Plauderstunde vorbei ist. Wo wir doch gerade bei den wirklich spannenden Themen waren."

Karla hielt inne. Sie wusste, dass es das Beste gewesen wäre, einfach weiterzugehen, diesen Raum zu verlassen.

Aber die Neugier war zu groß, sie drehte sich um und fragte: "Wirst du mir mehr erzählen? Über meine Vergangenheit, meine ich?"

"Das, was ich weiß, klar."

Karla nickte und sagte: "Ich komme heute Abend mit etwas zu Essen und Wasser wieder."

Dann drehte sie sich um und verließ den Keller.

44

SAFE HOUSE

"Wie kann ich dir helfen?", fragte Karla, die Luke dabei beobachtete, wie er am seinem Laptop im Arbeitszimmer saß.

"Gut, dass du hier bist. Willst du einen Tee?"

Luke deutete auf die Tasse neben seiner Tastatur.

"Danke, nein", antwortete Karla, die ein Unbehagen spürte, dessen Herkunft sie sich nicht erklären konnte.

"Ich brauche dein Passwort."

"Mein Passwort?"

"Hierfür."

Luke zeigte auf den Laptop-Bildschirm, auf dem eine Eingabemaske zu sehen war.

"Project Dark Dawn", las Karla den geheimnisvollen Schriftzug auf dem Monitor vor.

"Du kennst das Passwort."

"Was? Nein, woher bitte?"

"Lass es mich anders formulieren... Es ist in dir gespeichert, tief in deinem Unterbewusstsein."

"Und wie soll ich da rankommen?"

"Setz dich", sagte Luke und stand auf.

Karla nahm auf dem Bürostuhl Platz, ihr gefiel nicht, wohin sich das Ganze entwickelte.

"Tief ein- und ausatmen", sagte Luke.

Karla schloss die Augen und setzte um, was Luke ihr gesagt hatte.

Dann öffnete sie die Augen wieder und tippte etwas in jene Eingabemaske, vor der das Wörtchen *Password* stand.

Anschließend klickte sie auf *Enter*, woraufhin eine Fehlermeldung rot aufleuchtete.

"Falsches Passwort", sagte Karla.

"Mist", fluchte Luke. "Okay, kein Thema, das versuchen wir gleich nochmal. Versuche, dich zu entspannen."

Das ist leichter gesagt als getan, wenn du hinter mir stehst und Druck aufbaust, dachte Karla.

Aber sie versuchte es.

Wieder schloss sie ihre Augen und atmete tief durch.

Nicht denken, rief sie sich in Erinnerung.

Dann huschten ihre Finger über die Tastatur, gaben für Karla selbst wirr anmutende Zeichen- und Ziffernkombinationen ein.

Nach dem vierzehnten Zeichen hielt sie inne.

"Ich glaube, das war's", sagte sie und leckte sich nervös über die Lippe, während sie mit dem Mauszeiger zum Enter-Button wanderte und diesen drückte.

Anders als beim ersten Versuch leuchtete nun eine grüne Meldung auf.

"Zugriff gewährt!", rief Karla freudig und war auch ein bisschen stolz auf sich, dass sie das geschafft hatte.

"Super!", rief Luke, der mit Karla nun den Platz tauschte und konzentriert am Laptop tippte.

"Wie viele Versuche hätten wir noch gehabt?", fragte sie aus Neugier.

"Keinen", sagte Luke trocken, während er konzentriert weiterarbeitete.

"Kann ich irgendetwas tun?", fragte Karla, die sich plötzlich überflüssig vorkam.

"Wir brauchen Wasser aus dem Brunnen, mit dem wir die Wasseraufbereitungsanlage befüllen können. Der Brunnen ist etwa 200 Meter südlich von hier entfernt."

"Bin schon unterwegs", sagte Karla, die diese Aufgabe gut fand.

Dann wäre sie etwas in Bewegung an der frischen Luft, das konnte nie schaden. Karla verabschiedete sich von Luke und lief die Treppe hinunter.

45

SAFE HOUSE

Es war Abend, Karla war inzwischen vom Brunnen zurückgekehrt und hatte Miguel Abendessen zubereitet.

"Na, was hast du mir diesmal mitgebracht?", wollte Miguel wissen, noch bevor Karla alle Stufen der Treppe hinuntergelaufen war. "Nein, das glaube ich jetzt nicht", sagte er freudestrahlend, als er sein Abendbrot sah, das Karla auf einem Teller angerichtet hatte.

"Huevos Rancheros", sagte sie lächelnd. "Allerdings ohne Avocado, davon haben wir leider keine im Haus."

"Egal", sagte Miguel und klang begeistert. "Du hast mir eines meiner Lieblingsessen gemacht."

"Wollen wir zusammen essen?", fragte Karla, woraufhin Miguel nickte.

Doch dazu würde es nicht kommen.

Über dem Keller hörte Karla einen Knall, bei dem sie erschrak, sodass ihr das Tablett beinahe aus den Händen gefallen wäre. Gerade noch rechtzeitig gelang es ihr, das Tablett auf dem Boden abzustellen, als sie über sich Rumpeln und lautes Stimmengewirr wahrnahm.

"Es ist soweit", sagte Miguel. "Sie sind hier."

Karla wollte sich umdrehen und hochgehen, nachsehen, was da oben vor sich ging.

"Nicht!", sagte Miguel. "Sie werden dich sofort erschießen, wenn sie denken, dass du fliehen willst."

Karla schluckte.

"Deine Rettung ist deine Unwissenheit. Stell dich dumm, wenn du überleben willst! Und denk dran, finde Gabriel Washington!"

"Was wird aus dir?", fragte Karla besorgt.

"Das ist nicht so wichtig. Du musst überleben und aufdecken, was diese Schweine angerichtet haben. Das ist alles, was zählt."

"Aber ..."

Weiter kam Karla nicht, als die Kellertür unter ohrenbetäubendem Lärm aufflog und maskierte Männer in schwarzen Uniformen und mit Maschinenpistolen im Anschlag die Treppe hinunterstürmten.

"Sie sind hier", sagte einer der Männer.

Blitzschnell hatten er und seine Gefolgsleute Karla und Miguel umzingelt. Wohin Karla auch blickte, sah sie in die Mündungen von Maschinenpistolen.

Wieder knarzte die Treppe, eine weitere Person schien herunterzukommen, aber langsamer als die Soldaten.

Karla erschrak, als sie sah, um wen es sich handelte.

"Luke", hauchte sie.

"Nicht bewegen Karla, diese Männer stehen unter großem Stress. Da sitzt der Finger ziemlich locker am Abzug."

"Luke, was hat das alles zu bedeuten?"

Luke ging näher zu Karla heran und steckte seine Hände lässig in die Taschen seiner grauen Stoffhose. Dann sah er Miguel an, Lukes Blick hatte etwas Finsteres, wie Karla fand.

Karla traute ihren Ohren nicht, als sie jenes Kommando hörte, das nun seinen Mund verließ.

"Erschießen", sagte er.

"Nein!", schrie Karla, doch es war zu spät.

Einer der Soldaten richtete den Lauf seiner Maschinenpistole auf Miguels Kopf und drückte den Abzug.

46

SAFE HOUSE

Fassungslos starrte Karla auf Miguels Leiche, aus deren Wunde am Kopf Blut strömte.

Der Blick seiner toten Augen wirkte starr und ausdruckslos.

Luke hatte sein Leben ausgelöscht, ohne mit der Wimper zu zucken, hatte er den Befehl gegeben.

"Was hast du getan?", fragte Karla zornerfüllt. "Er hat dir geholfen, du Mistkerl!"

"Sir?", fragte einer der Soldaten und schaute zu Luke. "Sollen wir sie auch ..."

Luke hob die Hand und sagte: "Um Gottes Willen, nein! Gebt uns ein paar Minuten."

"Aber der Boss will ..."

"Ich weiß, was der Boss will", sagte Luke genervt. Er schaute über seine Schulter und sagte in düsterem Tonfall: "Lasst uns allein. Die Konsequenzen trage ich."

"Verstanden", sagte der Soldat. "Ihr habt's gehört, Männer, abrücken. Wir warten oben auf weitere Befehle."

"Ja, ihr Lakaien!", rief Karla wütend hinterher. "Wartet auf weitere Befehle eures großen Anführers Luke."

Stur liefen die Soldaten die Treppe hinauf, ignorierten dabei aber Karlas Provokation.

Als sie endlich den Keller verlassen hatten, spürte Karla, wie ihr die Tränen kamen. Doch sie kämpfte dagegen an, wollte Luke gegenüber nicht zeigen, wie groß ihr Schmerz war.

"Es tut mir leid, Karla", sagte Luke.

"Spar dir das."

"Es musste sein. Ich wünschte, ich könnte es dir erklären. Aber lass es mich dir lieber zeigen."

"Was zum?"

Blitzschnell hatte Luke ein Klappmesser gezogen, dessen Metallklinge im Licht der Deckenlampe aufblitzte.

"Was hast du vor?", fragte Karla, die mit Entsetzen dabei zusah, wie Luke sich an Miguels Leichnam zu schaffen machte.

Hatte es nicht gereicht, ihn umzubringen? Musste er ihn nach seinem schrecklichen Ableben nun auch noch schänden?

"Hör auf damit!", schrie Karla und sah sich verzweifelt nach einer Möglichkeit um, Luke zu überwältigen.

Doch nichts in diesem Raum eignete sich als Waffe. Selbst wenn sie ein Rohr oder etwas Ähnliches zu fassen bekommen hätte, bezweifelte Karla, dass sie damit einen kräftigen Spezialagenten wie Luke überwältigt hätte.

"Sieh selbst", sagte Luke, der sich nun von Miguels Leichnam wegdrehte.

Dabei fiel Karla die blutverschmierte Klinge jenes Messers ins Auge, mit der Luke bis eben noch an Miguels Leiche herumgeschnitten hatte.

Ihr Blick wanderte zu Miguel, sie konnte nicht fassen, was sie nun sah.

Offenbar hatte Luke einen Schnitt unterhalb der Brust vorgenommen. Doch anstelle von menschlichem Gewebe sah Karla nun eine Art metallischen Panzer.

"Was ist das?", fragte sie, während sich ihre zitternden Hände dem Metall näherten, auf dem winzig kleine LEDs und Schaltkreise zu erkennen waren.

"Sie nennen es Augmentierungen, Implantate zur Optimierung des menschlichen Körpers mittels Nanotechnologie."

"Mein Gott", hauchte Karla.

"Ganz recht. Die Männer und Frauen, die das zu verantworten haben, wollen Gott spielen."

"Dinostrio?", fragte Karla.

Luke nickte, näherte sich ihr und deutete auf die metallische Stelle an Miguels Körper, die er mit seinem Schnitt freigelegt hatte.

"In Miguels Körper ist ein GPS-Tracker implantiert."

"Wie bei einem Auto, um Diebstähle zu verfolgen."

"Für die Corporation sind Soldaten wie Miguel vor allem eins ... sehr, sehr wertvoll. Oder würdest du einen teuren Sportwagen der Extraklasse aus den Augen lassen, den du dir gerade erst angeschafft hast?"

"Das ist zynisch", sagte Karla.

"Es ist die Art und Weise, wie diese Typen ihre Soldaten sehen. Als Investition."

Luke stand auf und tat plötzlich etwas, das Karla ein weiteres Mal entsetzte.

"Luke, nicht, was tust du da, hör auf!"

Luke hatte sein T-Shirt gehoben und die Messerspitze an seinem muskulösen Bauch angesetzt. Dann fuhr er mit der Messerspitze an seiner Haut entlang, sein Gesicht war dabei schmerzverzerrt.

Unter dem Schnitt sah Karla nun ebenfalls Metall, wie bei Miguel. Zum Glück hörte Luke jetzt damit auf, weiter an sich herumzuschneiden.

"Auch ich bin eine solche Investition."

Karla wurde schwindelig. Wie ein Spielball des Schicksals fühlte sie sich hin und her geworfen, von einer Katastrophe in die nächste.

"Die Corporation hat das getan?", fragte Karla, was sich anfühlte, als würden die Worte ihren Mund ohne ihr Zutun verlassen.

Sie stand neben sich, war verwirrt.

"Wir haben keine Zeit dafür."

Karla hörte jetzt Geräusche, die mit jeder Sekunde lauter wurden.

"Ein Helikopter", sagte sie, als sie die Geräusche Rotor-blättern zuordnen konnte.

"Das ist Dinostrio. Er ist gekommen, um dich persönlich abzuholen. Und diesmal wird es nicht zu irgendeiner Anlage gehen. Was er mit dir vorhat, ist weitaus schlimmer."

Karlas Gedanken rasten, ihr war schwindelig und schlecht.

"Komm", sagte Luke und lief mit ihr zu einer Stelle am Boden, an der sich ein silberner Griff befand.

Luke umklammerte den Griff und zog daran. Eine Klappe tat sich auf, Karla sah hinunter und blickte in einen Tunnel, der durch die feuchte Erde geschlagen worden war.

"Das ist der Notfalltunnel. Wenn du ihm folgst, kommst du auf der anderen Seite des Flusses raus."

"Wie lang ist der Tunnel?", fragte Karla, die beim bloßen Gedanken, durch dieses modrige Erdreich zu kriechen, klaustrophobische Panik bekam.

"Einen Kilometer, vielleicht zwei."

"Gibt es keinen anderen Weg?"

Über ihnen hörte Karla jetzt Poltern und aufgeregt klin-gende Männerstimmen. Derweil waren die Rotorgeräusche des Helikopters verstummt.

"Nein, du musst gehen, *jetzt*! Dinostrio ist bereits im Haus, die Männer hören auf ihn, ich werde sie nicht mehr hinhalten können. Spring!"

Karla fasste sich ein Herz und sprang. Zuerst landete sie mit ihren Schuhen im Matsch, dann stürzte sie und fing sich mit ihren Händen im kalten Schlamm ab.

"Hier!", rief Luke, Karla drehte sich um und sah zu ihm hoch.

Er holte einen kleinen USB-Stick aus seiner Hosentasche und warf ihn zu Karla hinunter.

Beinahe wäre der Stick ihren schlammigen Händen entglitten, doch schaffte sie es, ihn festzuhalten.

"Darauf ist alles gespeichert, was du wissen musst."

"Deswegen hast du meine Hilfe am Laptop gebraucht", keuchte sie.

"So ist es. Und jetzt lauf!"

Luke schlug die Klappe zu, durch die Karla gesprungen war.

Wenige Augenblicke später hörte sie wieder die Männerstimmen, diesmal lauter und wütender.

Der Boden über ihr bebte unter den schweren Stiefeln der Soldaten, die Luke zu umstellen schienen.

"Guten Abend."

Karlas Herz raste, als sie diese unverwechselbare Stimme hörte.

Dinostrio.

Es war, wie Luke gesagt hatte.

Er war tatsächlich hier.

"Der Mann der Stunde", fuhr Dinostrio fort. "Der wieder einmal versagt hat."

"Bringen wir es hinter uns", sagte Luke, der dumpf und nervös klang, wie Karla fand.

"Wo ist Karla Schmitz?"

"In einem Zug oder Flugzeug, schätze ich. Ich habe sie heute Morgen Wasser holen geschickt, und sie ist nicht mehr zurückgekommen. Schätze, sie hat mir nicht genug vertraut."

"Wirklich gut, Agent, wirklich gut. Sie beherrschen Ihr psychologisches Handwerk."

Eine bedrückende Stille setzte ein. Karla wusste, dass ihr wertvoller Vorsprung schmolz, je länger sie hier unten verharrte. Doch wollte sie wissen, was mit Luke geschehen würde, auch wenn sie sich dabei hilflos fühlte, ohnmächtig, zurückgedrängt in die Rolle der stillen Zuhörerin.

"Aber ich erkenne eine Lüge, wenn ich sie höre. Also, das ist Ihre letzte Chance ... Wo ist Karla?"

"Ich weiß es nicht, Sie verdammter Mistkerl."

"Nun, wenn das so ist ..."

Karla hörte ein Klicken, das ihr Angst einjagte.

"Dann habe ich keine Verwendung mehr für Sie."

Ein Schuss ertönte, der Karla zusammenzucken ließ, gefolgt von einem schrecklichen Geräusch, das nur von Lukes Körper herrühren konnte, der auf dem Kellerboden aufgeschlagen war.

"Durchsucht alles, stellt das Haus auf den Kopf", sagte Dinostrio. "Das kleine Miststück ist ganz in der Nähe, das spüre ich."

Karla konnte ihre Tränen nun nicht mehr zurückhalten, zu viel Schlimmes in zu kurzer Zeit war geschehen.

Sie ließ ihnen freien Lauf, unterdrückte dabei aber ein Schluchzen, das sie verraten hätte.

Vorsichtig drehte sie sich um und begann, den Tunnel entlang zu kriechen, in Richtung Freiheit.

HAT IHNEN DAS BUCH GEFALLEN?

Liebe Leserin, lieber Leser,

ehrliche Rezensionen sind für uns Autoren wichtig und hilfreich. Daher würde ich mich sehr darüber freuen, wenn Sie ein paar kurze Worte zum Eindruck dieses Buches bei Amazon hinterlassen könnten.

Sie können Ihre Rezension über diesen Link abgeben: https://amzn.to/3ulVunA.

Vielen herzlichen Dank!

Ihr
Jannis Crow

Über den Autor

Spannend, schockierend, zeitgemäß: Der Name Crow steht für packende Thriller, die unter die Haut gehen, Leser seiner Romane können sich auf Stunden voller Nervenkitzel und Adrenalin freuen. Jannis Crow ist das Pseudonym eines deutschen Autors, der seit Jahren erfolgreiche Thriller und Krimis schreibt.

Auf seiner Website können Sie den Newsletter des Autors kostenlos beziehen.

Neue Bücher

Neugierig geworden? Abonnieren Sie den Newsletter von Jannis Crow, um über neu erschienene Bücher und Rabatt-Aktionen informiert zu werden!

Hier gehts zum Newsletter: http://eepurl.com/ioW9NU

BÜCHER VON JANNIS CROW

GERECHTER ZORN: THRILLER

***

Die Karla Schmitz-Thriller von Jannis Crow:

Band 1: ERWACHTE WUT
Band 2: BLINDER STURM

Weitere Informationen finden Sie auf der Website des Autors:
https://jannis.crow.de

KOSTENLOSES BUCH

Liebe Leserin, lieber Leser, vielen Dank für Ihr Interesse an meinem Buch! Als kleines Extra möchte ich Ihnen gern einen meiner neuesten Romane schenken, den Sie auf meiner Website **kostenlos** erhalten.

GERECHTER ZORN: THRILLER

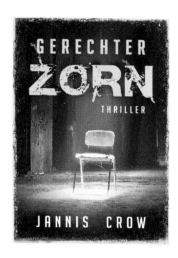

Er quält dich. Du sinnst auf Rache.

Täglich lauern dem 16-jährigen Daniel Mobber auf dem Schulhof auf.

Besonders schlimm schikaniert ihn Christian, Sadist und Anführer der Mobber-Gruppe.

Das Blatt wendet sich, als Daniel einen abgebrühten, toughen Drogendealer kennenlernt.

Kurz darauf verschwindet Chef-Mobber Christian.

Ist dafür ein verurteilter Straftäter in der Nachbarschaft verantwortlich? Oder stecken dahinter Kräfte, die Daniel selbst geweckt hat?

***

Um das Buch zu erhalten, folgen Sie einfach diesem Link:

https://jannis-crow.de/gratis-buch/

Ich freue mich auf Sie!

Printed in Poland
by Amazon Fulfillment
Poland Sp. z o.o., Wrocław

31591934R00188